罪火

大門剛明

角川文庫
17362

目次

序章　火祭り

パチンコ店から出てきた男は、鳴り続ける携帯を眺めていた。

白い半袖《はんそで》シャツ、その下からはワインレッドの長袖シャツが顔を覗《のぞ》かせている。破れたジーンズには用途不明の鍵《かぎ》がいくつもぶら下がり、周りを威嚇するようないでたちだった。身長は百八十に少し届かないくらい。顔には少年のような幼さが残っている。せいぜい二十代後半。三十六歳という実年齢を言いあてられる者はまずいないだろう。

携帯が鳴りやむと、若宮忍《わかみやしのぶ》は表情を変えずにポケットにしまった。時計は十九時四分。まだ夜の帳《とばり》は下りていない。若宮は駐車場に停めてあるRX－7にキーを向ける。煙草を踏み消してから愛車に乗り込んだ。だがシートに腰掛け、キーを差し込んでから回すのをためらった。手を離しゆっくりとため息をつく。そのままハンドルに額を押し当てた。

二分ほどして、駐車場の横を見た。

旧国道二十三号線には人の群れができている。彼らはこのすぐ先にある宮川《みやがわ》を目指して歩いていた。あでやかな浴衣《ゆかた》を着た女性、恋人に語りかける青年、孫に引きずられながらもうれしそうな老人……どの顔にも笑みが絶えない。今日は宮川花火大会、正確には伊勢《いせ》神宮奉納全国花火大会の日だ。あまり知られていないが日本三大競技花火大会の一つでもある。全国から集められた花火師たちによるハイレベルな戦いが繰り広げられることになる。

不意に花火が上がった。

大会の幕開けを飾るものではない。小さな花火。気の早い地元の高校生が空き地で遊びに打ち上げただけのようだ。笑い声が起きている。若宮はキーを引き抜き、しばしお別れだなとつぶやきながらRX－7から降りて人々の列に加わった。

流れにのって少し歩く。五分ほどで宮川の河川敷に着いた。

宮川は三重県最大の一級河川。清流日本一に何度も選ばれた伊勢神宮ゆかりの川だ。普段は散歩をする人くらいしか目につかないのに、今日は河川敷に人があふれかえっている。花火大会の始まりは十九時四十五分からのはず。気の早い連中だ。去年も二十万もの人出があった。堤防の道は歩行者天国になり、とうもろこしや綿あめが売られていた。若宮は宮川に架かる橋を見る。この橋は度会橋《わたらいばし》と言い東京タワーを横に寝かせたくらいの長さだ。片側二車線。左右の欄干の高さが違い南側だけに歩道がある。

ただ今日だけは両側通行だ。花火を見るには恰好の場所だが高い板が張り巡らされていて見物はできない。混雑を避けるための措置だという。

若宮は橋にある海女《あま》のレリーフが彫られたところまで歩いた。

まだかおりは来ていない。若宮は長い息を吐きだす。こんなところで立ち止まるなと人々が迷惑そうに通り過ぎる中、しばらく待った。だが来ない。せっかく覚えてきた花火のうんちくを披露してやろうと思っていたのだが……若宮は対岸を見つめる。まだ明るさが残っていて自分の家が見えた。そう言えばあの時もこうしていたな。

携帯が鳴った。若宮は通話ボタンを押す。はい、と言った。だが何しろ二十万人もの人出だ。聞き取りにくい。少し待ってくれと言うと携帯のボリュームを最大限まで上げた。

「ごめんなさい、忍さん」

やっとそう聞き取れた。女教師らしく凛《りん》とした声だ。

「どうした、来られなくなったのか？　学校で警備の動員かけられたとか」

「いいえ、宮川の近くまで来てます」

「そっか……じゃあ待ってるよ」

「いえ、こっちへ来て欲しいんです。忍さん、論出《ろんで》神社《じんじゃ》に来て！」

強く真剣な口調だった。若宮は思わず口ごもる。言いようのない不安な思いに駆られたが、構わずに話を続けるようかおりにうながした。

「どういうことだい？」

「…………」

ノイズがひどく聞き取りにくかった。

若宮は度会橋の北側を見ながらかおりに問いかける。かおりは何か言っていた。だが何を言っているのかわからない。わかるのは今年も宮川花火大会はすごい人出だということと、夜の帳が見る見るうちに下りていっていることだけだ。

「聞こえない、場所を変えてかけなおすよ」

だが数秒後、その声ははっきりと聞こえた。

「殺人事件の真相がわかったから。真犯人が誰だか」


すぐ行くと答えてから若宮はしばらく度会橋の向こうを見つめていた。その視線の先には宮川少年院がある。かつて中学の時、自分が入っていたところだ。あの時は花火の音を建物の中で聴いた。だがそんなことを懐かしがっているわけではない。若宮の思考はかおりが言った真相と真犯人、この二つの言葉だけに向けられている。かおりが全ての謎を解いたというのか？　俺が考えた渾身《こんしん》のトリックをかおりが打ち破ったというのか？　そんなはずはない、大丈夫だ……。

人の波に逆らって若宮は進む。

度会橋を渡り終え、桜並木を通り抜ける頃にはすっかり暗くなっていた。花火会場からはかなり遠ざかっている。この先は論出と言われるところだ。この近くに殺人現場となった神社はあった。鬱蒼《うっそう》とした林の中、細い石段が上まで続いている。相変わらず静かなところだ。すぐ近くで火の祭りが派手に行われようとしているにもかかわらず、この神社だけは切り離されたようにさみしい。近くを人が通っても多少の声は聞こえないだろう。

神社の入口、鳥居の下にかおりはいなかった。仕方なく若宮は石段を上がる。だが上にもかおりの姿はない。小さな神社だ。人がいるのに気づかないことなどあるだろうか。若宮は携帯をとりだしてかおりに電話をした。だがつながらない。あせって舌打ちをする。

そのとき空気が震えた。

心臓に直接響くような震えだ。遅れて二十万の歓声が起こる。若宮は思わず宮川の方を振り返った。直後に何度も空気は震える。明かりが鳥居を照らした。始まった。伊勢神宮にささげる宮川の火祭り。九千発の競技花火大会が始まったのだ。

若宮はしばしこの美の競演に見入っていた。連続花火。美しいが、あまりにも悲しい記憶がよみがえる。足元の石段に視線を落とす。叫び出したい思いだった。やがてセレモニーのような連続花火が止み、静寂が訪れた。それは若宮にわずかな安堵《あんど》をもたらした。

まるで凪《なぎ》だな……ただ静寂は長くは続かない。安らぎはすぐに壊される。打ち破ったのは花火の音ではなかった。コッコッと石段を上がる音。女物の靴の音が聞こえてきたのだ。かおりがやってきたようだ。

「どうしたんだ、かおり」

若宮は声をかける。だがかおりは答えなかった。足音はゆっくりと近づいてくる。無言で石段を上る音に若宮は少したじろいだ。思わず近くにあった鳥居に手をかけた。それでも視線は外してはいない。やがて女性は顔を上げる。彼女はかおりではなかった。顔立ちは整っているが、年齢はすでに初老にさしかかっている。

彼女は何も言わずにこちらを見つめている。

沈黙に耐えられず、若宮は口を開いた。

「校長……先生」

彼女は中学時代の恩師である町村理絵《まちむらりえ》という女性だった。

去年まで小学校の校長を務めていたが、今は辞めて相談員という仕事をしている。

「もうわたしは校長じゃないわ」

そう言った町村理絵に笑みはない。

間をあけることが怖かったのか若宮は言葉にすがった。

「知りませんでしたか、町村先生？　アメリカ大統領と校長先生は辞めてからも敬意を込めてそう言われるんですよ」

くだらない軽口が口をついて出た。

若宮に彼女は言葉を返さない。無表情なまま黙ってこちらを見つめている。その表情で若宮は理解した。この人は真犯人を知っている。そうでなければこの日、この時間にここに来るはずがない。どうする？　それは愚問だった。選択肢は一つしかない。

若宮はゆっくりと深呼吸をしていた。

「わかっているから、全て」

「何のこと……ですか」

「私が言わなければいけないの？　若宮くん」

刺すようなまなざしだった。かつて全ての人々はわかり合えると言った口はやはりその一言をついばむことはできないのか。そんな皮肉な思いが湧き起こった。だがすぐに打ち消す。再び臓腑《ぞうふ》に響くような空気の震えが起こっていた。

「綺麗《きれい》ですよね、花火」

若宮の問いに彼女は一度だけ後ろを振り返ってから言う。

「ええ、でもきっとあなたは花火そのものを見てはいない」

「どういう意味ですか」

「あなたが見ているのは川面《かわも》に映った赤い影でしょ？」

その時、若宮は迫りくる敗北を予感した。

この人は全てを知っている。その上でこんなことを言っているのだ。もし俺があんたを殺そうとしたらどうする気だ。近くに警察でもいるのか。仮にいたとしても俺があんたをここから突き落とすことは止められないんだぜ。死んでもいい。そう考えているってわけか。

ああそうだ、町村先生……あんたの予想は当たっているよ。そのとおりだ。俺があの日に見たのは宮川に映った赤い影、めらめらと燃え上がる火の川だ。それがこの事件の真相。俺が殺した。ここにいるこの俺こそが真犯人なんだよ！

第一章　ほたる火

1

佐田浜《さだはま》港を発した市営定期船は速度を増し、伊勢湾を答志島《とうしじま》に向かっていた。

出港時の工事現場のようなけたたましいエンジン音は鳴りを潜め、規則的に巻き上げられる波がはめごろし窓に塩分だけを残している。市営定期船は島の人々の足になっているため乗客は島の者が多い。ただ夏休みが近いとあってか観光関係の社員も多く乗っていて仕事の話が飛び交っている。不景気やからなという声が聞こえた。答志港までわずか二十分ほどの船旅、町村理絵は日ごろの疲れからか少しうとうととしていた。

「まるで犬歯みたい」

幼さの残る声に理絵は顔を上げる。声を発したのは中学二年になる娘の花歩《かほ》だ。甲板の立ち席にいたはずだが、戻ってきている。窓の外を見ると、そこには鋭い岩が海面から突き出ていた。

「言われてみるとそんな感じね」

理絵は微笑みながら答えた。ここまでくれば答志港まではすぐだ。花歩の双子の弟、智人《ともひと》もいつの間にか持ってきたニンテンドーDSをやめて窓の外を見ている。

やがて答志港に到着のアナウンスが入った。

テトラポッドやタコつぼが無数に置かれているのが見える。港内にはアミエビ禁止、港内スローと派手に描かれた文字が目につく。アナウンスでは完全に停止するまで席を立たないでくださいと言っていたが、ほとんどの乗客はそれを無視して出口に向かっていく。理絵と花歩も立ち上がった。智人は一人ぐずぐずと窓の外を見ている。花歩がつかつかと歩み寄って智人に話しかけていた。何かもめている。またくだらない喧嘩《けんか》が始まったようだ。理絵はため息をつきながら二人のもとに近寄った。

「どうしたの、下りるわよ」

「だって智人、女の人見てるんだもん、やらしいんだから」

窓の外には係留作業をする二十歳くらいの女性が見えた。美人とは言い難いが、健康的に日焼けした溌剌《はつらつ》とした女性だった。船から投げられた太いロープを桟橋のフックに結び付けている。結び付ける際にかがむため、船の下部であるこの座席からは見上げる形になり豊満な胸元がよく見えるのだ。図星をさされたようで智人は赤くなった。

「見てねえよ、ブス」

「はあ？　私のどこがブスなのか百文字以内で説明してみれば」

「百文字以内？」

不意に問われて智人は言葉に詰まる。

「……性格だよ、性格ブス」

「ってことは外見はいけてるって認めるわけね」

「うるせえ、ちび女」

「女の子がちっちゃいことは悪いことじゃないんだから」

「ブス、ブース」

身長では双子とは思えないほど智人の方が高い。ただ口では花歩にはかなわない。花歩は満足げに微笑んでいる。智人は立ち上がって逃げるように船を下りて行った。

「お母さん、私たちも下りよっか」

「そうね」

「中村さん、怒ってないといいね」

花歩の言葉に無言でうなずいて理絵も定期船を下りた。

伊勢市から答志島に来たのは観光目的だけではなかった。この島に住む中村富雄《なかむらとみお》という男性に会うためだ。彼は二十年以上前、弟を少年に殺されている。少年は当時中学生だったのにシンナー遊びをやり、喧嘩で彼の弟を死なせてしまったのだ。少年は少年院に入れられたが、短期間で退院してきている。

退院後その少年の担任を務めたのが理絵だった。こんな子がと思えるほどおとなしい子で、よく泣いているところを見た。そしてその後は二十数年、彼は問題を起こしてはいない。それどころかずっとご遺族に謝りたいと言い続けている。理絵は何とかその思いをかなえてやりたいと思った。校長仲間の知り合いに弁護士がおり、彼は「ひまわり三重」というNPO団体を主宰している。ここでは修復的司法といって被害者と加害者が話し合うことで問題の解決を図る試みがなされている。その具体的方法はVOM(Victim Offender Mediation)と呼ばれるものだ。日本国内ではまだほとんど行われておらず、どれだけ効果があるのかは未知数だ。

それでも理絵は仲介役を買って出た。仲介役はメディエーターと呼ばれ、被害者と加害者の間をとりなす。VOMは強制力をもたないところに特徴がある。どちらかがやめるといえばそれで対話は終了。メディエーターはそれ故、信頼が一番だ。校長として実績を積み重ねてきた理絵とはいえ、その重要性には身が引き締まる思いだ。

「緊張しないで、お母さん」

思いを感じ取ったのか、花歩が言った。理絵もありがとうと言って微笑みを返す。人の思いに敏感な子だ。理絵は花歩の束ねた黒髪をかるく撫《な》でる。そうだ、確かに気の重い仕事ではあるが今日のそれはそこまでではない。校長になってからつらい仕事はたくさんあった。親からの苦情、勤務評定をつけること、人事、そして一番つらいのが教頭に校長試験不合格の通知をすることだ。特に三重県では五十五歳を過ぎると校長にはなれない。

　今年も一人、理絵はよく知っている教頭に不合格通知を口頭で伝えた。彼は独身で、校長になることだけが生きがいだったように思う。あれに比べれば今日の仕事はましかもしれない。これで終わりというわけではない。それにこれは自分が進んでやっていることなのだ。

「でもすごいね、この島変な印がいっぱい」

　答志の町に来て誰もが最初に感じる違和感はそれだろう。家々の玄関や窓には漢字の「八」が書かれ、丸で囲まれている。マルハチマークと言って誰が始めたのか答志島のいたるところにそれはあった。中には自棄《やけ》になったように壁に五十個くらいマルハチマークが書いてある家もあって理絵は少しおかしくなった。

「おい、あそこの家、でっけえタヌキの置物にまでマルハチって書いてあるぜ」

　智人の言葉に笑いながら花歩が答えた。

「あれは普通。どこでもタヌキの置物にはマルハチって書いてあるし」

「マジかよ、そうだっけ、母さん」

「うん、あれはただの信楽《しがらき》焼ね」

「まぎらわしいんだよ、この島特有のマークじゃねえのか」

「この島特有っていうと答志には寝屋子《ねやこ》制度ってのがいまだに残っているのよ。若い男衆が他人の家で寝泊まりして絆《きずな》を深めるんだって。だから……」

言葉の途中で花歩がさえぎった。

「修復的司法にはお似合いの町ってことでしょ」

「そういうことになるかなあ、うーん」

三人はしばらく歩いた。車が一台通れるかという細い道をじんじろ車という小型乳母車のような物を押した老人が通って行く。バイクに乗った人々は何故か皆ヘルメットをかぶっておらず、智人にノーヘルアナトミアだなどと意味のわからないことを言われていた。

笞志地区はそれほど広くないとはいえ、中村という姓が非常に多い。三人は途中で道を間違えてトンネルの方へ行ってしまうなど見つけるのに苦労していたが、廃校の近くにようやく中村富雄宅をみつけた。錆《さ》びたトタン屋根の小さな物置のような家だった。

「ぼろい家だな、廃屋チックだ」

智人はまるでオブラートに包まず、率直な感想を言葉に乗せた。確かにそうだ。インターフォンもついておらず、仕方ないので理絵はマルハチの部分をノックする。

「こんにちは、約束していた町村と言います」

しばらくしてから低い声が聞こえた。

「ああ今開けますよって」

もっとしわがれた声を予想していたが意外に若く、丁寧な口調だった。やがて扉が開く。とは言っても何度も途中で止まり、最後は力ずくで開けていた。

中から出てきたのは四十年配、色黒の男だった。

「初めましてでええんやろかな？　中村富雄です」

「町村理絵と言います。教員をやっています」

理絵はお辞儀する。

花歩も名乗ってぺこりと礼をした。智人は軽く首だけで礼をする。

「校長さんやて聞いとったもんで、失礼ながらもっとお婆さんかと思うとりました。なんや思うとったよかずっと若うて綺麗《きれい》な方ですな」

「もう五十九ですよ、子供を産んだのが遅かっただけで。本当ならお婆ちゃんです」

「こっちは娘さんですか？　えらいかわいらしい子やないですか」

花歩は得意げに智人の方を見た。

「さあ、汚いとこですがお上がりください。今日も真夏日やし暑かったでしょう。わしは麦茶でも入れてきますわ」

三人は招きいれられるまま上がった。外から見たよりは中は広く、六畳間には仏壇があった。座布団も用意されている。智人は小声で俺だけ無視かよと言っていた。理絵は仏壇の遺影を見る。老夫婦の写真とともに、まだ十五歳くらいの少年の写真があった。帽子を逆にかぶっている。人懐っこそうな、純朴な感じのする少年だった。これが殴られて死んだ中村弘志《ひろし》少年なのだろう。理絵は少年の遺影を眺め続ける。自分は今日、修復的司法のテーブルに中村をつかせるためにやってきた。それは言ってしまえば加害少年のためだ。この弘志少年の思い。あるいは遺族である中村富雄の思い。それらを無視しては絶対にいけないとあらためて心に誓った。

ビールジョッキのような大きなコップに入れられて麦茶は運ばれてきた。からころと氷がコップに当たって音を立てている。どうぞと言われたが、理絵は先にお線香をと言って仏壇の前で手を合わせる。二人の子供たちもそれにならった。

中村は三人が座布団に座りなおすのを待ってから語りかけてきた。

「大体の話はうかがっとります」

「ひまわり三重の方から連絡が行ったのですね」

「そうです。わしにあいつと話し合え言うんでっしゃろ？　それであいつから謝罪を聞き、あいつを赦《ゆる》せと」

ずばりと話の核心部分をえぐったものだった。そこにはやはりネガティブなニュアンスが読み取れる。あいつという言葉の繰り返しがそれを象徴している。理絵は少し動揺した。ここで彼が更生したこと、真摯《しんし》な思いで謝りたいと思っていることを必死で弁護しても逆効果になるかもしれない。理絵は更生を信じてはいるが慎重に言葉を選んだ。

「赦せ、というのとは少し違うんです」

「どう違うんですやろ」

「ひょっとすると中村さんは一生彼を赦すことができないかもしれません」

「まあ、そうやろね」

「それは仕方のないことだと思います。ただ憎みながらでもいい、恨みながらでもいいから彼の話を、謝罪の言葉を聞いてやってはいただけませんか？　更生した彼の言葉を」

少し間を空けてから中村は言った。

「あんまり言いたくはないことですがな」

「なんでしょうか」

「あいつの更生？　それがどうしたっちゅう思いがわしにはあるんですわ。あいつはわしに謝罪して赦された、いや義務を果たしたと思われたいだけちゃうんですか？」

「そんなことは……」

「結局は自分のためや。ひまわり三重でしたっけ？　弁護士さん連中の作ってるVOMのパンフレットは読ましてもらいました。謝罪がVOMの中核で、それを聞くことでわしら被害者遺族の心が少しでも楽になる言うんでっしゃろ」

「ええ、誤解されていますが修復的司法は被害者のためのものなんです」

「わしらのため？」

「修復的司法は具体的に被害者の方の回復を目指すものなんです。加害者に罰を与えても被害者の方の具体的回復にはなりません。修復的司法は精神面、金銭面での具体的な回復を目指します。被害者給付金とかの整備が遅れていたのも修復的司法の視点が抜け落ちていて、応報的司法に依存し過ぎていたためと言えるかもしれないです。応報的司法が加害者を被害者と同じところまで引きずり落として平等を図るのに対して、修復的司法が求める平等は被害者の方の痛みを少しでも取り去り、引き上げます。VOMはそのための一手段にすぎません」

「ようわからへんですなあ」

静かに中村は言った。言葉は穏やかだが全否定的なニュアンスが読み取れる。小難しいマニュアル的な言葉を使ってしまったと後悔したが、いまさら取り繕う真似はしたくなかった。

「VOMの場であいつの更生が本当に信じられたら確かにええかもしれません。確かに多少は胸につかえとったもんが楽になるかも。そやけどもしあいつが全然反省してないってわしが感じたらどうでっしゃろ？　余計つらなるんちゃいますか」

それはそうかもしれない……理絵はそう思った。

「あいつは少年院におる時、わしら遺族に手紙を書いてきよったんです。あれがまだわしの中でわだかまっとるんです。あの手紙を思い出すと業わいてしょうがないんですわ。死んだわしの親父は手紙をびりびりに引き裂いとりましたからな」

「遺族を挑発するような内容だったのですか」

横から花歩が問いを発した。

「いや、そんなわけやない。謝罪の言葉がつづられとった」

「それだったらどうして！」

興奮気味に訊《き》く花歩に理絵は少し驚く。中村も面食らった様子だった。

花歩は続けて言った。

「加害者は何をやっても無駄ってことですか？　生きてる資格はないと」

「そんなこと言うとるんとちゃう。内容なんや、同じ謝罪の文章でも感じ方は全然ちゃうやろ？　本心からの謝罪。そんなふうにはとても思えへんかったんや。少年院や弁護士連中に書け言われて無理やり書かされとるって感じがした。文章指導うけとるんやろ。それが垣間《かいま》見えた。そやからひどい内容やなかったけどむかついたんや」

「悪意を持って読めば全部そう見えてしまうんじゃないですか」

「そんなんちゃうんや、お嬢ちゃん。あいつは全然反省しとらへんかった」

「反省してるかどうかなんてわかるわけない、どうやって区別するんですか」

「聞いたふうな口叩《たた》くな！　わかるんじゃ、わしらにはな！」

中村は壁をこぶしで叩く。花歩は下を向いた。少し涙を浮かべているように見えた。理絵は黙って視線を中村に注ぐ。まだ十三歳の花歩に対して激情を爆発させた彼を非難する思いはない。これが被害者遺族の思いなのだ。その痛みには安易に触れるものではない。十年経とうが、二十年経とうがその傷が簡単に癒《い》えるものではないのだ。修復的司法の道は決して楽ではない。花歩もいい勉強をしただろうし、そう思って欲しい。

結局この日、中村から修復的司法のテーブルにつくという言葉は聞けなかった。花歩が怒らせてしまったこととは関係なく、彼が閉ざしてしまった扉は堅く重い。修復的司法の道のりはあまりにも険しい。現段階では被害者の方に悪意すら持たれている。理絵はそのことを実感せざるを得なかった。

「それじゃあ、私たちはこれで失礼します」

理絵はお辞儀をする。だが中村はそれには軽く返事をするだけで花歩に言った。

「お嬢ちゃん、悪かったな言いすぎて」

だが花歩は黙ってうなずくだけだった。

中村の家を出た三人は少し遠回りをした。和具《わぐ》から市営定期船に乗り、佐田浜まで戻る。駐車場に停めておいた車で伊勢市に向けて帰った。その間、理絵が話しかけても花歩はほとんど口を開かなかった。

「だいたいよ、修復的司法なんてもんが幻想なんだよ」

智人はわかったようなことを言った。

「何ちゅうか女性的？　そんな感じ。お菓子の城みたいなもんだろ」

少しいらついて理絵は智人に言った。

「じゃあ智人、あなたは加害者の更生なんて無意味だっていうの」

「いや、そんなことはねえけどさ。なんちゅうか遺族が赦《ゆる》せないって思いと更生したかどうかはやっぱ別なんじゃねえの。あのおっさんもそう言ってただろ」

全ての努力を無駄にするような智人の言葉に理絵は何も答えなかった。

家に着くと、花歩は一人自分の部屋に戻ろうとしていた。表情は沈みこんだままだ。いつもは立ち直りの早い子なのにと、理絵は心配して語りかける。花歩は顔をあげた。

「大丈夫？　花歩」

そう言うと、心配させまいとしたのかようやく花歩は笑顔を取り戻した。

「私、この前の感想文、修復的司法のことを書いたんだ」

「あら、そうなの」

「でもお母さん……」

言いかけて花歩は再び真剣な表情になる。

「悪い人じゃないよ、若宮さんは絶対悪い人じゃないよ」

2

白い壁で覆われた建物内はまるで病院だった。

レトルト食品工場の中にはラジオ体操の曲が鳴り響いている。防塵《ぼうじん》服を着た工員たちがやべえと言いながら駆け足で走っていく。何急いでいるんだ、始まりは八時半からだろ……他の派遣工員たちの媚《こび》のようなものにいらだちながら、若宮忍はカードリーダーにカードを通す。「外来用」と書かれた部屋の中に入った。鏡の前に置かれたネットをかぶり、ロッカーの暗証番号を押す。自分のロッカーから取り出した防塵服を身にまとった。ゆっくりと白い壁を殺菌室へと向かう。消毒室の前にかけられた粘着ローラーなど使う気もなく、手に消毒液をつけるつもりもない。

長靴をはくと直接エアーシャワーの中に入った。ここを抜ければ殺菌室。ラジオ体操が終わるころにはぎりぎり間に合う計算だ。それにしてもラジオ体操など何の意味があるというのか。ほこりを取るエアーシャワー内には「最低三回は回りましょう」という札が掛けられている。だが無論若宮は定められた三回転などする気はない。自動扉が開くとさっさと外に出た。

殺菌室ではちょうどラジオ体操が終わろうとしていた。並んでいるおばさん工員たちの背後に回り込み、深呼吸のふりをする。体操が終わり、ライン長の程度の低い冗談話も終わると若宮はいつものようにローダーと呼ばれる機械の前に立つ。レトルトパウチを自動配列する機械だ。二百万円ほどするらしい。若宮はローダーの電源を入れる。ピコピコと変な音が鳴った。

ローダーには食品加工室からベルトコンベヤでレトルトパウチが送られてくる。パウチは空のトレイに並べられ、何十段と重ねられていく。重なったトレイを殺菌釜《がま》の中に入れて殺菌するのが若宮の仕事だ。力さえあれば誰でもできる単調な仕事だが、殺菌されたレトルトパウチをベルトコンベヤに機械的に載せるだけの単純作業よりはましかもしれない。あんな繰り返しによく耐えられるものだ。

「すみません」

くぐもった若い声に振りかえる。

「ちょっといいですか、若宮さん」

ライン長だった。まだ二十代半ば。マスクの隙間からにきび痕《あと》がクレーターのように覗《のぞ》く。半年前、若宮がここに来た頃はヒラだったが、前のライン長が辞めていったので昇格した。休み時間にボイラー資格の勉強をしているのを見かけた。最初こいつはこちらを同年輩と思ったらしく馴《な》れ馴れしかった。だが実年齢を教えてやると急に敬語を使いだした。それから態度がよそよそしくなった気がする。

「なんでしょうか、ライン長」

一応こちらも丁寧に対応してやる。あまり親しくするより、距離があった方が孤独で居心地がいい。向こうもそれくらいわかるだろう。それほど悪い奴ではないようだが、最近は必要最小限の会話しかしなくなった。ひょっとするとこんな年で派遣労働かよ負け組がと、馬鹿にしているのかもしれない。こいつもどうせ上は望めないだろうに。

「あの、言いにくいんですがね」

やれやれという顔でライン長は言った。

若宮はローダーに視線を落とした。

「いつも若宮さん、ぎりぎりに来るでしょ」

「遅刻はしていないはずですが」

「もう少し、早く来られませんか？　ラジオ体操の前くらいに」

来ることはできるが、そんな時間に来なければいけないルールはないだろう。こちらはちゃんと遅刻せずに来ている。こんなところに少しでも長くいたくないのだ。一分でも一秒でも惜しい。ここにいるとその分汚染されていく気がする。だいたいラジオ体操などしても効率が上がるなんてデータはないはずだ。若宮は少し不機嫌そうな顔をした。

「実は工場長から言われていましてね。いつもぎりぎりに来るあいつは何様だって」

「ああ、そうですか」

「工場長の言われるには、ラジオ体操は確かに無駄かもしれない。でも工員の連帯意識を高めるにはきっと役に立っているはず。工員の連帯意識は非常に大切だ。だからその和を乱す者がいると困る、だそうです」

　言いたいことはわかる。だがライン長のもの言いには明らかにトゲが感じられる。年下だからってなめられるわけにはいかないとでも思っているのか。あるいは自分が昇格して調子に乗っているのか。お前、もう少し言い方考えろよ……若宮は答えようとした。だがどうでもよくなってライン長を追い払うように言った。

「じゃあできるだけ、早く来るようにします」

「そうですか、お願いしますよ」

　ライン長は走って行った。殺菌釜のところへ行ったようだ。二号釜に設置されたコンピュータにカードをセットしている。レトルトの種類によってカードは違う。英数字を見ると今日はカレーのカードのようだ。ライン長の勝ち誇った顔を見て、若宮は鼻から息を吐く。ああ言っただけで明日からも早く来る気はない。またぎりぎりに来てやろう。言われたらまた適当にあしらえばいい。万が一派遣会社に連絡され首を切られたならそれでも構わない。前の派遣会社では毎日残業させられて仕事がなくなるとあっさり首を切られた。どうせどこの派遣会社でも同じだ。やることは変わらない。全ては大会社の都合。頑張っても未来などないのだ。

先月、三十五歳になった。年齢的にニートですらない。三十五歳独身で派遣労働。ここから頑張ってどんな未来が開けるという？　遅れは取り戻せない。先に待っているのは絶望しかない。食うために働くというのはわかるが、本当だろうか。そこには何かしらのやりがいがなければどうしようもない。死なないためにだけ生きる……奴隷という言葉を使うのは強すぎるかもしれないが、こんな境遇で本当に生きていると言えるのか。

横を見ると、同じ派遣会社からきている五十近い男が慌てて作業をしていた。業務用扇風機の準備をしている。殺菌が終わるとレトルトパウチを冷却する作業があってそのための準備だ。だがまだ殺菌釜にトレイが搬入さえされていない。扇風機が必要なのは殺菌が終わった後だ。急いでやる必要はない。きっと彼なりに頑張っているところをアピールしたいのだろう。なぜこんな境遇で媚を売るのだろうか。きっと彼には守るものがあるのだ。それはおそらく家庭であろう。もうすぐ息子が大学に入るんで大変だよと言っていた。家族のいない自分にはそんなものは関係ない。自分の息子くらいの年のライン長に愛想笑いしやがってあのおっさんが……おっさん……か。そういう俺も既におっさんだな。

トレイが巨大殺菌釜に搬入され、殺菌作業が始まると若宮のいる区画は異常に温度が上がる。横に寝かされていても人の身長より高い巨大な圧力釜が三台並んでいて熱を発している。何十段も重ねられたトレイを何度も釜の中に入れ、蓋《ふた》をし、殺菌が終わるとおばさん連中が待っているベルトコンベヤに搬送するのはかなりの力作業だ。女性では厳しい。開始から一時間もたたずに防塵服は汗でぐっしょりと濡《ぬ》れる。カムアップタイムという処理温度に達するまでの時間を計測する仕事や、コンピュータによる温度測定の記録、チャートの読み取り、釜に付いた汚れをふき取る仕事もある。そして何より熱い。夏は特にひどい。この前本社から研修に来ていた青年は熱にやられ途中で倒れていた。

若宮は太いレバーを両手でつかむと、力を込めて蓋をあけた。中からは熱風が噴き出してくる。殺菌釜の内部にはレールがあり、レールに沿ってトレイが重ねられている。そこには網にかかった大量の魚のように無数のレトルトパウチが載っている。台車を釜のレールに合わせると長い鉄の棒を引っ掛け、トレイを取り出す。重ねられたトレイ重量は数百キロもある。レールを踏み外し、足の上に落としてしまえば間違いなく足は砕けるだろう。この作業が殺菌で一番難しい。

慎重な上にも渾身《こんしん》の力を込めて若宮は鉄の棒を引く。うまくレールをつたい、トレイは台車の上に載った。殺菌釜から運び出したトレイを扇風機の前まで運び終わると、殺菌済みの札を載せ新しく積み上がっていくトレイに番号札をかける。ローダーの前で一息ついた。このトレイが一杯になるまではとりあえず休めるし、熱すぎる殺菌釜からも離れることができる。若宮は膝《ひざ》に手をつき、肩口で滝のように流れ出る汗を拭《ぬぐ》っていた。

小休止をとっていると後ろから声がかかった。

「ちょっといいですか、若宮さん」

ライン長だった。また不機嫌そうな顔をしている。

「以前にも言ったことですがね」

「なんでしょう?」

「手が空いたら、レトルト流すの手伝ってくれませんか」

ライン長の指さした先にはおばさん連中がいる。レトルトパウチを梱包《こんぽう》室にベルトコンベヤで流すのが彼女たちの仕事だ。その前に扇風機の前で、ホースでトレイに水をかけて冷却作業をしなくてはいけない。若宮の部署が「殺菌」と呼ばれるのに対して彼女たちの部署は「冷却」と呼ばれる。冷却するのは短時間で、ほとんどレトルト流しなのだが何故かそう呼ばれている。若宮は上目遣いにライン長を見た。お前は作業効率だけを考えていればいいのだろうがこっちは違う。今ようやく重労働から解放されたばかりだ。少しくらい休ませろ。

「……はあ」

気のない返事をした。

「大事なのは積極性です。積極的にお願いします」

「そう……ですか」

「言われなくてもやる！　お願いしますよ」

立ち去るライン長の背を若宮は睨《にら》みつけた。何様だこの野郎！　つかみかかって殴ってやりたい衝動に駆られた。俺には未来も希望もない。死んだって構わない。いや、こんなまま老いて薄っぺらく死んでいくくらいなら派手に死んだ方がいいと思っている。死ねないのはどうやって死ぬかが決められないからだけだ。ライン長、貴様を道連れにしてやろうか……そう思ったが馬鹿馬鹿しさの方が勝った。こんな奴と心中してどうする。もしやるならもっと派手に、もっとやりたいことをやって死ぬべきだろう。

思い直すと、しぶしぶといった表情で若宮は冷却室のおばさん連中の列に加わった。おばさんたちは手際よくトレイ上のレトルトパウチをベルトコンベヤに流していく。レトルトパウチがなくなるとトレイを一段外し、次のトレイからまた流していく。空になったトレイはローダーに送られ、また使われる。トレイは最初、若宮の身長ほどもあったが最後には膝の高さまで低くなっていく。身長差があるのでおばさん連中と一緒にトレイを外す作業はやりづらい。無表情を装いながら作業を進める。だが心の中ではこの鬱屈《うっくつ》した気持ちをどうやって爆発させてやろうかという思いだけが育っていた。

彼女たちはいつもは黙々と作業を続けるのだが、この日は梱包室から四十代半ばの女性が回って来て、ひたすらしゃべくっている。大きな顔に大きな口。自分の娘がどうとか、工場内の不満をぶちまけている。しゃべり方が面白いのと、あけすけに悪口を言うので、普段は寡黙なおばさん連中も乗せられて作業をしながらも彼女と雑談に興じている。

「あなた、独身?」

不意にそのよくしゃべる女性に若宮は問われた。

「ええ、そうですけど」

とりあえず事実に基づいた返事をしておく。

「彼女とかいないの?」

「いませんよ、今は」

そう若宮は答える。今はと限定付きで答えたのは下らないプライドのせいだったのだろう。

「若いし背も高いしいい男じゃない、もったいないわねえ」

周りのおばさん連中に彼女は同意を求めている。おばさんたちは笑うだけで答えない。彼女たちは俺の境遇を知っている。脛《すね》に傷持つ身で三十代半ば。胸を張って言える職歴もない。どうしようもない屑《くず》だと感じているに違いない。怒らせないようにとだけ思っているのだ。

「若くないですよ。もう三十五です」

素っ気なく若宮は言った。

「そうなのお、うちの娘と同じくらいに見えるわ」

「働いていなかったんで、年とらないんですよ。不老不死の秘訣《ひけつ》を手に入れています」

軽く若宮が冗談を言うと、女性は大きな声で笑った。

それなりに女性と話すことには自信がある。だが若宮は工場内ではたいてい黙っていた。いつものおばさん連中は寡黙な男と思っていただろう。意外そうな顔でこちらを見た。

「面白いじゃない、あのニキビ面のライン長の冗談よりはずっと」

周りのおばさん連中からも笑いが漏れた。やがてパチンコ屋のような音が聞こえてきた。ローダーのランプが点灯している。殺菌室に戻らなくてはならなくなった。去り際に彼女は訊《き》いてくる。

「お名残惜しいわねえ。お兄さん、名前は？」

「僕の名前ですか？　若宮です。若宮忍」

「あら女の子みたいな名前ね」

「子供の頃からよく言われていました」

「あたし原口早智子《はらぐちさちこ》。若い頃はよくウィンクのさっちゃんと間違えられていたの」

本名など知りたくもないし、返す言葉もなかった。

「亭主が死んじゃったから花婿募集中、よかったらお嫁さんにどう？」

若宮は苦笑する。まあさすがに彼女の言葉は冗談なのだろうが。

「今ならサマーキャンペーン中で子供が一人付いてくるわ！」

彼女の大声に冷却室は笑いの渦に包まれていた。


派遣の仕事が終わり、誰よりも早くカードを通す。駐車場に急いだ。

駐車場にはメタリックなRX‐8が停まっている。母親の遺産で買ったものだ。若宮はキーを回すと国道四十二号線からサニーロードに向かう。RX‐8を走らせながら若宮は今日のことを思い出し、舌打ちをする。それはライン長の態度に腹を立てたからではない。冷却室で出会った原口早智子という女のことだ。あの女が冗談を言った時、自分は思わず笑ってしまっていた。決して愛想笑いでなかった。

この世に思い残すことなどない——そう思ったはずではないのか。本心からそう思ったのならあんな笑いは生まれるだろうか。俺はまだ生きることに未練があるのだろうか。そう自分に問いかける。森田《もりた》療法では確か、生への執着と死の恐怖が表裏一体と考えられるんだったな。それなら俺は生に執着し、死を恐れているってわけか。いやそんなはずはない。

若宮は精神科に通っている。鬱屈した思い、やり場のない他人への怒りを和らげるためだ。だが効果はない。いつしかそのためというより、言い訳づくりのために通っているという気がしている。自分が事件を起こした時のための言い訳づくりだ。

「いいよな、あのＦＤ３Ｓ」

四十二号線沿いにある中古車販売店に目が行き、そうつぶやいた。最近黒のＲＸ－７が入荷したようで目立つところに誇らしげに置かれている。ＲＸ－８に乗りながらこんなことを思うのもどうかという気がするがいい物はいい。中古で百七十万円。工面できるはずもなく燃費も悪い。だいたいそんな金があったらこんなところで働いてなどいない。

ハンドルを右に切り、サニーロードを矢持《やもち》の方へ向かう。ホタル狩りで有名な平家の里の近くに若宮が通う精神科はあった。ＲＸ－８を駐車場に停めると、予約した時間どおりに中に入った。癒《いや》しの効果を狙ってか、熱帯魚の映像が巨大なプラズマテレビには映し出されている。ただ若宮の目からは医院の自己満足にしか見えない。

予約していたので順番はたいして待つ必要はなかった。うつ病らしい中年男性がありがとうございますと言って出てきた。その後で若宮は診察室に通された。こんばんはと形式的な挨拶《あいさつ》をする。中には好々爺《こうこうや》といった趣の医師が微笑みながら待っていた。

今思っている破壊的な衝動のことは隠して、若宮は近況報告をする。

「エビリファイでしたっけ？　あれを飲んだら、体がそわそわしまして」

「ああ、それはアカシジアですね。副作用が出ては駄目です。お薬を変えましょう」

「以前調合されたパキシルはあまり効いている気がしないんですが」

「それは長く飲んでいただかないと」

しばらくどうでもいい薬の話をした。

いつもはそんな形式的な話で終わるのだが、この日は気分が高じて仕方がなかった。いらつく。やつあたりだろうと何だろうとこの医師に噛《か》みついてやりたい。

「ところで、どうですかお母さんのこと……半年ほど経ちますが」

医師の目を若宮は睨《にら》みつける。医師はややひるんだ。

半年前、母は死んだ。火事だった。寝たきりで逃げ遅れたのだ。当時、不審火ではないかと若宮は警察に疑われもした。だがそんなことはしない。あれは事故だ。初めてこの医院に来た時、そのことを話すと、医師はこの鬱屈した思いを母の死のせいだと解釈した。その傷のためだと。

「なかなかこう、立ち直るのはつらいと思いますが」

「まあ、確かにつらかったです」

「ん？　過去形ですね」

「ええ、今はそうでもないんですよ」

「それじゃあ、だいぶ良くなってきたという実感が」

話の途中で若宮はさえぎる。横に首を振りながら言った。

「つらかったってのはそういう意味じゃないんですよ。当時、俺の生活は母の年金頼みでしたからね。母が死んだらその年金が入ってこなくなる。これからどうしようって意味です」

はっとして医師は顔を上げる。

「もう楽できない、働かないといけなくなった。そう思うとつらくてね」

若宮は薄笑いを浮かべた。これまでこの医師の前では牙《きば》を見せたことはない。おとなしい被害者を演じてきた。おそらくこんな狂気をこちらが秘めているとは思いもしなかっただろう。医師はしばらく呆気《あっけ》にとられていたが、やがて何とか言葉をつかんだ。

「お母さんのこと以外にも、つらいことがあるんですね」

「いや、おふくろはどうでもいいんです。こう何ていうか得体のしれない、燃えたぎった感情が俺の中にあるんです。めらめらと赤い火を上げて川が流れているんです」

「燃えたぎった……感情ですか」

「そうです。決してポジティブじゃない抗《あらが》いがたい感情です。もうどうにでもなってしまえっていう破壊的なやつ。心の闇……ってのは少年限定でしたっけ？」

「いや、そういうわけでは……」

何故か不自然に口元がゆるむ。牙をむき出しにした若宮に医師は言葉をかけづらそうだった。若宮は手を組んだまま、うつむくと、殺した声で言った。

「前に自暴自棄になった男が無差別殺人やったでしょう？」

「……そうですね、ええ」

「俺には犯人の気持ち、よくわかるんです。俺の中にも同じ思いがある。もうどうなってもいい、俺だったらもっと殺せる、みたいな」

「それが赤い、火の川……？」

「そうです。俺とあの犯人は紙一重だと思うんです。それこそ今日帰り道に人の群れに車でつっこんでやろうかって思う。今日もライン長のクソガキに殺してやるって思いました」

笑いながら言う若宮に医師はしばらく言葉を返さなかった。精神科である以上、自分のような患者もたまに来るだろうし、扱いはある程度心得ているかもしれない。だが今、若宮は本心からそう言っていた。はったりではない。医師は優しげな顔でこちらを見る。

「紙一重……ですか？」

「そうです。俺は殺人犯になりかけています」

「でもその紙一枚はね、すごく厚い一枚だと思いますよ」

「……そうなんですかね」

うまいこと逃げやがったな……若宮は医師を軽く睨む。

「殺してやりたいと思うことは誰でもあるんです。私だってこの野郎って思うことは今だってある。でもね、やっぱり思うこととやってしまうことは別です。紙一枚は厚いんです」

応《こた》えず、若宮は鼻から息を吐いた。

それははっきりとした嘲笑《ちょうしょう》だったが、医師はそうは解さなかったようだ。

「火の川……それは痛みなんでしょう。つらいですよね。でも痛みに負けちゃいけない。若宮さん、あなたはそんなことができる人じゃありません。本当は傷つきやすい優しい人だ……そう私は信じています」

「……そりゃあ、どうも」

確かこの医師も認知行動療法の使い手だっけか。よくわからないが若宮は心の中で馬鹿にする。時々いるがこいつも紙一重に意味があると信奉する馬鹿だ。何もわかっちゃいない。こんな奴より俺の方がずっと心理が読めている。そりゃそうだ。エリートでないと医師にはなれないんだからな。痛み苦しみを知るには体験がいるんだ。わかった気になって好きなこと言っているだけだろう。この思いは行動に示さねば収まらない。それがあらためてわかったよ。俺が起こした事件を後で聞いてあんたは自分の間違いに気づくだろう。俺が言ったことははったりじゃないってな——その言葉は形にせず若宮は診察室を出た。

帰り道、暗くなっていたので点灯する。宮川に沿うように車を走らせた。

宮川堤防上は片側一車線。部分的にしかガードレールがない。曲がっていて危険な道だ。そんな堤防上を若宮はRX－8を百キロ超で走らせる。オレンジ色をしたセンターラインをまたいで何台も車を抜かしていると度会橋が見えてきた。ここを渡ってしばらく右手に行ったところが若宮の自宅だ。論出と呼ばれる在所。堤防の向こう岸には櫓《やぐら》が作られ、橋の欄干には高い木が何本も打ちつけられている。幟《のぼり》もいくつか見える。そう言えばいつの間にか夏になった。今年も宮川花火大会の準備が着々と進められている。

「これが俺の人生で見る、最後の花火かもしれないってわけか」

どこかの映画の悪役のようにずっと若宮は口元だけを緩ませている。

だが死ぬと言ってもどうやって死ぬ？　事件を起こすと言ってもどうやって起こす？　犬死は勘弁だ。犬死……自分で言っておいてその言葉の不自然さが妙におかしくなった。ともかく数には限りがある。爆弾でも使えりゃあ一気に何百人と殺せるだろうが自分にはそんな技術がない。銃も手に入れられそうにないし、後は車で突っ込むか。いやそれじゃあ二番煎《せん》じだ。それに数ではユナボマーにすら勝てない。どうすればいい？

度会橋を渡り終えてから若宮は確信した。要は質だ。どうでもいい人間をいくら殺したってつまらない。重要なのは楽しむこと。女だ。女がいい。さらって、犯して、無茶苦茶にして殺してやる。もちろん狙うのは美しい女だ。とびきりの清純な娘を可能な限り犯してから死んでやる。ただ行き当たりばったりでは成功しない。ある程度の計画は必要だ。ばれたら死ねばいいだけ。死ぬことさえ恐れていなけりゃ何だってできる。後は品定めだけだ。そう思うと若宮ははしゃぎ出したい気分に駆られた。

すぐに自宅が見えてきた。宮川の近く、論出の小高い丘にある二百坪ほどの家。豪邸と言えるほどではないが、母が死んでからここに若宮は一人で住んでいる。RX－8をカーポートにバックさせて駐車すると扉を閉めた。キーホルダーを右手でくるくると回す。鼻歌でも歌い出したい気分だった。だがすぐにその気分は砕かれる。門の前に若宮の物でない赤い自転車が停められているのが見えた。石畳を歩き、玄関の前まで行くと人が立っている。誰だ？　若宮は不機嫌そうにその人影を見る。小さく、線が細い。まだ子供だ。スカートをはいているということは少女か。

小さな愛らしい声がこんばんはと言った。

「ごめんなさい若宮さん、こんな時間に」

「……なんだ、どうかしたのかい」

「あの……本を返しに来たんです。これ借りていた本」

少女は微笑みながら『二人のために』という本を差し出す。

いつだったかだいぶ前に貸してやった本だ。だがこんな物返してくれなくてていい。

若宮の視線は少女自身に注がれている。少女は夏用の白い制服を着ていた。部活の帰りなのか汗でブラジャーが透け、膨らみかけた乳房の形が外からでもわかる。

色白で、頰だけが薄紅をさしたように赤く染まっている。ポニーテールにまとめられた黒髪、あどけないが整った顔立ち、細くすらりと伸びた足。少し前までは子供だと思っていたが、今は違う。ここまで変わるものか。全てが息をのむほどに愛らしい。まだ幼いが自分の死と引き換えにするには十分な美しさだ。少女は宇治山田《うじやまだ》小学校校長、町村理絵の娘、町村花歩だった。

「ありがとうございました。じゃあ私、帰ります」

花歩は少し名残惜しそうに微笑みながらゆっくりと背を向ける。

ポニーテールが揺れ、綺麗《きれい》な白いうなじが姿を見せる。若宮は後を追いかけた。

「待ってくれないか、花歩ちゃん。車で送っていくよ」

「でも、私今日は自転車だから」

それ以上誘うことはできなかった。それにしても我ながら何という馬鹿な誘い方だろう。若宮は心の中で舌打ちする。自転車はさっき見たではないか。やはりある程度の計画は必要だ。その場の思いつきだけで行動しては駄目だ。

獲物を逃した若宮は、駄目もとで言ってみた。

「明日、車でホタル見に行かないか」

「え、ホタルですか？　もう七月なのに」

「ああ、まだ見られるところがあるんだ」

全くの嘘だった。ホタルをホテルと言い間違いそうになった。

だが自棄《やけ》気味の若宮の嘘に、意外な笑顔が返ってきた。

「それじゃあ、明日の夕方また来ます」

3

七月の炎天下、伊勢市役所に一台の車が入ってきた。

普段の日は市役所に用がないと追い返されるが今日は日曜日、伊勢市役所の駐車場には自由に停めることができる。エアコンのきいたプリウスの外には、灼熱《しゃくねつ》の太陽が待っていた。町村理絵はプリウスの扉を閉めると予想以上の日差しに思わず手をかざした。

「すごく暑いわよ、大丈夫？　かおりちゃん」

はい、という元気のいい声がして助手席からは若い女性が出てきた。彼女は原口かおりと言って理絵が校長を務める宇治山田小で今年から時間講師をしている。時間講師とは教員免許は持っているが本採用でないアルバイト教師だ。かおりは生真面目で、どうしても教師になりたいんですと日頃から言っている。

彼女は県下では進学校として有名な高田《たかだ》高校から早稲田《わせだ》大学へ進んだ。しかし教員採用試験に去年落ちている。理絵は地元の宇治山田高校、三重大学出身。そんなに勉強をした記憶も、できた記憶もない。自分たちの頃は「でもしか教師」と言って教員には簡単になれたものだが、最近は不景気でお堅い教員は人気らしい。この辺りでも荒れた学校、モンスターペアレントが増えた。鬱《うつ》になって辞めていく教員が多いというのに難しいものだなと理絵はつくづく思う。

「あなたのお母さんはやっぱり来られないのね」

「ええ、顔も見たくないんだそうです。すみません」

「あなたが謝ることじゃないわ」

二人は伊勢市役所前の道を横断して、簡易裁判所の方へと向かった。だが裁判所は素通りだ。新聞社の立ち並ぶ辺りの小道を外宮《げくう》方面へと入り、しばらく進んだ。やがて手前にフェニックスの木が植えられた外宮前《げくうまえ》法律事務所が見えてくる。停めにくそうな駐車スペースに車が数台、几帳面《きちようめん》に停められている。

「もう相手方は来ているようですね」

かおりの言葉に、理絵は黙ってうなずく。

この日、外宮前法律事務所ではVOMが行われることになっている。話し合うのは基本的に二人だ。加害者側は交通事故で人を撥《は》ねて殺した少年。被害者側はその事故で父を失った原口かおり。ただ彼ら二人だけが直接話し合うだけというのでは対話はうまくいくはずはない。信頼できる人物が間に入って仲介をする必要がある。被害者と加害者が会うことで逆に被害者の傷を深めてしまうこと、二次被害の防止は最優先事項だ。

理絵はかおりとの関係で仲介者、メディエーターとしてやってきた。かおりは小学校教諭時代の理絵の教え子でもある。ほとんど手間がかからない子だったので理絵はあまり記憶がない。だがかおりの方はよく覚えていてくれた。先生にあこがれて教師を目指しているとまで言ってくれている。もっともこれはお世辞かもしれないが。

今日は他にも弁護士や保護司が来るらしい。基本的にVOMの経過は記録されないが、最終的な損害賠償契約、供花の取り決めなどは書面でなされる。そのためどうしても法律の専門家の立ち会いが望まれる。ただ話し合うための場は裁判所のような裁きの場では駄目だ。威圧的でない中立的で安心できる場所が必要となる。そのためにこの法律事務所が選ばれた。二人は広い事務所内を、事務員の女性に案内されて応接室まで進んだ。

「こちらになります」

通された応接室は豪華な造りになっていた。宇治山田小の校長室とは比べ物にならない。座り心地のよさそうな椅子がいくつか並んでいて、にこやかに弁護士が出迎えてくれた。理絵は言われるままに腰掛けると、部屋の横の壁を見た。ひまわり三重のポスターが貼ってある。擬人化されたひまわりの花が手をつないで笑っていた。「進もうよ、日の光のあたる方へ」と書かれている。

理絵は正面を向く。保護司の老人が軽く会釈した。その横には丸坊主より少し髪の伸びた少年が無表情で座っている。切れ長の目にこけた頰、ふさがりきらないピアス痕《こん》……少年は見る者によってはかなりの悪に見えるだろう。実際、彼は無謀運転で人一人の命を奪ったのだ。スピード違反で警察に追われた彼は逃走し、牛乳配達に向かう原口かおりの父の駆る軽トラックにぶつかった。軽トラは横転。事故直後、四十二号線は牛乳で白く染まっていたという。偏見は良くないとはいえ、そのことはどうしても心をよぎる。

かおりはうつむきがちだった。言いたいことを言ってやりますと息巻いていたが、いざ少年の姿を見ると怒りと恐怖で、心のかさぶたが開いてしまったのだろうか。理絵は心配そうにかおりを見た。少年とかおり以外はにこやかな表情を浮かべ、話しやすい雰囲気を作ろうとしている。

ＶＯＭには一応のマニュアルはある。まずは被害者がその痛み、思いのたけをぶつけることから始まる。その痛みに加害者が触れ、心から謝罪し、その謝罪によって被害者も癒《いや》されるというのが基本ラインだ。しかしことは単純ではない。無理な進行は望ましくない。被害者加害者、どちらかが無理だと感じれば中断、中止もやむを得ない。会うことが決まった場合、その時点で実質的にけりはついている……それくらい事前の準備をしっかりやらなければいけない。

「大丈夫？　無理そうだったら遠慮しないで言って」

理絵は優しくかおりに声をかける。かおりは苦しげに首を横に振った。首筋が少し紅潮している。やはり加害者との直接対話は難しいのか。そう思った瞬間彼女は顔を上げた。かおりが首を横に振ったのは、無理だという意味ではなかった。

「やれます、心配しないでください」

そう言って少年の方を向き直る。張りのあるかおりの声を受け、部屋の中にいた全員に緊張感が走った。もちろん少年も例外ではない。一度瞬《まばた》きをし、背筋を伸ばしていた。かおりは大きく息を吸いこんでから、静かな声で言った。

「牛乳配達って、何時に起きるか知っていますか」

それは少年に直接向けられた問いだった。理絵と保護司の老人は思わず目を合わせる。VOMでは直接相手に問いかけることは望ましくないとされているからだ。とはいえ車輪は回り始めた。やめさせるわけにもいかない。

「ねえ、あなたに訊《き》いているんです、何時だと思いますか？」

「四時……くらい？」

蚊の鳴くような小さな声で少年は答えた。

「二時半です。うちの父の場合はね。四十二号線を大内山《おおうちやま》まで軽トラックで牛乳をもらいに行かないといけないから」

怒気をはらんだかおりの言葉に、誰も何も言わない。

「父はいつも私たちが寝ている時に一人で出かけていきました。私は知っています。父は出て行く時、私たちが起きるといけないからそっと玄関の扉を閉めて行くんです。私とつまんないことで喧嘩《けんか》した時もそう。いつも私たちのことだけを考えていてくれました」

激したかおりは、なおも言葉を続ける。いつの間にか彼女の頰を涙が伝っていた。

「父は中学しか出ていません。特に趣味もなく、家族だけが生きがいのような人でした。私を私立の中学から大学まで行かせてくれました。そんな父を、あなたは、あなたは殺した。不注意の事故ですって？　こんなの殺人でしかない！　絶対あなたを私は赦《ゆる》さないから！」

「かおりちゃん」

つかみかからんばかりのかおりを、理絵は抱きかかえた。腕の中でかおりは泣いている。つらかったね、苦しかったね。理絵はかおりを必死でなだめると、睨《にら》みつけるように一度少年を見る。彼もまた泣き出しそうな顔をしていた。理絵は黙ってかおりをしばらく抱きしめる。荒くなった息が次第に鎮まっていくのがわかった。

「ごめんなさい、校長先生。でももう大丈夫、大丈夫だから最後に言わせて」

「ええ、わかったわ」

理絵はかおりの体を離した。かおりは涙と鼻水でくしゃくしゃになった顔をハンカチで拭《ぬぐ》うと、保護司の老人と弁護士に向かって言った。

「興奮してすみませんでした。でもこれが偽らざる私の気持ちです。事故直後、病院に運び込まれた父は私に言いました。相手を責めるな、責めても自分がつらくなる。相手がどんなに悪い奴でもなって……私が今ここにいるのはその父の言葉があったたからです。それがなければこんなところになんて決して来ていません。そんなお人よしではないんです」

今度は少年の方を向いて言う。

「それだけは覚えておいて」

くずおれるように椅子に座ると、かおりは再びハンカチで顔を押さえた。

理絵はかおりの背中を何度かさすった。この話は何度か聞かされたものだが、その時かおりはここまでの激情は見せなかった。やはり加害者を前にすると違うのだろう。理絵は事件や事故で身内を亡くしたことはない。死んだ夫はもともと心臓が悪かった。だから彼女たちの思いがわかるとまでは言えない。とはいえ人の死に変わりはない。彼女たちの側にいてやりたい。少しでも痛みを分かちあってやりたい。そう思うだけだ。

応接室に流れた沈黙はどれくらいだっただろうか。

十分？　二十分？　いや実際は三分ほどだ。その永遠にも思える三分ほどの沈黙の後、理絵はあらためて少年を見る。かおりも、弁護士たちも無言で少年に謝罪の言葉を促した。少年は目頭を押さえていた。かおりの激情に心を揺さぶられたのか。演技にすぎないのか。それは長年教師をやってきても判断はつかない。

その時、意外なことが起こった。

少年は不意に椅子から崩れ落ち、額を床にこすりつけながら泣いていた。

「すみませんでした。すみませんでしたあ！」

文字どおり泣き崩れている。

「俺、なとしたらええんやろ……何でこんなことしたんやろ……赦してくれなんてよう言われへんです。殺して欲しい。原口さんの気が済むんやったらホンマに殺して欲しいです。ごめんなさい。ホンマにごめんなさい！」

少年は繰り返し泣きながら謝罪していた。かおりは最初、少年の毛ほどの欺瞞《ぎまん》も見逃すまいと鋭い視線を投げかけていたが、やがてもういいですと言った。保護司と弁護士も立ち上がらせようとした。少年は従わない。地面に這《は》いつくばって声がかすれるまで謝罪していた。

それはとても演技とは思えない謝罪だった。

加害少年の中には、過剰なほどに自分を責めてしまう子もいる。反省することはいいが、やりすぎも問題なのだ。そういう意味でもVOMは難しい。理絵は少年の謝罪に心が熱くなるのを感じていた。かおりもどこかすっきりした顔に見える。この対話はとりあえず成功したと言えるのかもしれない。

結局その日、かおりたちのVOMは書面でも一応の決着を見た。

少年は床屋に就職が決まっており、損害賠償金はその給料から払われることが合意された。また定期的に事故現場への供花の取り決めもなされた。少年は赦されるなら墓参りや仏壇に線香をあげたいと言ったが、それらはかおりが認めなかった。おそらく怒りに打ち震える彼女の母に配慮してのことだろう。

日はすでに翳《かげ》っていた。伊勢市役所の駐車場でプリウスに乗り込むと、理絵はかおりに語りかける。厚かましいが、どうだったかと対話後の感想を訊《たず》ねてみた。かおりは鼻から息を吐くと、どうですかねと言ってから続けた。

「よくわかりません。私の中であの子を赦したいって気持ちと、絶対に赦しちゃだめって気持ちがせめぎ合っている感じです」

「ごめん、変なこと訊いて。対話が成功だったかどうかなんてすぐにわかるものじゃないよね。わかるのは何年、何十年経ってからかもしれないし」

「特効薬じゃない、でしたっけ？」

理恵は黙ってうなずいた。被害者は加害者を不要に怖れ、とんでもない悪人、あるいは化け物のようにしてしまうことがある。あいつが生きている限り安心できないと、心の傷を深めてしまうのだ。だが実際会って、普通の人間であると確認できるとそういう傷は弱まることがある。ＶＯＭにはこういう効果があるのだ。あの少年を見て、かおりも彼が化け物ではないと思えただろう。そういう意味では少なくとも成功だ。理絵は苦労が報われたという充実感に包まれながら、かおりを小俣町《おばたちょう》の自宅まで送った。

今、世の中には不要な対立を煽《あお》るような風潮がある。教育現場ではちょっとしたことで校長室や教育委員会に苦情を言いに来る親たちがいる。自分に甘く、他人をすぐに悪者にする風潮だ。そんなのはおかしい。やはり自分は人を信じたい。人はわかりあえるもの、更生できるものなのだ。そうでなければ何の希望もないではないか。あの少年の涙はどう見ても本物だ。きっと更生するだろう。そう、二十年ほど前に出会った若宮忍少年のように。

スーパーで夕食の買い物と、薬局で便秘対策のプランを買って家に着くとすでに時刻は七時を回っていた。遅いよと子供たちから文句が出るかと思ったが、智人は居間でテレビゲームに夢中になっている。花歩の姿は見えない。

理絵は金魚にエサをやりながら智人に話しかけた。

「ごめんね、すぐ夕食にするから。お姉ちゃんは？」

「知らねえよ、塾だろ。それより腹減った」

「塾、今日はないはずよ。部活も昼間で終わりだし」

「嘘じゃねえよ。いねえっつうの」

「花歩の自転車、ちゃんと停まっているじゃない。部屋にいるんでしょ？」

「だったら男とデートじゃねえの」

にやにやしながら智人は言った。

「何言っているのよ、馬鹿なこと」

「母さん、知らねえの？　姉ちゃんラブレターもらって困ってたぜ」

にやつく智人とは対照的に、理絵は不安な思いに駆られた。慌てて花歩の携帯の番号を押す。だが圏外になっていてつながらなかった。玄関に行って靴を確認する。確かに花歩がいつも履いている靴がなくなっている。やはりいないようだ。

「今日のエサは魚かよ」

智人の言葉に突っ込むこともなく理絵は問い返す。

「お姉ちゃん、どこへ行くとも言っていなかったのね」

「ああ、知らねえ。それより人間様にもエサくれ、プリーズ」

理絵は何も言わなかった。携帯にかけてもつながらない以上、どうしようもない。嫌な感じはするがまだ七時だ。警察に知らせるわけにもいかないだろう。もう少し待つしかない。仕方なく理絵は智人の求めに応じて夕食を作った。

鮭のクリームソース煮はうまくできた。智人もうまいと言っていた。だが理絵は食べる気はおきない。さっきまでは充実感に包まれていたのに一気に不安に突き落とされた感じだ。クリームソース煮にラップをしたまま花歩の帰りを待つ。

八時が過ぎ、九時近くなっても花歩は帰ってこない。理絵は何度も花歩の携帯にかける。だが全て圏外だった。花歩の友達の家にも連絡するが皆知らないと言う。もしかして智人の言うとおり、本当に誰かとデートに行ったのだろうか。いや、それならましだ。それ以上の胸騒ぎがする。こんなことはこれまでなかった。理絵はため息をついてから立ち上がった。

「九時になっても帰ってこなかったら、警察に電話するわ」

「母さん、やめろって。馬鹿親だと思われるぜ」

智人は笑って腕にとまった蚊を潰《つぶ》していた。「殺生！」と言っている。何も面白くない。時計の秒針が時を刻む音さえ理絵の恐怖心を煽った。

階段の横にある古めかしい電話が鳴ったのはそんな時だった。

4

夜のサニーロードをメタリックなＲＸ－８が駆け抜けていく。

運転席の若宮は、赤いワイシャツの第二ボタンを外す。憔悴《しょうすい》した顔だ。無言でハンドルを握りしめている。思い出したように冷房の効きを一段階強くした。助手席には花歩が乗っている。彼女はふし目がちだ。ただ時々若宮の方を見ている。やや頬が紅潮し、何か言いたそうだが少し開いた口元から言葉が零《こぼ》れることはなかった。

ＲＸ－８は八十キロほどで走るスポーツカーをゆっくりと追い抜いていく。運転席のサングラスの男がこちらを見た。俺と花歩はあいつにはどう映っているのだろう。恋人同士？　仲のいい兄妹《きょうだい》？　親子ほども年が離れているとは思うまい。

それにしても、こんなことになるとは……ホタル狩りに行くと偽り、若宮は花歩を連れ出した。だが今、思いはぐらぐらと揺れて一つところを定めない。最初はこうではなかった。花歩をどうやって犯してやろうかと舌舐《したな》めずりしていたのだ。ホタル狩りの場で事情は変わる。ホタル狩りの場で待っていたのは、予想もしなかった花歩からの告白だった。秘めた思いを打ち明けられた若宮は呆気《あっけ》にとられ、言葉を返すことすらできなかった。

思えば彼女の気持ちに気づく機会はこれまで何度もあったのだ。母が死んでからも花歩は何度も家に訪ねてきている。少年時代に人を殺《あや》めた俺への同情だと思っていたが、十三歳の少女がそんなことだけでいい年をした派遣労働者のもとに足しげく通うだろうか。そこには何かしらの思いがあると考える方がずっと自然だろう。そんな考えにすら至らなかった。

車は宮川の堤防上の道まで来た。

一度だけ若宮は助手席の花歩を見る。彼女は窓の外を見つめている。ガラス窓に映った瞳《ひとみ》が少しうるんでいるようだった。せっかく告白したのになぜ何も言ってくれないんですか。私のことをどう思っているんですか。何か言って……そう無言で語りかけているように思える。若宮は何も言えず、何もできない自分を心の中で呪う。何という情けない男だ。本当に自分はちょっとでも想定外なことがあると何もできなくなってしまう。

抗《あらが》うようにRX－8の速度を落とし、若宮は宮川堤防を林の中へと下りて行く。少し進むと宮川のデルタが広がっている。花歩は少し不安げにこちらを見た。車を停め大きく息を吐き出すと、ようやく若宮は沈黙を破る。

「ここには思い出があるんだ。子供の頃、昆虫採集でよく来た」

「そうなんですか」

「たまにクワガタがいてね……あ、ホタルもいたな。ゲンジボタルもヘイケボタルも。綺麗《きれい》だったよ。今では見られなくなったけどさ」

「ゲンジとヘイケ……どちらもいたんですか」

「ああ、仲の悪い者同士。被害者と加害者、君の好きな修復的司法みたいだな」

花歩は無言で下を向いていた。チラチラとこちらに視線《じ》をくれている。早くあなたの思いが聞きたい。そう顔に書いてあった。意地悪く焦らしているわけではない。どう言うべきかこちらも困っているのだ。

「君の気持ちはわかった」

若宮の言葉に花歩は顔を上げる。

月の光が彼女を照らす。彼女の顔はとても綺麗だった。

その顔を眺めながら若宮は思う。町村花歩、お前は俺にどうして欲しかったんだ？わかっているのか。お前の目の前にいる男はどうしようもない悪なんだぞ。お前を犯すためにホタル狩りに連れ出したんだ。お前はいつも俺が更生したと言っていたな。本当は優しい人だと。違うな。俺は悪だ。俺はガキの時に殺した野郎に毛ほどもすまないとは思っていない。人間の更生など信じちゃいない。人は簡単には変われないと確信している。お前は人間というものを善意で見すぎている。甘い、甘すぎるんだよ。あの聖人君子きどりの女校長の影響でも受けているのか。

花歩の携帯の電源は切っておいた。町村校長は今頃心配しているだろう。その心配は当たりだ。最初の予定どおり今ここでお前を裸に剝《む》き、無茶苦茶にしてやろうか。お前はきっと俺がこんなことをするとは思わなかっただろう。これ以上ないほどに汚してやる。俺は今からお前の耳元でこうささやく。セックスしようか……その言葉がスイッチだ。きっと驚くだろう。お前の表情が絶望に変わるところを見せてみろ。

若宮は花歩の手を握った。

花歩の腕は白く細い。こんなに細いのに弾力がある。その腕をしばらく若宮は見つめていた。やがて顔を近づけると、花歩は口を半開きにしながらうつろな目でこちらを見ている。若宮は花歩の肩をつかむと抱き寄せる。花歩は思わずあっと言った。抱きしめると小さな体が震えているのがわかる。抵抗というものはない。これから起こることがまだよくわかっていないのかもしれない。

若宮は花歩の耳元に口を近づける。卑猥《ひわい》な言葉を浴びせようとした。できない。くそ……着ていた白いブラウスを脱がそうとした。手が動かない。なぜだ？　何か得体の知れないものが花歩を犯すことを阻んでいる。情けないことに何もできない。歯ぎしりをした。欲望がわくどころか嘔吐《おうと》感のようなものさえある。何だこのザマは……

若宮は叫び出したい衝動に駆られていた。

何もできないまま、時刻は夜九時近くになっていた。

RX－8は旧国道二十三号線を宮町《みやまち》で左に折れ、河崎《かわさき》の町村宅前で停まった。若宮は花歩をそこで下ろす。彼女は黙って一礼をした。妙に晴れやかな顔だった。

逃げるように若宮は論出の自宅へと急ぐ。

カーポートに頭から車を停め、玄関のドアをきつく締めると叫び声を出した。酔っぱらったようにふらつきながら十畳の居間まで歩く。大の字になって寝ころんだ。俺は何をやっていたんだろう……そうつぶやく。あの状況でどうして花歩に手を出せなかった？　花歩の純粋な気持ちを踏みにじりたくないとでも思ったのか？　馬鹿らしい。あまりにも俺らしくない。

しばらく天井を眺めていたが、やがて横を向く。視線の先には仏壇があり、父や母の遺影が飾られている。仏壇はまだ新しい。それはそうだ。半年前、母静子《しずこ》がこの部屋で焼死した時に親戚《しんせき》連中が金を集めて作り直したからだ。寝返りを打つと仏壇とは逆方向、台所近くに目をやる。そこには神棚があった。伊勢神宮の札が掲げられている。ここは火事でも焼けなかった。死んだ母は毎日、米や塩、水を供えて拝んでいた。一方で仏壇の前では般若《はんにゃ》心経を唱えていた。仏教と神道で違うだろうに一生懸命だった。

心が痛い。今自分を導いてくれる宗教があるのなら入信してもいい。このすさんだ心を救ってくれ。だがどの宗教もいかがわしいとしか自分には映らない。信じたくても信じられないのだ。論理的に説得力のないものをどう信じればいいというのだろう。スピリチュアルとかも同じ。何の説得力もない。俺は勝ちたいんじゃない。打ち負かされたいのだ。それなのに誰も打ち負かしてくれない。すがりたい。すがりたいのに何もすがるものがないのだ。そうなると残った真理はただ一つ。好きなことをやって死ぬという信仰だけだ。そこに善悪などない。仮にあるとしてもそれは偶然の産物に過ぎないだろう。こんなに世の中に絶望しているのに俺は花歩に手を出せなかった。いや……だからこそ花歩の思いに信仰のようなものを見出《みいだ》したのかもしれない。

若宮は起き上がると、テレビとパソコンの電源を続けざまに入れた。立ち上がりの悪いパソコンはキュイインと変な音を立てていたが、テレビはすぐについた。名古屋駅で無差別殺人があり、四人が殺されたというニュースが流れている。犯人は三十三歳無職の男性。竹刀のように見せかけて構内に日本刀を持ちこみ、それで無差別に斬りつけたのだそうだ。すでに犯人は現行犯で捕まっている。未来に絶望した。自殺するくらいなら死刑になりたかったというありがちなセリフを吐いているらしい。

アナウンサーはこの話題をコメンテーターに振った。

「こういう問題が起きると、すぐに今の勝ち組負け組の社会がどうとか、ネット社会がどうとか言われるんですが、僕はそんな単純なものではないと思うんですよね。誰でもいいから殺したかった……ですか。現代の若者たちの深層心理に踏み込んだ分析が必要です。同じような境遇、いえ彼らよりずっとひどい境遇にありながら凶行に走る者は少ない。そこに注目すべきだと思うんですよ。とにかく今起きていることは単純じゃない。もっと深い考察が必要です」

物知り顔のコメンテーターはそう答えた。若宮は笑った。馬鹿野郎、単純なものなんだよ。お前らが勝手に難しく解釈しているだけだ。肥大した自己愛。これだ要するに。俺もそうなんだろうな。自己愛性人格障害ってやつだ。

両親は理想的な夫婦だったが、子供ができないのだけが問題だった。色々治療を受けて父が四十九歳の時にやっと俺が生まれた。教育長まで務めた人格者の父、元看護師で聖母のように優しい母。客観的に見れば理想的な教育環境だ。実際二人はその評価に値する人間だったろう。だが年をとってからの子供は可愛いらしい。俺は必要以上に甘やかされて育った。特に母親にべったりだった。そんな環境と甘えが俺をこんなにしちまったんだ。そう自覚しているよ。メディアの連中は人の言わないことを言って自分の存在証明にしたいなら勝手にやれ。哲学でも文学でもわかったつもりの奴だけでシコシコやってるだけじゃ意味ねえんだよ。要はちゃんと翻訳することだろ、人に届く言葉に。

日本刀まで使ってたったの四人かよ……ネットでニュース速報掲示板を見ると、自分が思ったのと同じ感想が書いてあった。書き込んでやろうかと思ったが、どうでもいいのでやめた。掲示板から無料エロ動画紹介サイトに移動する。管理人が勝手につけた点数が書いてあるが、無茶苦茶で何の参考にもならない。点数などつけて善良な国民を惑わせるなと思った。

テレビでは別の温厚そうなコメンテーターが憤慨してしゃべり始めた。

「最近よくいるこういう連中に私は言いたい。甘えるな！　死にたいのは止めない。だが死ぬのなら人を巻き込まずに自分一人で勝手に死んで欲しい！」

何かが音を立てて切れる感じがした。怒りがわき上がってくる。今自分は何に怒っているのだろう？　自分とこの殺人犯を重ね合わせて自分が無価値な人間と言われた気がしたのだろうか。いや、その怒りはもっと根源的なもののように思う。恵まれた人間がそうでない人間を理由をつけて切り捨てていく傲慢《ごうまん》さを感じたのだ。同じような不幸な境遇でも罪を犯さない人間もいる的な馬鹿な理屈だ。「同じ」なんてものは存在しない。自己責任という言葉で誤魔化そうとしてもそんなものは空虚。犯罪者は皆、心の奥底で知っている。つまるところ全ては切り捨てるための方便にすぎない。それを無意識的に知っているから反発したくなるんだ。

コメンテーターの代わりに、エラの張った中年男性が画面に映し出される。

「御出演いただいた日に偶然、またこういう事件が起こってしまったわけですが」

アナウンサーが神妙な面持ちで男性に訊《たず》ねる。

「やりきれません、ただそれだけです」

静かな声で男性は答えた。彼は折橋完《おりはしかん》といって十年ほど前の無差別殺人事件で小学生の娘二人を失った被害者遺族だった。最近やたらとテレビや雑誌に出てくる。どうやらこの日も事件の特集で出演しているようだ。若宮は何故かこの男性にも怒りを感じていた。いや、正確には羨望《せんぼう》とか嫉妬《しっと》という感情だろう。お前はみんなに同情され、俺はのけ者、一体お前と俺にどんな差があるっていうんだ？　何も変わらねえだろ。お前らと俺に通じるのは不平等への怒りだ。それは被害者遺族だろうが大量殺人犯だろうが変わらない。根っこの部分で一緒なんだよ。

「調子に乗ってんじゃねえぞ！」

画面に向かって叫んでいた。

布団に入っても今日一日のことが繰り返し思い出される。花歩の顔がちらちらと浮かんでは消えていく。あの華奢《きゃしゃ》な体の感触がまだ残っている。あの無垢《むく》な少女の言葉を信じたいという思いがあった。馬鹿馬鹿しい。そんなものは幻想だと知りつつそれに俺は甘えてしまった。何故犯せなかった？　一体俺は何をやっているんだ……やり場のない怒りが若宮を包んでいた。


その日の朝、音だけの小さな花火が何発かポンポンと上がった。

宮川花火大会の決行を意味する花火だった。花火大会会場になる度会橋には高い板が張られている。ここから見物できなくするためだ。「花火大会駐車場はこちら、千円」と小ずるく儲《もう》けようとたくらむ地元民が作った看板も見える。だが若宮にはどうでもいいことだった。その日もいつもと同じようにレトルト食品工場に向かい、汗まみれになって働いていた。

排水が終わり、巨大な釜《かま》が開けられた。若宮は長い鉄の棒をひっかけ、中から大量にレトルトパウチを積んだトレイを引き出す。湯気が立ち上っている。ゆっくりと冷却室の業務用扇風機の前までリヤカーを引くようにトレイを運んだ。そして「殺菌済み」のボードを上に載せる。その作業を何回も繰り返した。

「殺菌作業って大変っすねえ、ホント熱いしもう腰が痛くて」

　横からもやしのような青年が声をかけてきた。研修で大手食品会社からやってきている奴だ。ある意味派遣だが若宮とはまるで立場が違う。東京の人間でどこかの国立大学を出たばかりらしい。幹部候補生だ。こいつは以前熱にやられて倒れた。若宮は梱包《こんぽう》室のシャッター前にあるウォータークーラーを指さしながら言った。

「また倒れないように水飲んでおいた方がいいぞ」

「大丈夫っすよ、次が最後の釜です。もうすぐ終わりじゃないですか」

「そういう時こそ危ないんだ。水分は採らないと」

「前は慣れてなかったからですよ。慣れれば楽しいっす」

　青年は微笑むと、ローダーへ向かって行った。ライン長の指示に元気良く返事をし、きびきびと動いている。殺菌作業が楽しいだと？　それはここがお前にとって修業の場でしかないからだ。下々の暮らしを見る的な感覚だからだ。半年ほど地獄の研修を受ければ本社に戻れる。後は出世コース。そういうお約束があるから頑張れるのだ。ここしか働く場所がなく、定年までずっとここで仕事だったらそんなわけにはいかないだろう。奴が俺と同じ年、同じ境遇で同じようなやる気を見せられるとはとても思えない。

　三号釜からトレイを鉄の棒で出し、冷却室に運び終えた。流し屋のおばさんたちがホースを持って集まってくる。何故かいつもより楽しそうだ。

「あら若宮くんだったわね、おっひさしぶりい」

手を振りながら原口というよくしゃべるおばさんが声をかけてきた。人手が足りないようでまた梱包室から助っ人として派遣されて来たようだ。若宮は無視しようとしたが、防塵服《ぼうじんふく》の袖口《そでぐち》をつかまれてしまった。

「おなつかしいわねえ、三年ぶりくらいかしら」

「いえ、三日ぶりくらいですよ」

思わず答えてしまう。駄目だ、いつの間にか彼女のペースに乗せられている。あれから何度か彼女と仕事をした。地獄だと思っていたこの工場で彼女と話していると、どこか心地よい。生への執着みたいなものが生まれてしまいそうになる。もうやめて欲しい。頼むから俺にこれ以上かかわらないでくれ……その思いもむなしく、若宮はライン長に命ぜられ再びレトルト流しの列に加わっていた。

「それでね、かおりったら早稲田出たのに教員試験落ちちゃったのよ」

原口おばさんは何がおかしいのか教員になりそこねた娘をネタに話を続けていた。教員試験に落ちたことより、娘が早稲田を出ていることを自慢したいようにも思える。このおばさんが言うと嫌みがなく、周りのおばさん連中も笑っている。若宮も駄目だと思いつつ、またこのおばさんの話術に飲み込まれ口元を緩めていた。彼女が流し屋に加わってから、それまでまるで話しかけてこなかった他のおばさんまで若宮に話しかけてくるようになっていた。この人には潤滑油という言葉がよく似合う。

「あたしは美少女なのに、ウィンクになりそこねちゃったけどね」

原口おばさんの言葉に隣のおばさんがぷっと吹き出し、レトルトパウチを落としてしまった。洗い場に向かう。その時、殺菌室で大声が上がった。

若宮も、洗い場のおばさんもそちらを見る。大声を出したのはライン長だ。何か大変なことでも起きたのだろうか。ボイラーが故障したのかもしれない。異変を知らせるランプは点灯していないし、ブザーも鳴ってはいない。研修の青年は普通に仕事をしている。一号釜の昇温表示を見ていた。ライン長は三台の巨大圧力釜の横にある書類に目を通し、トレイを取り出して空になった三号釜の蓋《ふた》をコンコンとペンで叩《たた》いていた。

「若宮さん、ちょっと！」

腰に手を当てながら、大声でライン長は若宮を呼んだ。しかめ面をして、ペン先でこっちにこいと指示を出している。日ごとにだんだん態度が横柄になっていく。

「あいつ、やな奴よねえ」

原口おばさんの言葉に若宮は笑顔を返す。駆け足で殺菌室に戻った。

「何か問題でも？」

不安そうな顔を作って若宮は訊《き》いた。

「書き忘れていますよ、カムアップタイム」

そんなことか……若宮はほっとするより馬鹿馬鹿しくなった。どうせ五分十秒前後の数値を書き込むだけだ。ライン長が見ていないところでは測らず勝手に書いている。辞めていった四十代の先代ライン長も、こんなもんホンマはどうでもええんやけどな、と言っていた。それに俺にレトルト流しに加わるように言ったのはライン長、お前だ。

「ちゃんと測ってくださいね」

「すみません。ライン長に言われて流しの仕事をやっていたもので」

少し皮肉を込めて若宮は言う。

「優先事項って言葉、若宮さんわかります？」

皮肉に気づいてカチンと来たのか、馬鹿にした口調でライン長は言った。

「あなたは殺菌の人間なんです。冷却はあくまで手が空いた時。殺菌の仕事がある時はいちいち言われなくても戻ってやってくださいね」

「……………」

「前にも言ったでしょう、言われなくてもやる！　積極的にお願いします」

若宮はうつむきながら笑っている。いや、笑っているのは口元だけだ。小さな声で何かつぶやいた。ありがとうという言葉が漏れていた。

「はあ？　なんですって」

馬鹿にしたような顔でライン長は訊く。だが次の瞬間、ライン長は空になった圧力釜の方へ倒れていた。若宮はライン長の顔面を思い切り殴りつけていた。

「トリガーを引いてくれてありがとうって言ったんだよ、クズ野郎」

「な、なんなんですか」

「不本意だが、お前が俺の犠牲者第二号だ」

押し殺した声で若宮は言った。防塵服をつかむと、ライン長を空になった三号釜の中へと突き飛ばす。ライン長は釜の中にあるレールで頭を打って悲鳴を上げていた。若宮の口元には笑みがあった。研修生のひょろっとした青年は、呆気《あっけ》にとられて何もできずにいる。

「これは三号釜か……まあいい、死ね」

笑いながら言うと、若宮は巨大な圧力釜の蓋を閉めた。パッキンを取り換えたばかりなのであっさりと閉まった。中からはライン長が釜の蓋を叩く音がする。かすかに助けてください！　という悲鳴が聞こえた。だが無論、聞き届けるつもりはない。セロトニンだったかドーパミンだったかが脳内で過剰に分泌されているのだろう。若宮はためらわずにいつものように加熱処理ボタンを押す。

「カムアップタイムはお前が測れ！」

叫び声の後、静寂が訪れる。加熱処理は始まらなかった。

今日の分の加熱処理が終わり、釜の電源自体が落ちていたのだ。若宮は釜の蓋を長靴で蹴《け》ると、かぶっていたネットを叩きつける。驚きながらこちらを見つめる工員たちを睨《にら》みつけた。業務終了まではまだ時間があるが、若宮は殺菌室を後にした。殺人犯にはならなかった。ただこれで確実に首だ。まあいい。あんなクズと心中するのも馬鹿馬鹿しい。それにこれで完全にトリガーは引かれた。もうこんな生活は耐えられない。

「外来用」と書かれた部屋に入ると、ロッカーから服だけを取り出し、防塵服はゴミ箱に投げ入れた。次に「社員用」と書かれた部屋に入り、ライン長のロッカーをボコボコに蹴りつける。中からトレイの修理に使うマイナスドライバーが出てきたので拝借した。廊下に出ると、カードリーダーにカードを通さず、代わりにドライバーを突き刺してやった。ピーピーと変な音がしているのがおかしかった。玄関口近くの事務室からは、工場長がこちらを見ている。

「おつかれさまでしたあ！」

満面の笑みを向ける。若宮は今までで一番元気のいい声で挨拶《あいさつ》をしていた。

夜の帳《とばり》が下りる頃、RX－8は行くあてもなくさまよっていた。

やけに車が多い。前の車は三河《みかわ》ナンバー、後ろは大阪ナンバーだ。そうか、そうだったな。今日は宮川花火大会の日。二十万人もの見物人が集まってくる日だった。宮川の堤防は封鎖され、ここから帰ることはできない。迂回《うかい》するのが面倒くさくなって、若宮は近くの中学校に勝手にＲＸ－８をぶち込んでおいた。

いつもは人気のない田舎道にも宮川に向かう人の流れがあった。若宮はその流れに加わって宮川河川敷へと向かう。気分がささくれだっていて工場からかっぱらってきたマイナスドライバーをポケットの中で握りしめる。誰か刺してやろうか……どこかの馬鹿が持っていた日本刀に比べると情けない得物だ。これでは殺せても高がしれている。だがもうどうでもいい。家に帰ればライン長への傷害か殺人未遂で警察が待っているかもしれない。

度会橋に着く前に花火は上がった。

宇治橋《うじばし》架け替え記念だとかで今年は一段と派手にやると聞いた。五号玉が何発も打ち上がり、行き交う人々の笑顔が暗闇にいくつも浮かんだ。綺麗《きれい》な花火だったが、物知り顔の老人があれは星が泳いどる、とけなしていた。意味がわからない。その時ウサギの風船を持った前の子供が立ち止まる。進路をふさがれた。クソガキが……お礼にドライバーで風船を割ってやった。泣き始めた少年を無視して若宮は人ごみに紛れる。縫うように度会橋の人ごみの中を駆け抜けている。口元が自然に緩んだ。俺はこれからどうなっちまうんだろう。花火は高い塀に阻まれて見えないが、ドーン、ドーンと臓腑《ぞうふ》に響く音だけは聞こえてきていた。

橋を渡り終え、若宮は堤防の上、桜並木を論出の方へ向かっていた。行くあてはない。自然と家に帰る道を選んでいるだけかもしれない。人々が楽しそうにしているのを見ているのがつらくて帰ろうとしているのだろうか。いや、よく考えたらRX－8をおかしなところに停めてきた。あれをとりに戻らなければならない。

桜並木が切れても人は多かった。このバス路線をまっすぐ行くと三郷山《さんごうやま》という山がある。そこは隠れた花火スポットなのだ。知っている連中はそこへ向かっている。ビームサーベルのおもちゃを持っている連中がやたらと目につく。ただバス路線を斜めに入った小道には人影はない。ここは論出神社と言って草木が鬱蒼《うっそう》と茂る目立たない場所だ。その下の方の石段にカップルが座りこんでいる。浴衣《ゆかた》を着た女性を見て若宮は立ち止まった。

そこには少女がいた。白い浴衣に赤い帯、背中に団扇《うちわ》をさしている。その美しい少女は町村花歩だった。その横には見たことのない若い男がいる。智人ではない。もっと年上、二十歳くらいか。若宮は遠目で二人の様子をしばらく見続ける。花歩と男は談笑している。親戚《しんせき》などではない。男の花歩を見る目は明らかに性の対象としてのものだった。隙さえあれば花歩に抱きつきたいという目をしている。この俺の存在をあざ笑うかのように楽しそうに微笑む花歩を見て激しい怒りが込み上げてきた。花歩、お前はここで何をしている？　ホタル狩りの日の俺への告白はいったい何だったんだ？　ちくしょう、信じていたのにお前は俺を裏切りやがったのか！

やがて男は立ち上がった。花歩は軽く男に会釈する。別れたのではなく、かき氷か何かを買いに行っただけのようだ。男の口がそう言っていた。その隙をついて、若宮は花歩のもとに歩み寄る。ポケットに手を突っこんだままで声をかけた。

「何やっているんだ？」

花歩はこちらを見るなり驚いた顔を見せた。若宮は睨みつけるようなまなざしを花歩に送る。この感情を隠すつもりはない。虚をつかれた花歩は何も言えない。いや、何か言う前に若宮がその細く白い腕を引っ張ったのだ。

「誰なんだよ、あいつ？」

「それは……あの……」

「ちょっと来い」

「違うんです、若宮さん」

若宮は花歩の言うことに耳を貸さず、筋肉質な黒い腕で花歩の細い腕を引っ張った。石段を上がり、神社の上に上る。石段を上り終えると、花歩はつかまれた腕を振りほどこうとした。だが若宮はしっかりと腕を握って離さない。観念したのか花歩はおとなしくなった。愛らしい顔が浴衣を着てより一層輝いて見える。それがかえって憎々しい。上まで行くと、花火がよく見えた。川面《かわも》に赤い影が反射して綺麗だった。こんな穴場があったのか……だが今そんなことはどうでもいい。若宮は花歩の裏切りに対する怒りに震えていた。こんな子供に裏切りとか言うのは大人気ないかもしれない。だが大人だ子供だなど関係ない。感情を抑えることができなかった。

「何故だ？　何故俺を裏切った？」

「それは誤解です。裏切るだなんて」

若宮はふたたび花歩の腕をつかむ。折れそうなほどに華奢《きゃしゃ》な腕だ。

「俺は信じていた！　君を信じることが生きる希望だった」

「だから違うんです、信じてくれないかもしれないけど」

「言い訳ならちゃんとしろ」

「もうやめてください！」

花歩は体をひねって若宮の手を振り払った。そうか、それがお前の答えか。まるで俺がお前を襲おうとしているようじゃないか。俺を何だと思っている？　お前が悪いんだろ、ふざけるな！　若宮は花歩の両肩をつかんで言った。

「ホタル狩りの日、君が言ったことは何だったたんだ」

「いや、やめて、離して！」

必死で花歩は若宮の手を振りほどこうとする。それはまるで汚らわしいと抵抗しているようだ。鬼畜に対する態度だ。若宮は手を離すが、花歩のその態度がさらに火に油を注いだ。

「俺はケダモノだっていうのか」

「わたし、もう行きますから」

「どこへ行く？　逃げるのか」

花歩は答えず、慌てて石段を下りていく。くそ、俺を無視するのか！　怒りが臨界点を超える。思考は飛んでいた。石段を下り始めた花歩に若宮はポケットから出したマイナスドライバーを突き出す。かすった。何かがひものように横に走った。血だ。花歩の首筋からおびただしい量の赤い血が噴き出している。糸が切れたように花歩はゆっくりとその場に倒れていた。

ドーンという花火が石段に広がった血を浮かび上がらせている。

広がっていく。それがもはや助かる見込みがない量であることを若宮はさとった。力が抜けていく。殺した。とうとう俺は故意で人を殺してしまった。目の奥が熱く、体は震えている。震えが止まらない。俺はなんてことをしてしまったんだろう。

直後に花火がまた一つ上がり、宮川を赤く染めていた。

第二章　送り火

1

掲げられた大きな写真を見て、理絵は可愛く撮れていると思った。

それは娘花歩の写真。実物は抱きしめたいほど可愛いのに、どういうわけか花歩は写真写りが悪い。理絵はもっとちゃんと撮ってよといつも写真屋に文句を言っている。任せておけないのでデジカメを買ってからは自分で撮るようになった。この写真は合格。よく撮れている。たしか伊勢神宮に行った時、おかげ横丁で撮った物だ。あの時は会いたいと言っていた猫ちゃんに出会えてよかった。これもデジカメだったかな。本当に愛らしい。

中学生にもなると親とはあまり話をしなくなる子が多い。でも花歩は違う。悩みも打ち明けてくれるし、家事の手伝いも積極的にやってくれる。そうだ、まだあの子には大きいかもしれないけどわたしの浴衣を着せてやる約束だった。十五歳の時に買ってもらった物。白地に赤い帯、紫色した朝顔が描かれている浴衣――わたしはおばあちゃんになっちゃったけど、きっとあの子にはよく似合うはず。晴れ姿、早く見せて。

写真もいっぱい撮ろうね。智人が遊びに使っているビデオ、あれ勝手に使って撮ろうか。いつも、いっつも一緒がいいね。

ふと疑問がわいてきた。

どうしてこんなところに花歩の写真があるのだろう？

黒い服を着た人たちが、沈みがちな表情で礼をしていく。それに自分も機械的に礼を返している。わたし何しているんだろう？　横には智人がいる。制服を着て珍しく涙を見せている。皮肉屋の智人でも泣くことがあるんだ。理絵はもう一度花歩の写真を見た。やっぱり可愛い。ただよく見ると、大きな写真のところには箱のようなものが置かれている。あれは何？

「このたびは何と言っていいか、本当に……」

伊勢中学の校長が声をかけてきたのを無視して、理絵はゆっくりと花歩の写真に向かって歩き始めた。会場の視線が理絵に集まる。

理絵は花歩の写真の前に立つ。

そこには花歩が眠っていた。まるで死んだように。

理絵はしばらく黙っていたが、突然叫んだ。その場にへたりこんで両手で顔を押さえると、何語でもないような言語で叫び散らしていた。ありえない。こんなこと認められない。

「校長先生、しっかりしてください」

柔らかい手が自分を抱きかかえている。

かおりか？　いや、誰でもいい。

「もう無理だろ、病院に」

「さっきと同じだ。誰だよ、大丈夫とか言ったのは」

何人かが騒いでいる。だがどこか遠い国の出来事のようだ。そうだ、花歩は死んだのだ。誰かに殺された。花火大会の日、誰かがあの子を論出神社で殺した。どうして忘れてしまっていたのだろう。現実が受け入れられなくてわたしは逃避していたのだ。これがディソシエーション？　本の中だけのことじゃなかったんだ。本気にしていないのにわたしはわかったふりして被害者遺族たちに接してきた。

修復的司法なんてやっていたから罰が当たったの？　まさか、わたしはみんなのことを思ってやってきたつもり。どうすれば本当に被害者の方が救われるのかって考えてきた。それに罰が当たるならわたしに当たればいい。でもあの子が死んだのは事実。わたしは、わたしはあの子を失った。もうあの子は帰ってこない。いやだ……絶対にいやだ！

完全に取り乱した理絵は何人かに抱えられると、葬儀会場から控室に連れて行かれる。

その視線は花歩の棺《ひつぎ》をとらえて離さない。

「やめて！　花歩と一緒にいさせて！」

ふりしぼる理絵の声に少年が答えた。

「やめろって言ってるだろ、母さんを離せよ」

智人だった。優しかったんだね、智人……でもお姉ちゃん、もう帰ってこないよ。

「そうよ、校長先生を花歩ちゃんと一緒にいさせてやって」

かおりが言っていた。かおりちゃん、つらいよ、本当に死ぬほどつらいよ。ごめんね。先生こんなにつらいなんて思いもしなかった。それなのにVOM成功とかわたしは浮かれて——理絵はとめどなく流れ出る涙を拭《ぬぐ》おうともせず、しばらくその場にしゃがみ込んでいた。黙りこみ、呆《ほう》けた顔で視線を空中に漂わせている。

やがて曲が流れ始めた。『千の風になって』だ。それを受けてクラスメイトや担任の先生が泣き始めた。進行役の女性は、花歩が生前好きだった曲だと言っている。それは事実かもしれないが、正確ではない。あの子はあまり人が知らないものが好きだった。この曲は有名すぎる。選択肢が少なかったのだ。生きていればもっと他の曲に出会えたに違いない。出会った時にはっきりそれが好きと言えたはず。そう思うと一層つらくなる。目の前の全てのことが悲しみを誘う。すすり泣く声と千の風、線香の匂いに満たされた葬儀会場はまるで異世界だった。

その時、物が床に落ちて壊れる音がした。

振り返ると無精ひげを生やした青年が、殴りつけられて床に倒れている。

「こいつ何しやがる、痛《いて》えな！」

無精ひげの青年は殴った男を睨《にら》みつけた。落ちた何かを拾い上げると、殴った男は睨みつけたまま無精ひげの青年にそれをかざして見せた。無精ひげの青年はばつの悪い顔を浮かべて視線を外していた。

「どうしました？　何があったんです？」

静かな声でかおりが二人に訊《たず》ねる。

殴った男は拾った物をかおりに手渡す。彼は小声でかおりに何かを言うと、そのまま葬儀会場を出て行った。

「おいおい、どうしたんだ？」

伊勢中学校長がかおりに訊ねた。かおりは倒れている青年を指さして言った。

「あの人、週刊誌のカメラマンです。一般客の振りをして葬儀の様子を小さなカメラで盗撮していたんです。でもさっきの人に見つかって……これが証拠のカメラだそうです」

「そうなんですか、そんなことしていたんですか、あなた」

伊勢中学校長に言われ無精ひげの青年は、視線を落としつつすみませんと言った。

事件後、報道合戦はすさまじいことになっていた。殺されたのが女校長の娘、しかもかなりの美少女とくればマスコミが放っておくはずがない。被害者報道の在り方が問い直され、自制がきいているはずなのにこれだ。

「でも今殴った人、ちょっとかっこよかったかも」

かおりはそうつぶやいた。理絵も同感だった。マスコミへの怒りもあったが、彼の行動に少し救われた気がする。自分を助けてくれる人がいる。このかおりや智人もそうだが、どうしようもない地獄の中で、少しだけでも希望を与えてくれた。ありがとう、若宮くん。

次の日から理絵は校長職務に復帰していた。

無理しないように周りからは言われたが、仕事をしている方が花歩のことを考えなくてすむ。理絵は犯罪被害者のためにと思って森田療法の勉強をしていたが、これもその一つ。考えずに体を動かすわけで根本的には同じだろう。以前会った被害者の方の中には、犯人を恨むことが生きる糧だと言っている人もいた。気持ちはわからなくもないが、やはり自分には合わない。応報への依存は一手段にしかすぎない。犯人が捕まればこの思いも変わるのだろうか。いや、考えてもむなしいだけだ。

学校はすでに夏休みに入っていた。しかしこんな事件があって伊勢市の各学校では臨時集会が開かれた。宇治山田小でも子供たちが親御さんに連れられて登校してくる。職員室でその様子を理絵は眺めていた。

「壇上でお話しなさるって本気ですか」

かおりが心配して声をかけてきた。

「ええ、大丈夫。むしろやらせて欲しいの」

教頭も自分が代わりにやりますと言っていた。しかし理絵が強く言うと引き下がった。やがて集会の時間が来て、理絵は体育館に向かう。体育館にはすでに多くの子供たちが集まっていた。欠席の家庭が多いと思ったが、意外とほとんどの児童が出席しているそうだ。

「では校長先生からお話があります」

教頭から紹介を受け、理絵は壇上に登った。体育館に集められた全校児童を見渡す。あどけない無邪気な瞳《ひとみ》がいくつもこちらを見ている。中には大人びていたり、花歩よりずっと大きかったりする女の子もいる。理絵は一度目を伏せ、気持ちを整理してから話し始めた。

「みなさん、おはようございます」

子供たちからおはようございますという返事がきた。ただいつもは金切り声が混じっているものだが、今日は静かだ。自分の娘が殺された——そのことをみんな知っているのだろう。

「今日はみんな、せっかくの夏休みなのに出てきてもらってごめんね。知っていると思うけど、実は十八日に大変なことが起きました。みんなも見に行ったかな、花火大会の日のことです」

言葉が途切れた。理絵は一度口元に手を当てる。心配そうに誰もがこちらを見つめているのがわかった。理絵は一度大きく息を吐く。続けて言った。

「花火大会の日、みんなよりちょっとだけお姉さんの十三歳の女の子が誰かに殺されました。まだ犯人は捕まっていません。まだこの辺りにいるかもしれないんです。だからみんな、気を付けてください。みんながその女の子のようになると、お家《うち》の方はすごく悲しみます……」

理絵はそこでもう一度、言葉を切った。

「女の子は産まれた時、体重が八百グラムしかありませんでした。だからお家の方も心配していたんです。でも元気に成長し、この間はお母さんの浴衣《ゆかた》を着せてもらうまでに成長していました。本当に優しくて、思いやりのあるいい子で……」

それ以降、何をしゃべったのか理絵は覚えていない。ただ壇上から下りると、何人かの児童や教師が泣いていた。かおりは素晴らしいお話だったと言ってくれた。よかった。なんとか校長の務めは果たせたかな……理絵はその後開かれたＰＴＡ総会にも出席した。そこでは具体的に子供たちをどう守るかということが話し合われた。

総会が終わると、理絵は伊勢警察署におもむいた。気は進まなかったが、犯人が逮捕されていない以上仕方がない。事件に関して調書をとられるのだろう。対応したのは恰幅《かっぷく》のいいガラガラ声の刑事だった。年は四十半ばくらいだろうか。刑事は森岡雅《もりおかまさ》博《ひろ》と名乗った。

「すんませんなあ、ご足労願いまして」

「いえ、わたしにできることでしたらなんなりと」

「じゃあ、早速ですけどあの日のこと訊《き》かせてもらいますわ。繰り返しになる思いますけど堪忍して下さい。花火大会の日、花歩さんは七時十五分ごろに花火を見に行かれた。間違いありませんね？」

そのとおりだった。あの日、理絵は花火大会の警備のために宇治山田小学校の教師を引き連れて宮川へ見回りに出ていた。ただ記憶の喚起、それだけでも傷口に塩を塗りこまれているように心が痛む。理絵は顔をしかめると、そうですとだけ言った。

「わかりました。あの後こっちのもんがすぐに町村さんトコに出向いとりますからその後に関してはだいたいわかっとります。息子さんが帰ってきたのはたしか……」

「十時過ぎです。それがいったい？」

まさか智人を疑っているのか……頭に一瞬血が上ったが、森岡刑事は心得ているようで誤解をかけてすみませんと穏やかに言った。

「警察は、もう何かつかんでいるわけですか」

森岡は困った顔を見せた。理絵は自分でも無理な問いかけだとは思う。そんなことを話すわけにはいかないだろう。だが彼なりにこちらに配慮した答え方をした。

「全力で娘さんのご無念を晴らせるようこちらも頑張っとります。心配せんといてください。この事件は犯人逮捕、そんなにかかりませんよ」

「やっぱりなにかつかんでいるわけですね」

「証拠がようけ残されとりますからな。慎重にやっていますが、逮捕は時間の問題です。あんまり言うとまずいですが、一人マークしとる奴がおりましてな」

「そうですか、それで何なんです、証拠って？」

「それは……何ですな」

森岡は言いづらそうだった。理絵は興奮して強い口調で言った。

「はっきり言ってください、言える範囲で結構ですから！」

心配そうに女性警察官がこちらに数名、歩いてきた。

だが彼女たちを追い払うように、理絵は声を荒らげた。

「何を聞かされても驚きません、だから本当のことを言って！」

森岡はゆっくりと息を吐く。ごつごつとした手を組みながら言った。

「町村さん……ええ、わかりました。体液ですよ」

「タイ……エキ？」

「男の汗や唾液《だえき》、あと精液も検出されとります」

「……それって……まさか」

「ええ、言いにくいですが花歩さんは乱暴されていました」

目の前が白くなる。理絵は思わず悲鳴を上げた。

くらくらと目が回る。花歩と性が結び付かない。男にのしかかられ、まだ幼い体に醜い欲望をぶちまけられる――あの子はどんな思いだったのだろう。どんなにつらく怖かっただろう。そう思うと腹の底から耐えがたい嘔吐《おうと》感がわき上がってくる。気が狂うというのはこんな感じなのか。必死で体を支えようとするができない。理絵は耐えられずその場にへたりこんでいた。


その晩、家には智人以外にも何人かが泊まり込んでいた。

警察から連絡を受けた親戚《しんせき》や教員仲間などが心配して一緒にいてくれた。自殺でもしたら大変だと思ったのだろう。自殺……か。まあそれはない。自分には智人がいる。ここで自殺してしまったらこの子はどうなってしまうのか。ただ智人がまだ赤ん坊で、今二人きりだったらその選択肢はありえた。身勝手だろうがこの子を殺して自分も——そう考えていたかもしれない。

皆が寝静まった頃、理絵は一人トイレに起きた。ゆっくりと廊下を歩く。古い固定電話の置かれた階段を見上げる。二階は子供たちの部屋だ。できるだけ音をたてないように理絵は階段を上った。ただ花歩の部屋の前まで来て立ち止まる。この扉を開けたらあの子がいるかもしれない。起こしてしまうかも。そんな幻想にとらわれ、理絵はノブにかけた手を離した。

目が冴《さ》えてしまった。理絵は自分の書斎に足を運ぶと、テレビをつけ、DVDを再生する。それは瞑想《めいそう》のDVDだ。修復的司法の実践のつもりで買ってあったものだ。具体的にどうやって被害者の苦しみを癒《いや》すかが重要だと思い、そのために購入した。買った当時はまさか自分のために使うとは思わなかったが。

モニターには慈悲深そうな女性の住職が映し出されている。彼女は釈尊の瞑想の実践方法を紹介していた。自分のエゴを認めることから始め、全ての人々の幸福を願う。そして最終的には自分が憎しみを向けるべき人間の幸福をも願うようになればいいと言っていた。

「憎い人の幸せを願うなんてできない。多分皆さんそう思われるでしょう。おそらくここにいたるまでの道のりはとても険しいもの。ですから無理をしないで私には無理だと思ったら中断してくださって結構です。ですが絶対に駄目だと決めつけないでください。ここに至ることができればきっと皆さんの苦しみはなくなっているはずです」

女性住職は瞑想の具体的方法を指導していく。「観」というのがこの瞑想の中核で、雑念を振り払い、体の変化をそのまま頭の中で唱えるのが重要らしい。理絵は思う。結局仏教における瞑想実践や森田療法、認知行動療法やサイモントン療法……それら全てにおいて中核は同じなのではないか。悪い思考を遮断し、いい思考のくせをつけるということのように思う。そこに至るまでの道が幾つにも分かれているだけという感じだ。ただ全ての方法は麻酔のようには効かない。今の自分のような状況では意味をなさない。だからどうしても特効薬が欲しくなる。

「どうしたんですか、校長先生」

小さなノックがあり、扉の外からかおりが声をかけてきた。心配してくれたようだ。

「なんでもないわ、目が冴えちゃって」

かおりはそっと扉を開く。何かを手に持っていた。

「ところでこれ、お読みになりましたか」

「なにかしら？」

「できたばかりの読書感想文集です。花歩ちゃん、伊勢市長賞とったんですよね」

「もうできたの？　いつもはもっと遅いのに早いわね」

理絵は受け取った小冊子を開いてみる。ぺらぺらとめくる。ただすぐに閉じた。読むとまた、つらくなってしまうかもしれない。だが結局目が冴えて寝つけず、その晩理絵は花歩の読書感想文に目を通していた。

『被害者と加害者がわかりあえる日
伊勢市立伊勢中学校　二年　町村　花歩

暗いニュースが流れていました。

殺人犯の死刑が執行されたのです。確かに彼は極悪人でした。公園で遊ぶ小学生の姉妹を殺し、その父親にも重傷を負わせたのですから。私もこのニュースを聞いた時、そんなに酷《ひど》いことをしたのなら死刑も当然だと思いました。もし自分の家族がそんな目にあったら絶対に赦《ゆる》せるはずもありません。しかし驚いたことに、この本の作者である被害者の父親は死刑を望んでいないのです。娘二人を失い、自分も片腕を失うという想像を絶するような体験をされているのに、加害者を殺さないで欲しいと訴えているのです。私はこの犯罪被害者遺族の折橋さんという人は、どんなに慈悲深い人なのだろうかと興味を持って読み進めました。

ですが予想は裏切られます。この折橋さんは普通の人でした。私生活では酒飲みで借金を作り、女性にはすぐ騙《だま》されるだらしない人でした。犯人に対しても最初は絶対に俺が殺してやると法廷でわめき散らして退廷させられたりしています。

そんな聖人君子でもない普通の人が、犯人が更生していく姿を見て変化していく姿はとても感動的でした。犯人は最初法廷でも折橋さんを罵《のの》ったりしていますが、次第に自分がいかに罪深いことをしたかに気づき、最終的に死刑を受け入れていきます。プラスチックの遮蔽《しゃへい》板越しに、涙で声をつまらせながら謝罪するシーンが頭に焼き付いて離れません。ただこの死刑囚のように更生する加害者は一握りかもしれません。それを押し付ける事は許されるべきではないと思います。私はある犯罪被害者の方に会い、お話をしました。その方は遺族にしてみれば加害者の更生などは信じられないと言っておられました。私はそれ以上何も訊《き》けませんでした。

被害者にこれ以上ない苦しみがあり、極刑がある以上、それを求めることは自然な事でしょう。それを私も否定はしません。ただ私は具体的に犯罪被害者の方の苦しみを取り除く事こそが大切だという気がします。私の母はNPO法人で、修復的司法という活動をボランティアでしています。具体的には犯罪被害者と加害者が直接会って話をする事で解決の道を探ります（VOM）。まだほとんど日本では行われていないそうで、母も手探り状態でやっています。

「二人のために」で折橋さんがされたのは、まさにこの修復的司法ではないでしょうか。修復的司法はコミュニティの役割が重要とされます。またVOMではメディエーターという仲介者が付きます。でもそれらはちゃんと対話がなされるためのもので、対話がうまくいくなら必ずしも必要でないように思います。重要なのは被害者と加害者双方が納得できる事ではないでしょうか。

勿論《もちろん》ただ話し合い、謝罪の言葉をかけるだけでは意味はないと思います。修復的司法は万能薬でないと母も言っています。会いたくないのに無理に会わせては逆効果でしょう。ですが事件から期間が経ち、加害者が真の反省をしている場合には有効なのではないでしょうか。折橋さんの場合もそうでした。よく折橋さんの例は稀《まれ》だからみたいに言う人がいますが、対話による被害者救済という可能性を捨てることはないと思います。折橋さんは強い苦しみ憎しみを持った普通の人だったのですから。

被害者と加害者がわかりあえる日。それは言う事は簡単ですが実際には遠い日なのでしょう。ただ人を殺す事や、その関係を絶つ事だけが解決の道というのは悲しすぎます。修復的司法の本を読むと難しい事が書かれています。でも大事なのはそんなことではなく、いらない誤解、対立をなくして人が傷つけあわないようにする事だと私は理解しました。

「二人のために」で折橋さんは殺された二人の娘さんのため報復を誓います。ですが後に彼女たちのために犯人と話し合います。そしてそれは娘さんたちのためだけでなく、折橋さんと死刑囚という二人のためでもありました。私は被害者と加害者がわかりあえることで被害者の方の苦しみが癒されるといいなと思いました。

（折橋完　著「二人のために」太江出版）

作品に寄せて

伊勢市立伊勢中学校　教諭　佐久間《さくま》　良二《りょうじ》

町村さんはとても本を読むのが好きな女の子です。その読書の幅は哲学書のようなものから少女漫画までとても広く、知識量にはとても驚かされます。ただありがちな知識だけの現代っ子とは違いその知識の上に自分で考え、行動するという積極性を持っていることが何より素晴らしいと思います。この感想文を読んでも彼女が如何《いか》に自分で考え、自分の言葉で表現しようとしているのかがわかります。彼女はこの感想文を書くために何冊もの本を読み、自分と違う考えについても調べ、実際に被害にあわれた人のもとを訪ねて話を聞いてきています。

読書感想文というものは子供の感性や個性が重要視されますが、私は彼女の行動力をこそ評価したいと思います。重要なのは本を読み、それがどれだけ子供の成長に資するかではないでしょうか。町村さんは読書を見事に成長の糧にしています。

町村さんはいつも明るく、寂しそうにしている子がいると積極的に話しかけてあげる優しさを持っています。地元のＮＰＯ団体の活動にも積極的に参加しています。難を言えば、早熟にすぎるということでしょうか。ただおそらくそんなことは杞憂《きゆう》でしょう。この行動力と自分で考える力があるのですから。十年後、二十年後の町村さんがとても楽しみです』

予想はしていたが、理絵は涙をこらえることができなかった。これほどに優しい子がどうしてこんな目にあわねばならないのか。何故こんな理不尽なことがまかり通ってしまうのか。修復的司法の考えが方向性として正しいという思いはぶれない。人を憎むこと、応報だけに依存することは間違いだ。その思いは変わらない。だが今、理絵は苦しみをどこかにぶつけたい思いでいっぱいだった。犯人が捕まったら、この手で殺してやりたい！　そう思い始めている。たしかに作文の中、花歩はそんなことを望んではいない。だがこんな目にあってそれでも犯人を赦せるというのだろうか。花歩ちゃん……お母さんどうすればいいの？

2

町村花歩の葬儀に出席した若宮は、ＲＸ－８を家の前で停止させると一息つく。

誰も来ているような様子はない。これから帰ってくるたびに一々緊張しなければいけないのか。そう思うと嫌になるがすぐに今のうちだけだと打ち消す。ただ町村花歩を殺した時に使った凶器など、証拠になる物は早く処分する必要がある。家の中に入り、仏壇の奥に隠しておいた袋をとりだした。ここには凶器として使ったマイナスドライバーが入れられている。

当時着ていた服や靴は焼いてすでに処分した。返り血はたいして浴びなかったとはいえ、ルミノール反応だったか何だったかを色々と調べられてはまずい。裁判の世界ではいざ知らず、疑わしきは罰せよってのが世間の常識だ。やばいものは捨てておくに限る。ただドライバーだけは焼き切れない。一番厄介な凶器の処分がまだだった。

もっと遅くまで待ってから捨てに行こうと思ったが、焦りを感じた若宮は暗くなってすぐに外に出た。念のために門の外も誰もいないかと確認する。大丈夫だ、誰もいない。若宮はRX－8をサニーロードに向けて走らせた。色々考えたが、捨てるならやはりどこかに埋めてしまうのがいい。誰も通らない山の中なら掘り返されることもないだろう。実際、サニーロードでは一台の車ともすれ違わなかった。こんなところに誰が来るものか。

矢持の辺りを通り過ぎる頃、若宮はふと寒気に襲われた。何の気なしに走らせていたが、このルートはホタル狩りと偽って町村花歩を連れ出した道だ。ホタル狩りの季節も終わった今、誰もいないが寒気を感じる。花歩の霊が、思いの残ったここに自分を引き寄せたのか。まさか……若宮は冷房のせいにしてスイッチを切った。

RX－8を森の小道に停めると、若宮は持ってきたショベルを担いでしばらく歩いた。死体を埋めるわけではないのに大袈裟《おおげさ》かとも思ったが、ドライバーが見つかってしまえば、工場から盗んできた物だとわかるかもしれない。そうなればアウト。思いつきで捨てるわけにはいかない。深く、深く掘ってやる。慎重に考えた末の結論だった。

しかし実際に穴を掘り返そうと思ってから考え直した。掘り返した跡が残ると、怪しまれるのではないか。とはいえそんなことを言っていてはどこにも捨てられない。海に沈めるにしてもリスクはあろう。仕方なく若宮は三十センチほど掘ってドライバーを埋めた。これなら自然だし、少々の雨では見つかるまい。土砂崩れがあったらどうする？　そんな考えが一瞬浮かんだが、もうそれ以上考えずに若宮は車に戻った。

凶器を処分したことで一仕事終えたという感覚があった。一方、凶器が手元を離れたことに不安も感じる。いや大丈夫だ。場所は覚えている。もし不安になったら掘り返して、別の場所に埋めればいいだけのこと。パチンコ屋の前を通り過ぎる頃、若宮はふとポケットに視線を落とした。車を脇に停め、ポケットから財布を取り出す。財布の中には千円札が二枚と、小銭が入っているだけだった。

次の日、伊勢市役所の駐車場にRX－8を停めた。扉を開ける。すさまじい熱気だ。サングラスをかけると短パンに両手を突っ込み、若宮は向かい側にある建物へ向かおうとした。だが市役所の入口で後ろから肩を叩《たた》かれた。はっとして振り返る。

「すみませんなあ、お兄さん、ちょっとええですか」

思わず息をのんだ。後ろには背の低い初老の男性がにやにやしながら立っている。

刑事か……いや、そんな雰囲気はない。それでもその笑顔は不気味だった。論出神社で町村花歩を殺してから間もないのにもうここまで捜査の手が伸びてきたのか。早すぎる。

「どこ行くんやろか、教えてもらいませんやろか」

若宮は無言で対面にあるハローワークを指さす。

嘘をついているわけではない。それなのに指先が少し震えていた。

「職安でっか、市役所に用ないんやったらあっちに車停めてもらいませんやろか」

「あ、ええ、はい」

「よろしゅうたのんます。すんませんなあ」

ただの警備員だった。いつもならわざとらしい舌打ちでもしてやるところだが、今の若宮にそんな余裕はない。殺人というあまりにも重い十字架を背負い、いつか必ず来るであろう警察の影におびえて日々暮らしている。まさかこんな心境になるとは数日前には思えなかった。何も怖いものなどない。死んでやる。そう思っていた。

市役所から追い出され、向かいにあるやたら狭いハローワークの駐車場に車を停めた。階段を上ると、中には男たちがごろごろしている。年齢は様々だ。受付で十六番の札をもらう。若宮はコンピュータで検索をかけるが、すぐに給料がもらえそうなところは見つからない。時計を見る。仕方ない、行きたくないがあそこに行くか……そう小声でつぶやいた。

RX－8は新二十三号線を松阪《まつさか》方面に向かう。目的地は駅部田《まえのへた》。派遣会社のあるところだ。ここから若宮は派遣され、玉城町《たまきちょう》にあるレトルト食品メーカーに通っていた。給料は手渡しだから直接もらいに行かなければならない。俺が工場で問題を起こし、それから二度と工場へ行っていないことは派遣会社も知っているだろう。こんな状況で金をもらいに行くことはためらいがあった。どうせ首だろうし、どんな嫌みを言われるか知れない。ただ十四万円は惜しい。明日の生活にも困るような状況で背に腹は代えられない。仕方なく若宮は駅部田を目指した。

派遣会社は細い路地の奥、古びた雑居ビルの四階にあった。

駐車場にRX－8を停めると、レトルト食品会社で見た顔が続々とやってくる。駐車場は混雑していた。定められた日、定められた時間に行かないと文句を言われるからどうしてもこうなってしまう。今日はその給料日なのだ。それにしてもどいつもこいつも媚《こ》びた顔をしている。若宮は助手席に置いておいた印鑑を手に持つと、仕方なく雑居ビルの階段を上がり、派遣会社の扉をノックした。

「はい、どうぞ次の方」

社長の声に扉を開ける。社長はポマードで髪を後ろに撫《な》でつけた成金風の男だ。目つきが悪く顔が脂ぎっている。初めての面接の時、自分は元やくざだと笑って話していた。どこまで本当か知らないが、本当だとしても使い走りのチンピラだろう。その社長はこちらの顔を見たとたん、ため息をついた。いつもは外すが、今日に限って若宮はサングラスをかけたままだった。もうへりくだる必要などないのだから当然だ。

「よう厚かましく来られたもんや。もう来えへんって思とったわ」

「働いた分はちゃんといただきませんと」

「わかっとると思うが、君には辞めてもらうよって」

「はやりの派遣切りってやつですね。流行に敏感なことで」

鼻から息を吐いて若宮が言うと、社長は机を蹴《け》った。

「あほかお前、こっちにどれだけ迷惑かけたかわかっとんのか。わしは向こうの会社との信頼を維持するために土下座までしたんやぞ。お前みたいな派遣一人のために！」

派遣一人のためだと……若宮は歯嚙《はが》みした。そうか、それがお前らの本性ってことだな。派遣は人間じゃないってわけだ。そんなこと知るか！　怒鳴ってやろうと思ったが、これ以上もめごとは起こしたくない。仕方なく若宮は黙っていた。

「これが給料じゃ、さっさと印鑑ついて消えろや！」

給料の入った茶封筒を社長は投げつけた。若宮は無言でそれを拾い上げると、持ってきた三文判をつく。紙が破れるほど強く捺《お》してやった。その憎しみを込めた若宮の行為を見て、社長はおかしな笑い顔を見せ、近寄って耳元でささやいた。

「こら若宮、お前に一言いうといたるわ。派遣会社やっとる連中にもネットワークいうもんはあるんや。わしが他の派遣会社やっとる連中にお前のこと言うといたったから、他のところでも簡単には雇うてもらえへんで。この不況や、お前派遣以外就職口ないやろ？」

俺を脅すつもりか、自称元やくざさんよ……頭に血が上った。こいつも殺してやろうか。あるいは三日前に殺人を犯したことをぶちまけて驚かせてやろうか。そうも思ったが、何とか自制した。若宮は現金を確かめると部屋を後にする。後ろから社長の声がかかった。

「二度とツラ見せんなや、この底辺野郎！」

言い返す言葉はなかった。若宮にできたことはドアをきつく締め、蹴りを入れてドアの目立つところに二十七センチの靴跡を残してやることくらいだった。廊下で待っていた他の派遣労働者とすれ違う。怒りを見せつけたかったのか、若宮はかけていたサングラスを廊下に叩きつけていた。いまいましい。本当なら、殺人を犯していなければもっと騒いでやるのに。

階段を下りて駐車場に向かう時、若宮は思った。こんなことでは駄目だ……すぐに俺は感情を表に出してしまう。社長にはむかついたが金はこのとおり手に入った。それに何よりレトルト食品会社の連中はあの事件を派手に騒ぎたてる気はないことがわかった。それは大きな収穫だ。町村花歩を殺した直後の今、別件でも警察と関わることはしたくない。結果的にここに来ていいことずくめだったではないか。そう自分に言い聞かせた。

「わっかみやくうぅん」

駐車場に下りると、不意におかしな声が聞こえた。思わずそちらを振り向く。ショッキングピンクの派手な服を着たおばさんが「愛してる」と言って腕をからませてきた。原口早智子だ。彼女も給料をもらいに来たようだ。ただ隣にはおとなしそうな若い女性が立っている。

「あれから工場来ていないのよね」

原口おばさんは手を離すと言った。

「そりゃあ、まあ……今、正式に首を言い渡されました」

「ライン長にはみんながむかついていたのよ。冷却メンバーの中では誰が一番早く切れるかって賭《か》けまでしていたらしいわ。だからみんなあなたには同情的よ。まあまさかライン長を釜《かま》の中に入れちゃうとは思わなかったけどね。どうせなら加熱処理しちゃえばよかったのに」

　したつもりだったんだがな……若宮は思わず苦笑した。

「これからどうするつもり？」

「さあ、決めていません。またハローワークにでも通いますよ」

「それだったらいいところがあるわよ、ねえ」

　原口おばさんに言われて、おとなしそうな女性が若宮に近づいてきた。

「あの、私、原口かおりって言います。娘です」

「そうなんだ、どうも」

　これが彼女の言っていた早稲田出身の娘か。おとなしそうというだけでこれと言って外見上の特徴は見つからない。一時間後に似顔絵を描けと言われても思い出せないような顔だ。

「すみません、あの、もしお困りでしたら塾で講師しませんか」

「え……俺が、講師？」

「若宮さんって教員免許持っているんでしょう？」

「それは……ええ」

教員免許は持っている。通信制の大学で取った。ただ免許は持っていても採用試験には受からなかった。やはり少年時代の事件があるからなのだろうか。たしかに考えてみればいくら更生したからといって、自分の子供を人殺しに預けられるだろうか。そのことも鬱屈《うっくつ》とした日々を送っていた原因の一つになっている。ただどうして彼女はこんなことを知っているのだろう？　原口おばさんにこのことは話した覚えがない。

「町村校長先生に聞いたんです。若宮さんのこと。すごく苦労しているけど教員目指して頑張っているって。実は花歩ちゃんの葬儀の時、私たち一度会っているんですよ。若宮さん、カメラマン殴りつけて私に隠しカメラ渡したでしょう？　すごく恰好《かっこう》よかった」

一瞬、目の前が暗くなった。町村親子のことを言いだされると心が痛む。俺をこんな思いにさせた町村花歩、あいつが悪いんだ……自分に言い聞かせようとしてもできない。心の奥底で悪いのは百パーセント刺し殺したお前に決まっているだろと誰かが叫んでいる。そしてそれが正しいことを俺は知っている。

「この子から名前を聞いて、若宮忍って工場にいたあなたのことなんじゃないかなって思ったわけ。女の子みたいな名前だったから覚えていたのよ。それでね、給料日ならあなたが来るだろうって一緒にこの子と待っていたの。探偵ごっこっていうかストーカーごっこ」

「………」

「それでね若宮くん、この子ったら、あなたに惚《ほ》れちゃったみたい」

「ちょっと、違うって……もう、お母さん」

照れたように取り繕う原口かおりを見ながら、若宮は苦笑する。

「じゃあ、俺、これで行きます」

思いを振り払うように若宮は背を向けた。

だが原口かおりがそれを止める。持っていた紙切れをさし出した。

「待ってください。ここです、よければこの宇治山田進学塾に来てください。私もここでアルバイトしているんです。すごく働きやすいですし」

渡された広告には、宇治山田進学塾講師募集（三十歳くらいまで）と書かれている。

「三十歳くらいまでって書いてあるけど、とにかくやる気、情熱のある方を求めているんです。私が推薦しますから、若宮さんならきっと採用されるはずです。若宮さんってすごく正義漢っていうか情熱的な方みたいだし。だから……」

「わかった。ありがとう、前向きに考えるよ」

車に戻ってドアを閉めた。バックミラーの原口かおりはほっとしたような笑みを浮かべている。母の早智子とよかったねと話しているのがわかった。俺が正義漢か……笑いだしたいような思いだったが、若宮は無表情でハンドルを握る。旧二十三号線は使わず、新二十三号線を伊勢に向けてRX－8を走らせる。外は一気に暗くなり、様々な思いが浮かんできた。

人を二人も殺《あや》めた自分は悪だ。間違いなく悪だ。だが自分にはまだ良心のかけらが残っているのではないか。それが証拠にこれだけ胸が痛い。自首して、罪を償い、赦《ゆる》されるなら原口親子、彼女たちのような温かい人の輪の中に入ってもう一度やり直したい。そんな思いがわき上がってくる。偽善、身勝手……そうだよな。それはこの俺にもわかる。くそ……加速しかけたが、オービスがあることを思い出し若宮は慌てて減速した。

しばらくして、巨大なホタルのような光が右手にいくつも見えてきた。

ラブホテルだった。それをきっかけに若宮の思考は花歩を殺した日のことに向く。本当に大丈夫なのか。特にまずいのは目撃証言だ。あの晩、俺が花歩に怒鳴っていたところは何人かに目撃されているだろう。二十万人もいれば、誰かが覚えているかもしれない。花歩は美しい少女だ。目立つ。一緒にいるところを目撃されてしまったのではないか。凶器の処分にだけ一生懸命になっても、警察はすでに俺に目を付けているのかもしれない。いや、だからこそ凶器の処分が重要だったのだ。行こうと思えば論出神社には誰でも行ける。二十万人全てが容疑者だ。目撃証言などあやふやな物。決定的な証拠さえ出なければ大丈夫のはず。そうに違いない。

あの日までに俺がとった行動はどうだ。あの日、俺は工場で暴れた。ライン長のマイナスドライバーを奪い、カードリーダーを破壊した。凶器がマイナスドライバーだと特定されればまずくないか。花歩の傷口からドライバーだと特定できるのか。いや、仮にそれで怪しまれたとしても凶器はすでに処分してある。見つけられるはずなどない。その一点で防御できる。俺が口を割らなきゃいいんだ。ただもう一つ問題がある。俺はこの鬱屈とした思いを医者に話した。あれはどうなる？　いや、守秘義務ってものがあるし、俺に疑いが向かなけりゃいい。しかもそれくらいじゃ状況証拠にもならないだろう。大丈夫だ。

そう思ったとき、不安な思いに駆られた。

花歩は俺につながる何かを家に残していないのか……？　警察は中を調べたのだろうか。殺人現場ではないから調べていないと思うが、調べられればヤバいかもしれない。彼女の遺《のこ》した物の中にホタル狩りのことが詳しく出てきていたならこちらに疑いが向く。そして書きとめているのはそれだけではないかもしれない。やはりまずい。早く何とかしなければ……冷や汗が背中をつたい、二つ目のオービスをパスした瞬間、若宮はアクセルペダルを思い切り踏み込んだ。

消してやる。俺につながる証拠は跡かたもなく。

3

花歩の死から数日が経つ。

報道規制がされているのか興味が失われたのか、家の前にマスコミの姿は少なくなっていた。だがその日、理絵が学校から帰るとテレビ局や雑誌記者が多く詰め掛けていた。ひょっとして犯人が捕まったのだろうか。だがこちらに連絡はない。プリウスを車庫に停めると、理絵は隠れることなく報道陣の中へ歩いていく。

「すみません町村校長、一言お伺いしたいのですが」

優しげな顔をした女性リポーターがマイクを差し出す。

「花歩さんが書かれた感想文についてなんです」

理絵は肩透かしを食らわされたような感じがした。犯人が逮捕されたというのなら、真っ先に言うはず。そんなことではないようだ。衝撃的な事件でも新しい展開がなく同じことの繰り返しでは飽きられる。そんな中、花歩の感想文は恰好のネタだったのだろう。

「わたし、あれを読んで感動しました。すごく優しい女の子だなって」

「ありがとう、それじゃあ私はこれで」

それだけ言うと、理絵は家の扉に手をかける。開けようとした。

だが先ほどのリポーターとは別の記者が発した一言に振りかえった。

「今、あなたなんて言った？」

問われた若い記者はトーンを下げる気もなく、同じような口調で同じ言葉を繰り返した。いや、さっきよりずいぶん詳しく長い言葉だ。

「あの感想文の中で、修復的司法について花歩さんは書かれています。その可能性と重要性について。校長先生も修復的司法に携わっていたそうですね。ぶしつけですが、こんなことになって、修復的司法に関して心境は変化されましたか」

理絵は記者を睨《にら》みつけた。周りの記者たちも言いすぎだろうという視線をこの記者に送っている。そんな中彼は一人、こちらに鋭い視線を送っていた。理絵は腹立ちを抑えきれなかったが、おそらく他の記者たちの興味もそこなのだ。修復的司法だなどと甘いことを言っていた女校長、わたしが事件に接し、心変わりをしていく様を伝えたいのだ。あるいはひるまずに修復的司法は必要だと毅然《きぜん》とした態度をとってもいい。それはそれで信念を持ったキャラクターになる。そういうキャラ立ちのようなものを求めているのだ。

「修復的司法は道具です。被害者の回復のための一つの道具。薬と言い換えてもいい。

だから人によって効く場合もあれば効かない場合もある。それに時期も問題。いきなり強い薬を飲ませちゃあ副作用が出るかもしれないでしょ？　それだけのこと。わたしの認識はその程度です」

「ぶしつけな質問で失礼しました。ありがとうございます」

先ほどの記者は礼をする。問いに直接答えたわけではないが、この答えが精いっぱいだった。その後も花歩の感想文について色々と質問を受けた。優しい子だとか、中学生離れした素晴らしい作文だとか褒めてくれる内容がほとんどだった。だがそれらは記事にしてよろしいですかという確認が主だ。それで番組の視聴率が上がろうが別にかまわない。好きにすればいい。それらの質問に理絵は可能な限り答えると、玄関の扉を開け、中に入った。

「ただいま」

静かな挨拶《あいさつ》に返事はなかった。自転車は停まっているし、靴もある。智人はいるはずだ。理絵はため息をつくと、居間でテレビゲームをしている智人のところに向かった。もう一度ただいまと言う。蚊の鳴くような小さな声でお帰りという返事がきた。

花歩が殺されてから、智人はすっかり元気がなくなった。葬儀の時はまだましだったが、日ごとに落ち込んでいくようだ。今日も朝食は食べなかった。台所の机の上に置かれた弁当も重い。開けるとほとんど手つかずだ。

「お昼、食べなかったの？」

問いかけると、智人はしばらく間を空けてから答えた。

「腹、減ってないし」

「食べないと駄目よ、育ち盛りなんだし」

「食いたくないから仕方ねえだろ、それにまずい」

「じゃあ夕飯はお母さん、腕によりをかけて作るから食べてね」

理絵はわざとらしく腕まくりをしながら言った。

「しつこい！　無理やり明るく演技すんじゃねえよ！」

怒鳴られ、理絵はそれ以上何も言わなかった。テーブルに両手をついてうつむく。

ごめんね、ごめんねと繰り返す。涙が零《こぼ》れてきていた。

「泣くなよ……卑怯《ひきょう》だぞ」

そう言いながら智人も泣いていた。理絵は両手で顔を覆う。この苦しみが癒《いや》されることなんてあるのだろうか。どう考えてもありえない。誰かが心の中でそれでも前に進むんだと言っている。だが無理だ。あまりにも綺麗《きれい》事にすぎる。そうとしか理絵には思えなかった。

夕食は鮭のクリームソース煮だった。以前智人がうまいと言ってくれたメニューだ。この日、智人は飲み込むようにして食事をたいらげた。事件の前までは何杯でも食べていたのに、明らかに食が細くなった。それなのに無理して食べている。理絵は大丈夫だろうかと思ったが案の定、食後に智人はトイレで戻していた。理絵は背中をさすりながら言った。

「無理しないで。今からでも開いているわ、一緒に病院行こう」

「いいって、別に」

「駄目よ、もっと重くなったらどうする気？」

智人はきっとこちらを睨んだ。大声を発するのかと思い理絵は身構えたが、智人はすぐに首を横に振る。静かな声で言った。

「一人で行くよ。親と一緒だと恥ずかしいだろ」

「そう……わかったわ」

「母さん、ごめん」

「ちょっと、智人、何謝ってんのよ」

「支えてやれなくて、ごめん」

酸いものが上がってくる。思わず理絵は智人を抱きしめていた。そんなことないわ、と泣きながら言う。しばらくそうしていたが、智人がもうやめろよと優しく言ったので手を離した。

理絵は涙を拭《ぬぐ》うと、時計を見る。

「まだ大丈夫、河崎《かわさき》心療内科なら開いているわ」

「そっか、じゃあ俺行ってくるよ」

智人は自転車に乗った。近くの心療内科に向かって行った。

理絵は外まで見送ると玄関の扉を閉める。だが台所で片づけを始めてすぐに玄関のチャイムが鳴った。理絵は手をふくと、玄関に向かう。智人にしては早すぎる。マスコミ関係者だろうか。ドアスコープからのぞく。背の高い童顔の男がいた。理絵は扉を開く。

「こんばんは、校長先生」

「若宮くん、あ、どうぞいらっしゃい」

廊下の奥の方を見てから若宮は言った。

「今日は僕の他には誰か？」

「いいえ、外にマスコミの人がいるかもしれないけど」

「智人くんは塾か何か」

「うん……調子が悪いから病院に行ったわ」

「そうですか、それじゃあ、失礼します」

理絵は修復的司法の活動をしてきた。その中では被害者支援というものが重視される。修復的司法というと被害者と加害者が話しあうこと、のように考えられがちだが、広い意味では被害者の傷を癒すこと自体が修復的司法だとも言える。難しく言うと最大化モデル。ＶＯＭは、そのための一手段にすぎないのだ。

被害者支援のためには被害者をできるだけ孤独にしてはならない——そう理絵は言ってきた。だが自分が被害者となって今度は逆に原口かおりたちからそう言われた。たしかにわたしには智人がいる。とはいえ彼も被害者の一人なのだ。あのように自律神経をやられている。

事件後その鉄則にのっとり、付き合いの深い誰かが泊まり込んでいてくれた。今日は若宮の番ということだろう。葬儀の時の彼の姿は忘れない。まるで勇者だった。

居間に通すと、若宮は姿勢をただしてから言った。

「何かお困りのことはありませんか？　何でも言ってください」

優しい声だった。まだどこか少年の面影を残した若宮の顔を見ると、甘えたくなってしまう。

「ありがとう、でも特に何も。あえて言うならまたマスコミが色々言ってきて」

「マスコミが……そうなんですか」

「あ、いえ、気にしないで。たいしたことじゃないの。花歩の感想文について色々言ってきただけ。ただの話題づくりよ。それに若宮くんがどうこうできるものじゃないし。そうだ、のど渇いたんじゃない？　冷たい物でも用意するわ。何でも言って」

「それじゃあ、アイスティーを。校長先生のアイスティーはおいしいですから」

理絵は了解、と言うとアイスティーを入れた。テーブルの上に置くと、若宮は勢いよく飲んだ。あっという間にコップは空になる。

「のど渇いちゃって、もう一杯もらえます？」

「わかったわ、あ、そうだ。さっきの感想文の件なんだけど」

アイスティーを入れに行くついでに、理絵は花歩の書いた感想文の載った小冊子をとりに行く。コップとともに若宮に手渡した。

「花歩の感想文は伊勢市長賞をもらったの。多分明日からこれをネタにマスコミは事件報道すると思うわ。若宮くん、この感想文どう思う？」

小冊子をペラペラとめくり、若宮は花歩の感想文に目をとめた。彼は通信制の大学しか出ていないとはいえ、かなり頭はいい。特に国語に関しては抜群だ。人当たりもいいし、見た目もいい。教師になれないのはやはり過去の事件があるからなのだろうか。そういう意味で教員になれる資格は普通の地方公務員より厳しい面がある。いくら更生しようと、人を殺してしまった人間は教師にはなれないのだろうか。

若宮は真剣な表情で感想文を読んでいた。まるで一言一句噛《か》みしめながら読むといった感じだった。読み終わる頃には、アイスティーを入れてあったコップが再び、空になっている。

「これ、校長先生が書かれたんじゃないでしょうね」

微笑みながら若宮は言った。そんなわけはない。

「代筆じゃないわ、だってわたしは自慢じゃないけどここまで書けないもの」

「はは、冗談です。でもそれくらいよく書けている。上手だと思いますよ。自分の考えと体験がうまく組み合わさっています。特に真剣さが伝わってくるところがいいですね。一生懸命書いているし、考えている。伊勢市長賞も納得です」

安易にお世辞を言わない若宮の性格はよくわかっている。やはり彼の目から見ても出来がいいのだ。理絵はサービスと言って三杯目のアイスティーを入れに行く。感想文を褒められてうれしい半面、もう花歩は帰ってこないと思うとつらくなる。アイスティーを若宮の前に差し出すと、そのことが思わず口から零れた。

「若宮くんの前でなんだけど、わたし……甘かったのかもしれない」

「……どうかされたのですか」

「修復的司法だ何だって活動してきたけど、いざ自分が被害者遺族になってみると全然違うんだもの。ホントに、本当につらいわ」

若宮はすすりかけたアイスティーをテーブルの上に置く。真剣な表情を作った。

「ごめんなさい、こんなこと言いたくなかったんだけど、ついあなたの前だと甘えちゃうのかもしれない。児童や教員、智人の前だと自分がしっかりしなくちゃって思うんだけどね。わたし、本当は誰かにすがりたいの。弱い人間なの。校長なんて……身分不相応だわ」

「誰だってそうですよ、先生」

「いいえ、わたしは身勝手なの。結局痛みがわからなかった。それなのに好き勝手言っていた。慈悲深い人間を演じたかっただけ。それが証拠に今、目の前に花歩を殺した犯人がいたら絶対に殺していると思う。そんな人間なの！」

言いたいことを吐きだして、理絵は少し楽になった。若宮の前では何でも話せてしまう。まるで信者の告白を聞く教誨師《きょうかいし》だ。それでも花歩が乱暴された事実だけは言いだせなかった。このことも口に出せば楽になるという思いもあったが、より傷つくというためらいもある。そしてぎりぎりのところでためらいが勝った。報道もこの事実についてはなされていない。若宮は黙ってふたたび、アイスティーをすすっている。ただしっかり聞いていることは間違いない。

「これじゃあ、どっちが先生かわかんないわね」

「いえ、僕は先生に救われたんです。少年院から出て、先生に出会わなかったらまた道を踏み外していたかもしれません。それに苦しみ痛みがわからないことは恥じゃありませんよ。そんなものです。問題なのはその痛み苦しみにどれだけ向き合おうとするかじゃないでしょうか。少なくとも先生はこれまで向き合ってこられた。立派にやってこられたとしか僕には思えません。なぐさめじゃなく、本心からそう思います」

温かみのある若宮の言葉に、理絵は小さくありがとうと言葉を返した。

二人はしばらくそのまま話を続けたが、やがて若宮はトイレに立った。

「アイスティー、飲みすぎちゃったみたいで」

理絵は微笑む。若宮はトイレに向かったがつまっているとかで二階のトイレに行った。だがすぐ出てくると再び話を続ける。若宮と話していると時の経つのが速く感じる。いつまでも話していたい。こんなことは死んだ夫以来かもしれない。やがてチャイムが鳴らされ、智人が帰ってきた。大分すっきりした顔をしている。

「若宮くん、明日の予定は？」

「塾に行こうと思っているんです。原口かおりさんでしたっけ？　彼女に紹介されました」

「じゃあ、もう帰った方がいいわ。私たちは大丈夫。それぞれ学校に行くから。それにいつまでもみんなの世話になるわけにいかないし、ね、智人」

智人はああと言ってうなずいていた。

「そうですか、では失礼します」

言い残し、若宮は帰っていった。一時間ほどの訪問だったが、どのセラピストと話をするよりも気分が楽になる思いがした。

「それで、確定申告の方法ですがね……」

次の日、宇治山田小に出勤した理絵は、校長室に一人の客の訪問を受けていた。その男は銀行員風、六十代前半。ただしこの校長室にいると異様な感じがする。校長室には歴代校長の肖像が掛けられているのだが、その一人とそっくりなのだ。

「この方法だと、かなり返ってきますよ。お勧めです」

当たり前だった。彼はこの学校の二代前の校長なのだ。定年退職し、今は相談員という仕事をやっている。相談員は各地区に一人いて、教員の退職後の相談に乗るのが仕事だ。主に税金対策。元校長でないとなれない。生徒たちの悩みをきくスクールカウンセラーとはまるで違う仕事だ。彼の名刺には「総合相談員」と書かれていた。理絵も今年度限りで定年退職になるから彼が来たのだ。理絵は税金のこととは全然関係のないことを訊《き》く。

「ところで相談員のお仕事は大変ですか」

「え、いや……何といいますか」

「すみません、いきなり変なこと訊いちゃって」

元宇治山田小校長はハンカチで額の汗を拭《ぬぐ》った。

「正直言いまして楽です。期限までに定められた訪問をすればいいだけですから。朝早く起きる必要もないですしな。私は今、地元で区長の仕事も兼ねてやっているんですがずっとそっちの方が大変ですよ。毎日毎日文句がきますし、匿名の電話がかかってきたりしまして」

「そうなんですか、でもお給料はもらえるんですよね」

「まあ少しだけです。税金の勉強はしないといけませんけどね。スポーツ解説者みたいなもんでしょうかな。元校長特権。こう言うと解説者の人に叱られちゃうかな。相談員は期限がありまして私も今年度で相談員は終わりです」

「じゃあ私でもできるんでしょうか」

「ええ、できますよ。私の後釜《あとがま》にでもいかがですか」

「なり手不足ってことは？」

「区長なんかとは違って、そういうわけではありませんよ。でもできればやる気のある人にやってもらった方がいいですからね」

理絵はうなずいた。窓の外を見ると子供たちが楽しそうにプールで泳いでいる。相談員……か。まだ中学生の智人がいる以上、何か仕事をしたいと思っていたがこれならやれそうだ。それにもし花歩を殺した犯人が見つからなければわたしが……そんな思いもあった。

4

計画は修正を余儀なくされた。

前日、若宮は泊まり込む予定だった町村理絵の親戚《しんせき》に電話をかけ、自分が泊まり込むからと言って代わってもらった。そのあたりの話術は心得ている。泊まり込んでしまえばあとは楽だ。町村校長も智人も二人とも朝から出かけるはずだ。誰もいなくなれば花歩の部屋をじっくりと探すことができる。だがその予定は狂った。町村校長が泊まり込まなくていいと言いだしたからだ。そう言われれば無理強いはできない。

それでも若宮はそれに備えていた。町村家の二階のトイレはほとんど誰も使っておらず、そこからは鍵《かぎ》がかかっていなければ侵入できる。若宮はそれを知っていた。だから一階のトイレにウェットティッシュを流してつまらせ、二階に向かった。後で侵入するため、トイレの窓の鍵を外しておいたのだ。ここの鍵が外れていても不審には思うまい。アイスティーをたくさん飲んだのはわざとらしかったという気がしているが、今さら反省しても仕方ない。

町村宅前にＲＸ－８を停めるわけにはいかない。近くのコンビニに停めると、若宮は町村宅に電話する。

「はい町村です。ただいま留守にしております……」

留守番電話のメッセージが流れた。よし、誰もいない。

若宮は車を降りると歩いて町村宅に向かう。ただし正面からは入らず、塀越しに駐車場を見た。町村校長のプリウスはない。報道陣もいなくなっていた。念のために智人の自転車を確認する。これも大丈夫だ。出かけている。予定どおり若宮は雑草の生い茂る裏手に回った。そこから二階を見上げる。問題はない。鍵は外れている。

町村家の母屋《おもや》と、土蔵のような隣の家は一メートルほどしか離れていない。持ってきたナップサックに履いてきた靴を入れると、この狭さを利用して両手両足を踏ん張る。軽業師のように若宮は巧みに上に登っていく。鍵を開けておいた狭い窓から侵入に成功した。

トイレのドアを開けると、階段へと続く廊下が延びている。階段の手前に花歩の部屋はあった。可愛らしい飾りがノブに取り付けてある。若宮はゆっくりとそのノブを回す。だがガチャガチャと音がするだけで扉は開かなかった。

「くそ！　開かない」

予定が狂った。町村校長は娘の部屋に鍵をかけていた。どうする？　あまりぐずぐずしていては誰か帰ってくるかもしれない。だがせっかくここまできて引き返したくはない。若宮は考えた。鍵をかけたのは間違いなく町村校長だろう。そして花歩の部屋はいまや花歩の形見とも言うべき存在、そこにかける鍵もその一部だ。だとしたら自分の手元に置いておきたいはず。

町村校長の部屋だ……確信した若宮は一階にある町村校長の書斎に向かった。

そうだ、他の場所は考えづらい。娘の形見のように大切な物をおかしな場所に隠すはずがない。そこにある可能性が高い。ただひっかきまわすわけにはいかないだろう。若宮は町村校長の書斎に入る。いかにも校長の書斎らしく無数の重要そうな書類や、真面目そうな本が並んでいる。娯楽の類《たぐい》は一切ない。小太りの優しそうな男性が写っている写真があったが、これは夫だろう。

若宮は机の中や、貴重品が入っていそうな場所を慎重に調べる。そして机の上に置かれた小箱の中から猫のキーホルダーのついた鍵を見つけた。

若宮はすぐに二階に向かい、鍵を差し込む。カチリという音がして鍵は外れた。よし……ゆっくりと若宮は扉を開けた。

部屋の中ほどまで進むと、若宮は立ち止まった。一回転して周りを見渡す。

中は十三歳の子供の部屋とは思えない様子だった。人気アイドルのポスターが貼ってあるわけでもない。ゲーム機もない。人形が大量に置かれているわけでもない。あるのは机と本棚、ベッドといった生活に必要最小限のものだけ。飾りと言えばベッドの目覚まし時計の横に、小さな猫とツメナシカワウソのぬいぐるみが仲良く二つ並んで置かれているくらいだった。本棚には参考書の他、修復的司法や被害者支援関係の本が並んでいる。専門で勉強している大学生でもこれだけの本は持っていないかもしれない。

花歩はおこづかいをこんな本に使っていたのか。買い切れない分は図書館や俺から借りたりしていた——昨日読んだ感想文と、その事実が若宮を責めた。だがその思いを振り払うようにして若宮は物色を開始する。整理整頓《せいとん》されているので探すところは限定されている。一番ありそうなのは机の引き出しの中だ。若宮は手を伸ばす。だがまた鍵がかかっていた。強引に開けようとすれば開けられないわけではなかったが、壊してしまっては怪しまれる。若宮は少しだけ考え、さっき見たぬいぐるみの下を調べる。案の定そこに鍵はあった。所詮《しょせん》は子供の浅知恵だな……そう思い鍵で机の引き出しを開ける。

入っていたのは、数冊の日記帳だった。小学四年生の時からの日記帳が綺麗《きれい》に整頓されて入れられている。最初の頃は明らかに文字も下手で、内容もいまいちだったが、だんだんとうまくなっていく。中学生になってからの日記は大人顔負けの内容だ。字もうまく、内容も哲学的な思考のようなものまである。だが一番新しい日記帳をペラペラとめくった時、若宮ははっとする。そのページには「若宮さん」という文字がはっきり書かれていたからだ。この俺以外に若宮などいないだろうし、文意からそれが俺を指すことは誰の目にも明らかだった。

まずい……若宮の頬を冷や汗がつたった。

若宮はさらに日記帳をめくる。

ざっと見ただけで「若宮」という文字がいくつも出てきた。そしてあのホタル狩りの日のページを見る。そこにはあの時の様子がはっきりと描写されていた。さらにページをめくる。そこに書き込まれた描写に愕然《がくぜん》とし、日記帳を見つめたまま若宮は前のめりになる。頭を殴られたような衝撃があり、しばらく立ち上がることができなかった。

花歩の告白は嘘ではなかった。あいつは本当に俺のことを思っていてくれた。それを俺は誤解して殺してしまった……なんてことだ。何故殺してしまったのだろう。きりきりと心が痛んだ。嘔吐《おうと》感のようなものさえ襲ってきていた。


それからどれくらいの時間が流れたのだろう。

若宮は日記帳を持って立ち上がる。そのまなざしは鋭いものだった。

「これは、誰の目にもふれさせるわけにはいかない」

そうつぶやくと、若宮は日記帳をナップサックに入れる。頭が割れるように痛んだ。

そしてあらためて思い直す。こんなことを誰かに知られるわけにはいかない。これだけ自分のことが出てくる以上、その部分だけを切り取るわけにはいかない。日記帳がなくなっていれば不自然と思われるかもしれないが仕方ない。こんな物を残しておけば全てが明るみに出る。それよりはましだ。それだけは阻止しなくてはいけない。

その後数分、若宮は花歩の部屋を物色した。焦っているのが自分でもわかる。いつ町村校長や智人が帰ってくるかもしれない。そういう焦りが汗となり、部屋のあちこちにポトポトと落ちた。この滴りはまずいか？　いや、こんな物は事件の真相につながる証拠にはならないだろう。消さなくてはいけないのは真相だ。絶対にこの事件の真相はこの世から消してやる。

その時、砂利をタイヤが踏みつける音が聞こえた。

若宮ははっとして窓の外を見る。プリウス……町村校長が帰ってきたのだ。若宮は慌てて花歩の部屋に施錠すると、階段を飛び下り、書斎の小箱の中にキーホルダーを投げるように入れた。階段の手すりをつかむと駆け上がる。二階の物陰に隠れた時に玄関の鍵が外された。

「ただいまあ」

上品な声とともに町村校長が入ってきた。

「智人、いないの」

町村校長は居間へと向かう。若宮はできるだけ音をさせないように口元を手で覆った。息が切れている。苦しい。ある程度呼吸を整えてから二階の廊下をゆっくりとトイレの方へ向かう。ただいつ校長が上にあがってくるかもしれない。慎重な上にも急ぎながら若宮は二階のトイレに入った。ナップサックを雑草の上に投げ落とす。ほとんど音はしない。続いて自分も外へ出る。両手両足で踏ん張りながらトイレの窓を閉めると、脱力したように草の上に飛び下りた。

RX－8を停めてあったコンビニに来ると、コンビニで若宮は申し訳程度にジュースを買った。ここまで来れば大丈夫だ。ひと安心して若宮はRX－8の中へ乗り込む。ジュースを飲みながら何か落ち度はなかったかと思いを巡らせた。花歩の部屋は慎重に物色した。鍵《かぎ》もかけたし書斎に返した。二階からナップサックを落とす音も、自分が飛び下りる音も聞こえてはいないはず。マスコミ関係者の姿が見えたが問題ない。あそこからこちらは見えない。大丈夫のはずだ。

問題はこの日記の中にある。町村花歩の日記帳に書かれたことは、事件の全てと言っていい内容だった。花歩と若宮との出会いから、ホタル狩りの告白。花火大会の前日までが事細かに記載されていた。これを読めば誰でも犯人はこの俺だと疑うまい。逆に言うと、警察はこの日記帳を見ていないということだ。読んでいれば必ず事情を訊《き》きに来るはず。それがないということは読んでいないと判断していい。それでも花歩の日記帳は捨てるわけにはいかなかった。それはそこに事件の真実を知っているかもしれない人物が書かれていたからだ。その人物の名前は折橋完。以前花歩に貸してやった本の作者、花歩が感想文で伊勢市長賞をとった本の作者だ。

日記によると、花歩は折橋に手紙を書いている。その内容は過去に人を殺してしまった人間はどうやって更生すればいいのかというものだったらしい。どんな手紙が送られ、どんな返事が来たのかは知らない。だがそこには自分と花歩をつなぐ一本の太い線がある。花歩はどこまで事件のこと、俺のことを折橋に話したのだろう？ 折橋はどれだけ俺のことを知っているのだろう？ 子供の戯言《ざれごと》と取り合わなかったかもしれない。返事すらしなかったかもしれない。そうであれば何の問題もないが、やはり気になる。どうする？ 乗り込んでいって訊きただすか。いや……若宮の思考はぐるぐると回るだけだった。

次の日、若宮は自宅に日記帳を残して外に出た。いつものようにRX－8に乗り込む。原口かおりに紹介された宇治山田進学塾に行くのだ。だがハンドルを握る手が微妙に震えているのがわかる。俺は取り返しのつかないことをしてしまった――その思いが追い払おうとしても虻《あぶ》のようにしつこくまとわりつく。途中青信号になったのに気づかず、後ろからクラクションを鳴らされた。いつもなら怒鳴ってやるところだが怒る気持ちはなかった。

宇治山田進学塾はおはらい町の近くにあった。小綺麗《こぎれい》で二階建てのそれほど大きくない塾だ。他の塾ではどこどこの高校大学に何人合格といった広告が貼られているがそれがない。個別指導、個性を伸ばす教育という看板が掲げられている。若宮は原口かおりから渡された広告を持って中へ入ってみる。事務室のようなところの扉をノックする。中からは、はいという元気のいい声が聞こえてきた。眼鏡をかけた五十代くらいの男性が出てきた。

「何か、ご用でしょうか」

広告を示しながら若宮は答える。

「実は講師募集の広告を見まして」

「ああそうですか、ありがとうございます」

やけに丁寧な対応だった。若宮は少しすまないという気になって正直に答える。

「いえ、あの、本当はこちらの塾で働いておられる原口さんという方の紹介なんですが」

「あ、そうなんですか、どうぞどうぞ」

男性は若宮を応接室に通すと、自ら冷たいお茶を入れてきて差し出した。

「申し遅れましたが、私、こちらで塾長をやっております高橋《たかはし》といいます。実は昔は教員をやっておりましてね」

「教員……そうでしたか、僕は若宮忍と言います」

「それで、若宮さんは講師をご希望なんですよね。こちらでは小学校中学校の生徒を扱っていますが、ご希望の教科とかはございますか」

「国語が得意ですが、一応全てやれます」

「そりゃあ素晴らしい。ご希望の時間、曜日などは」

「特にないです。いつでも来れます」

「失礼ですが、年齢はおいくつでしょうか」

すらすらと答えてきた若宮だったが、ここで初めて言い淀《よど》む。

「三十……五歳です」

塾長の高橋はその答えに黙ってうんうんとうなずくだけだった。おそらくこちらの外見からもっと若いと思ったのだろう。この年ではやはり駄目なのか？　そう思った時、彼は質問を続けた。ただややトーンダウンしている。

「ではこの塾で講師を希望された理由をお聞かせ願いますか」

「この塾でと言いますか、従来の詰め込み型の偏差値教育に嫌気がさしていまして。何とか自分が考える教育を実践してみたいという思いがありました」

「具体的にはどういった感じでしょう？」

「いわゆる落ちこぼれの子を切り捨てていくんじゃなく、彼らにこそやる気を持たせ、勉学の素晴らしさを知ってもらえればという思いでいます」

「どうしてそういうお気持ちになられたんですか」

「僕は教員免許は持っていますが、事情が色々ありまして普通の大学を出ていないんです。子供の頃は勉強なんてと思っていました。でも社会に出てから勉学の必要性を痛感したわけです。だからいわゆる落ちこぼれの子たちを何とか救ってやりたいという思いが根本にあるんです」

高橋塾長は感心した顔を見せた。

「そうですか、ひょっとするとすごく気が合うかもしれませんね。いや、原口さんの紹介と聞きまして期待はしていたんです。ではこちらへ来ていただけますか。緊急ですみませんけど、少しばかりテストを受けていただきたいんです」

言われて若宮は別室に移動する。さっきの答えで好感をもたれたようだ。ただあれは本心ではない。ここの塾長が元教員だということ、原口かおりの態度、塾の様子からここの塾長が理想主義的な考えを持っていると推理し、それに合わせた回答をしたにすぎない。

「では時間は一時間です。はい、始めてください」

若宮は鉛筆を握った。中学生用の問題が国数社とバランス良く並んでいる。隣の教室から子供が騒いでいる声が聞こえ集中を阻害されたが、若宮はその全てに三十分余りで解答した。おそらく全問正解だろう。やがて塾長が隣室から出てきて解答用紙を回収する。

「お疲れさまでした。では後で採点いたします」

塾長は解答用紙を眺めてからもう一度言った。

「採否に関しましては後日電話で連絡いたしますので」

「そうですか、よろしくお願いします」

笑顔で礼を返し、若宮は宇治山田進学塾を出た。外は暗くなっている。だが駐車場に向かう前に、後ろから声がかかった。若い女性が微笑みながら立っている。

「もう来てくれたんですね、若宮さん」

原口かおりだ。若宮も微笑みを返す。

「無職でしてね。わらをもつかむ思いってやつですよ」

「面接の後、塾長言っていましたよ。いい人が来てくれたみたいだって」

「そうですか、隣で子供が騒いでいるようでしたが」

「すみません。ちょっと問題のある子がいまして。小六なんですが落ち着きがなくて私も困っているんです。さっきも暴れちゃって。うるさかったでしょう?」

「いえ、そういうつもりで言ったんじゃないんですが」

「塾長、まず合格だって言っていましたよ」

「そうですか、それじゃあ……」

若宮が言うのをさえぎって原口かおりが言う。

「明日から、同僚ってことです」

「じゃあよろしく」

こちらこそよろしくお願いします、と彼女も笑顔で元気よく答えた。


RX－8を走らせながら、若宮は複雑な心境だった。

絶望と希望、その両方が同時に存在している。いや正確には絶望が大きく勝っている。それだけ町村花歩の部屋で見つけた日記帳は衝撃だった。自分の心の奥底に眠っていたちっぽけな良心をぐいと摑《つか》みだされたようだ。いまさらながらの後悔の念が津波のように押し寄せてくる。どうすればいい？　俺はどうすれば……。

倉田山《くらたやま》を下っていると、手前に伊勢警察署が見えてきた。おそらく今は町村花歩殺しの犯人逮捕に追われていることだろう。犯人はここにいるというのに。

家の前まで来て、若宮は目を見張った。見かけない車が停められ、門の前で誰かが待っている。震えが来た。刑事だ。わかる。あいつらは間違いなく刑事だ。一度通り過ぎようとしたが、体格のいい男がこちらを睨《にら》んだ気がした。いまさら逃げても仕方ない。若宮は家の前にRX－8を停める。男たちが窓ガラスをノックしたので窓を開けた。

「すみませんねえ、若宮さんですか？　若宮忍さん」

「はい、そうです。何かあったんでしょうか」

しらじらしい問いだ。だがひょっとするとレトルト食品工場の件なのかもしれない。いいように考えたがその男はそんな希望をあっさり打ち壊した。男たちは身分証を見せる。体格のいい一人は森岡と名乗った。彼はやはり若宮が予想したとおり三重県警の刑事だった。

「この近くで殺人事件があったのは御存じですよね？　女の子が殺された事件」

「それは……まあ、ええ」

「こんな時間になんですが、署の方に来てお話を聞かせてもらえませんか」

「今すぐ、ですか？　明日では」

「ええ、申し訳ありませんが。何か不都合でも？」

心臓が高鳴っていた。署の方だと……ただの聞き込みならここで十分ではないか。若宮は上目遣いで森岡刑事を見る。彼は少しだけ微笑んでいた。その微笑みは獲物をみつけたという満足の笑みに見える。彼は隣の若い刑事に何か言っていた。若宮は混乱していた。その狼狽《ろうばい》は間違いなく彼らに伝わっている。なんてことだ。俺はここで終わるのか。

いや、そんなはずはない。何の証拠があるという？　必ず帰ってきてみせる。だが何か致命的なミスをしでかしていたのではないか。だからこそ警察もここにまで来た。そう考えた方が自然だ。いつもそうだ。いつも俺は頭がいいつもりで一歩踏み込んで考えることができない。森岡刑事は車の扉を開け、若宮を中へといざなう。ちくしょう！　心の中だけで叫んだ。

その時、家の中に残した日記帳のことを思い出す。しまった……あれだけは見られてはいけない。あれを見られれば全てが終わる。それだけは駄目だ。一瞬刑事たちを殴り倒して逃げようという考えが起きた。だがそれが非現実的であることは明らかだ。あの花歩が俺のことを書きとめた日記帳だけは処分すべきだった。あれだけは何とかすべきだった。

頼む、誰かあの日記帳を焼き捨ててくれ、もう誰の目にも届かないように。

第三章　埋み火

1

宇治山田行き近鉄《きんてつ》特急の窓の外は真っ暗で、何も見えない。

松阪を過ぎてからは特にそうだ。時おり車のライトや街灯の明かりが通り過ぎていくが、それはごく一瞬。記憶には残らない。窓に映っているのは還暦を前にした自分の顔だけ。そんな窓の外を飽かずに理絵はずっと眺めている。だがそれでよかった。今、自分の前にどれだけ美しい光景が広がろうと、そんなものはきっと頭には残らない。怒り、憎しみ、失望……そのどれとも違う感情が理絵の心に巣食っている。混沌《こんとん》として渦を巻いている。

理絵が犯人逮捕の知らせを受け取ったのは名古屋だった。

この日、理絵は東海地区の校長会で名古屋に来ていた。テーマは開かれた学校とその安全というもの。理絵はあまり活発に討議には加われなかったが、とりあえず役目は果たした。そして会合が終わった午後七時、警察から携帯に連絡があった。その知らせに、理絵は最初安堵《あんど》感を覚えた。ようやく区切りがついたと思ったのだ。だがその安堵感は長くは続かなかった。逮捕された犯人の名前を聞かされた時、理絵は驚きのあまりしばらく何も言えなかった。携帯を握りしめたまま動けない。信じ切っていた者に裏切られる——その感覚は彼に怒りを向けるというところまではいかない。ただ心の中に大切にしていた何かが音を立てて壊されるような感覚とでも言おうか。全ての物を吐きだしたいような感覚がそこにあった。

あれから二時間が経つ。近鉄電車の中でも文字ニュースで犯人逮捕が伝えられている。乗客もその文字ニュースを見て驚いているようだ。理絵はようやくそれが事実だと認識できるようになってきた。窓から目をそらすと、思い出したように席を立つ。何度か椅子につかまりながらデッキに向かう。携帯を取り出し、そこから家で待つ智人に電話をかけた。だが留守電になっていてつながらない。きっとすさまじい電話攻勢があって留守電にしているのだ。理絵は仕方なく智人の携帯にかけた。

「はい、智人。何だよ母さん」

「何だよじゃないでしょ。そっちは大丈夫？」

「大丈夫なわけねえだろ。すげえ報道陣が来てる。今までにないくらい」

やはりそうか、とても智人一人の手には負えないだろう。こちらも混乱しているが、早く帰って少しでも応対してやらないといけない。

「まだ時間かかりそうなのかよ」

「もう明野《あけの》だから、伊勢市まで十分もかからないわ。すぐ着くから待ってて」

「わかった、じゃあ切るよ」

携帯をしまうと、理絵は自分の席に戻った。その時電車の音が変わった。鉄橋の上を通過しているような音だ。再び窓の外を見る。暗くてよくわからないが、川が流れている。おそらく宮川だ。伊勢市駅がようやく近づいてきた。

「伊勢市、伊勢市です。お忘れ物のないよう……」

扉が開くと、乗車券付き特急券を改札で渡し、理絵は伊勢市駅北口から外に出る。智人の待つ家に急ごうとした。外は思ったより涼しいな……そう思った瞬間、どこから聞いたのか報道陣が既に待ち構えているのに気づく。こんなところにまで……理絵はため息をつくと歩いて家に向かう。後を報道記者やカメラマンが追いかけてくる。記者たちは自制を利かそうとしてはいるようだが明らかに興奮している。近所の住民たちもこの騒ぎをかぎつけて外に出てこちらを見ていた。

「町村先生、一言だけでもお願いします！」

駆け足で家路を急ぐ理絵の後ろから報道陣が声をかけてきた。理絵はそれには答えずに新道《しんみち》の商店街の所から右に曲がる。報道陣と、野次馬が大量についてきている。とても振り切れそうにはない。ふと横を見ると、量販店のテレビがニュースを映している。

「ちょっと前からこれ一色やに」

野次馬の一人がそう言った。それは犯人逮捕のニュースだ。

「どの局もおんなじシーンばっか繰り返しよって」

別の誰かが報道陣に聞こえるように言った。理絵の足はそこで止まる。野次馬たちは何度も見たのかもしれないが、自分にとっては初めて見るシーンだ。画面には一軒家の玄関が映し出されている。そこから男が一人、連行されていく。呆《ほう》けたような顔だ。よく見かけるのは顔を隠して連れていかれるシーンだが、彼は堂々としている。いや、何かをつぶやいている。そして急に怒り出した。やめろ、と叫んでいるのがわかる。急に凶悪な顔になった。理絵は眼を見開く。こんな彼は見たことがなかった。天使と悪魔。なんという二面性だろう。

「こんな奴は死刑にせなあかんやろ」

「殺されたの一人だけやから死刑はどうせあらへんわ」

野次馬たちは話しあっている。やがて画面が切り替わる。四十代くらいの男性が映っている。「近所に住む人の話」というテロップが出ていた。逮捕後、もう撮影したのだろうか。

「いや、信じられないです。とてもあんなことをする人だとは思えませんでした。この間もウチの車が故障しましてね。そこへたまたま通りかかった彼が見てくれたんです。本当に気さくな人で今でも間違いだろうとしか思えませんよ」

　別の女性が顔は伏せてインタビューに応じている。

「考えられへん。ホンマ考えられません。ホンマええ人。もう誰も信じられへんようになってしまいました。ショックやなんてレベルの話ちゃいますよ。多分皆さんそう言うんちゃいますか？　ホンマありえへん。もう考えられへんです」

　インタビューが終わると、画面は報道スタジオに戻った。緊急特番のようでいつもは十時から出てくるアナウンサーとコメンテーターが映っている。ゲストとして犯罪心理学か何かの専門家や元タレントの政治家も呼ばれていて話をしている。政治家は、「これは世界一有名な感想文として歴史に残りますね」と言っていた。

　アナウンサーが神妙な面持ちで正面を向く。

「さて、この事件では殺害された町村花歩さんの感想文が話題を呼びました。なんて心優しい女の子だろう、なんて頭のいい子だろう……そんな声が全国から寄せられ、修復的司法というものへの関心も彼女によって高まっていました。以前この番組ではゲストとしてこの感想文の中に被害者遺族として書かれた中村富雄さんにもお越しいただき、涙ながらのご意見を頂戴《ちょうだい》しました。しかし、この感想文はそれだけにはとどまらなかったのです」

　アナウンサーは間を空ける。

「花歩ちゃんは犯人を心ならずも指し示していたのです」

プロの声優による感想文の朗読が始まった。

花歩の書いた感想文が朗読されていく。声優は三十代だが子供っぽい声だった。すばらしく抑揚がきいている。感情がこもっていた。国語教師であったわたしが朗読するよりはるかにうまいな——理絵はそう思った。やがて声優が変わる。白馬の騎士のような声をした有名声優だ。これもうまい。ただ彼が読んだのは花歩が書いた感想文の後にある「作品に寄せて」という部分だった。

朗読が終わると、アナウンサーは一度目を伏せ、指を組んでから顔を上げた。

「皆さん、考えられますか？　この感想文の後に書かれた『作品に寄せて』。これを書いた花歩ちゃんの担任、佐久間良二その人こそこの事件の犯人だったのです」


予想どおり自宅は報道陣で取り囲まれていた。

理絵は群がる報道陣をかき分けるように玄関へと進んでいく。

「申し訳ありません、町村さん。一言、今のお気持ちを一言だけでも」

「結局犯人逮捕に二カ月以上かかってしまったわけですが」

「佐久間良二に何か言いたいことは？」

すさまじい混乱ぶりだった。校長の娘が殺害され、その犯人が担任。これだけでも大騒ぎだろうに事前に花歩の感想文が流されていたのが大きかった。いかにも善人面をして少女に寄り添い、その裏で醜い欲望を燃えたぎらせている若い教師の像が浮かび上がる。彼は国民の憎悪を向けるのに恰好《かっこう》の標的だったのだろう。だが一番憎悪に燃えているのはこのわたしだ。さっきまでは混乱と信頼感を打ち砕かれたことに呆然《ぼうぜん》としていたが、今は怒りがこの身を覆っている。今、カメラを向けられれば、殺してやりたいと叫んでしまいそうだ。

これではとても家で安らげる状況ではない。理絵は一度立ち止まる。フラッシュがたかれ、カメラの砲列が理絵を襲った。卒倒しそうだったが、この場は自分が答えないと収まりそうにない。明日は休日だということもあって理絵は報道陣の際限ない質問に付き合い、できるだけ感情を高まらせないように答えた。時々佐久間良二の真面目そうな笑顔が浮かび、嘔吐《おうと》感に襲われたが何とか耐えた。中には明らかに扇情的な質問もあったがそれに乗せられることはなく終えた。結局報道陣の質問攻めは二時間近くに及んでいた。

翌日、報道はまさに花歩の事件一色になっていた。理絵はそれらに目を通すことなく、居間でじっとしていた。心配して知人たちが携帯に連絡をくれ、その対応に追われている形だ。智人は時々窓の外を睨《にら》みながらカーテンを閉め切り、ゲームをしている。

　この日は警察署から署長が来ることになっている。犯人逮捕の報告をするためだ。報道陣は昨日よりは減ったとはいえいまだに多い。その中を縫って警察の車が到着した。理絵は玄関まで出迎え、自分の書斎へと署長を通した。

　お茶を差し出すが、署長はお構いなくと言った。

「長いことお待たせしましたが、やっと犯人を捕まえることができました」

　何か言おうとしたが、何も言えぬまま理絵は頭を下げていた。

「性犯罪者は再犯を繰り返すことが多いですからあっさり見つかるかと思っていました。物証はいくつも残されていましたから。ただあいにく前科がありませんでね。ですから目撃証言をこちらも丁寧に追う仕事に追われました。それでここまで時間がかかってしまったわけです」

　弁解じみた署長の言葉にはそれほど腹は立たなかった。ただ花歩の事件を「性犯罪者の事件」とまるで一括《ひとくく》りにして表現されたことに多少のいら立ちを覚えた。

「あの日、花歩さんは多くの人に目撃されています。また花歩さんと一緒にいた若い男がいることもそうです。ただ一緒にいた若い男という部分で証言が食い違いましてね。何人かの証言者は百八十センチ近い赤い服を着た男と言っていました。ただ佐久間の身長は百七十センチ。着ていた服も黒っぽい色。少し違っているわけです。逆に全く佐久間と一致する証言、あるいは直接的に佐久間だったという証言もありました。この男と佐久間が同一人物ならほとんど問題はないんですが、冤罪《えんざい》事件とかになるといけませんから慎重に捜査していたわけです」

「それで、決定的な証拠は出てきたんですよね」

「ええ、遺体に残された唾液《だえき》、精液、完全に佐久間の物と一致しました」

理絵はそうですかとため息交じりに言った。

「あと、少し申し上げにくいことなんですが」

署長は言いにくそうな表情をする。内容は推察できる。こみ上げてくる佐久間への怒りと、これ以上聞くことは苦しみを増幅してしまうという恐れの間で一瞬躊躇《ためら》った。が、聞けることはすべて聞こうというある意味自虐的な精神が勝った。

「かまいません。お願いします」

「佐久間の家からは少女の映像が押収されています。それらはポルノとは呼べないながらも、その手の性的嗜好《しこう》を持つ者から見ると性的興奮を覚えるものなんでしょう。プールの監視の際に撮った映像や自分の教え子が運動会ではしゃいでいる映像などが多くありました。特に花歩さんの映像が多く、佐久間は前々から花歩さんに好意を抱いていたのははっきりとしています」

できかけのかさぶたをはがすような思いで理絵は署長の話を聞いていた。

「あと、花歩さんの下着類も押収されています」

理絵は口元を押さえた。放っておくと、この口からはとんでもない言葉が漏れそうだった。ひどい。本当にひどすぎる。どうしてここまで人は悪魔になれるのだろう。自分の欲望のため、どうしてここまで他人を苦しめられるのだろう。霊安室で見た花歩はわたしがあげた浴衣《ゆかた》をちゃんと着ていたというのに。あの時、下には何もつけていなかったのか。

「最後に、こんなことは慰めにはならないでしょうが、花歩さんは亡くなられてから姦淫《かんいん》されていることがわかりました」

「……そうですか」

素っ気なく言ったが、その事実はほんの少しだけ救いになった。乱暴される恐怖を味わった後で殺されるよりはいささかましだという気がする。ただこんなことで心が少し楽になる自分を責めたい思いも同時に湧いてきた。

「これから私どもは事件の現場、論出神社に行って手を合わせて来たいと思うのですが、一緒にどうでしょうか」

「ええ、わかりました。行きます」

理絵は論出神社へ報告に行くことを智人に告げる。智人は最初、渋っていたが、一緒に行くことに同意した。十月になり、外はすでに秋風が吹き始めている。報道陣を無視するように警察の車に乗り込み、理絵は智人を連れて論出神社に向かう。
秋葉山《あきばやま》トンネルを抜け、左手に折れた。さらに細い道へと入っていくがここは車では通れない。理絵たちは車から降りて鬱蒼《うっそう》と木の生い茂る神社の上へ続く石段を上っていく。石段は急勾配《こうばい》。意外と高さがあり、少し息が切れた。ただ途中に寂しく花が供えられているのに気づく。花歩が好きだったコスモスの花だ。誰が供えてくれていったのだろう。

「コスモス？　何故こんなところに」

思わず理絵は声を発した。

「ここは、花歩さんの遺体が発見された場所ですね」

署長についてきていた刑事が言った。理絵は一応納得するが、どこか釈然としない思いも残った。石段を上りきった上にはたくさんの花々が供えられている。理絵も持ってきたコスモスをそこに供えると、黙って目を閉じる。花歩ちゃん、やっとあなたをこんな目にあわせた犯人が捕まったよ。よかったねなんて言わないわ。あなたは犯人を罰することよりも、被害者と加害者がわかり合えることを目指していたんだものね。でもわたしは少しだけほっとしている。だってあなたを殺した男が我が物顔で歩いていたら絶対に赦《ゆる》せないじゃない？　佐久間良二……彼をお母さんは何があっても赦せないわ。たとえあなたが赦すって言ってもね。でももうこんな話はやめようね。

わたしもあと何年かしたらそっちへ行くから。その時はずっと一緒に……。

「町村さん、それでは私どもはこれで」

ずいぶん長いこと祈っていたようで、署長の一声でやっと理絵は我に返った。

「あ、おつかれさまでした」

神社には理絵と智人の二人だけが残った。智人は立ったまま手を合わせている。その身長は理絵よりはるかに高い。いつの間にこんなに大きくなったのだろう。

「智人、あなた身長いくつある？」

「前測ったら百七十六センチだったよ」

「もう伸びなくてもいいくらいね」

「馬鹿言うなって。俺まだ十三だぜ、もっとでかくなるさ。それより……母さん」

「ん？　なに」

ためらいがちに智人は言った。

「佐久間の奴、死刑になるかな」

すぐには答えず、理絵は軽く首を振る。

「さあ、わかんないわ」

「殺せよ、殺さないなら俺が殺してやる！」

静かな神社の木々の中に変声期の少年の声だけが響き渡っている。

その声はやがてかすれ、神社に静寂が戻った。しゃがみこんだ智人の背を理絵は軽く叩《たた》く。もうそろそろ行こうという意味だ。だが智人は立ち上がる代わりに口を開いた。

「さっきも言ったけど、俺、もっとでかくなるよ。あいつを刺してもリーチが足りなくてあと一センチで致命傷だったのに……ってことになると悔やみきれないだろ」

「……智人」

「来年の二月まで猶予期間はあるんだ。十四歳未満は罪に問えないらしいじゃないか。その頃にはもっとでかくなっているさ」

理絵は何も言わず、黙って智人の顔を見ていた。

智人は立ち上がると笑いながら言う。

「冗談だよ」

少しだけ歩くと振り向いた。悲しげな母の顔を見るともう一度冗談だってと念を押した。

ニキビ面が涙で濡《ぬ》れていた。

2

「先生、ここがよくわからないんですけど」

三つ編みの少女が訊《たず》ねてきたのは角度を求める問題だった。決して難しいものではない。以前若宮が教えたことの応用だ。だが機械的に解法を示すのではなく子供に自分で考えさせなければいけない。応用力をつけさせることを念頭に置きながら若宮はそれとなくヒントを出した。

「そっかあ、わかった。この公式を使えばいいんですね」

「そうだよ、君は歴史が得意だったよね。覚えるだけでいいからって。でも暗記科目とかいう言葉があるけど結局数学だって暗記なんだ。怖れることなんてない。司法試験だってそうなんだよ。結局はいくつかのパズルの組み合わせ。必要なところだけ覚えて貼り付けちゃえばいいいんだ。受験問題なんて人が作るもので、創造性はいらないんだから」

「そうなんだ、うん。ありがとう先生」

通信制の大学しか出ていない自分が言っても説得力はないと思ったが、自分の言葉に子供たちは意外と納得してくれる。この塾にはマニュアルが一応存在するが、個別指導で個性に合った教育を目指している。若宮は自分の考えたわかりやすい指導法にのっとって子供たちを指導している。それは今のところうまくいっていると言っていい。

「すみません、先生」

また別の子供から声がかかった。若宮は急いでそちらに向かう。連立方程式の問題について若宮は勉強してきた全てを出し切って説明する。その子も納得してくれたようだ。ふと時計を見る。時刻はもう午後六時近くなっている。飛ぶような速さだ。派遣をやっていた時は一分一時間が長く感じた。無意味に何度も時計を見た。それが今はあっという間に過ぎていく。

先生と呼ばれることに少しは慣れた。最初はこんな生活が長くは続くまいと思っていたが事態は思わぬ方向に展開している。佐久間という若い教師の逮捕——思えばあの日、花歩にちょっかいを出していた若い男がいた。あいつが佐久間だったのだ。ひょっとして俺はこのまま捕まらないのだろうか。以前ならもろ手を挙げて喜ぶところだろうに、おかしな感覚だった。安堵《あんど》感だけでなく、別の感覚がある。これが罪悪感というやつなのだろうか。

次の時間は小学六年生の部だった。子供たちの質問が途切れたので若宮は窓際でぼんやり外を眺めている少年に近づいた。この少年は万引きで捕まって以来、不登校ぎみになっているらしい。友達はいない。初めてここへ来た時にも騒いでいた。頭は悪くないようだがまるでやる気がみられない。

「どうした？　わからない問題があったら訊《き》いてくれ」

少年は答える代わりに、ふてくされたように教材をわざと床に落とした。黙って若宮はそれを机の上に置く。少年はありがとうも言わずにため息をついていた。

「やる気、起きないか」

優しくそう声をかけた。だが少年は何も反応しない。しばらくそうしていると別の生徒からこちらを呼ぶ声が聞こえた。ここでずっとこうしているわけにはいかない。仕方なく若宮は去り際に声をかけた。

「また話しような。多分お前の気持ち、俺はわかると思う」

少年は少し驚いた顔を見せる。だが結局少年は口をつぐんだままだった。今はまだそれでいい……そう思って若宮は呼ばれた方へ向かった。


塾が終わると、RX－8はJR宮川駅近くにある離宮院《りきゅういん》公園にたどりつく。地元では単に「離宮公園」とか「離宮さん」と呼ばれる公園だ。「マムシ注意！」と書かれた蛇の看板近くに車を停める。若宮は踏切を渡ってしばらく進んだ。この辺りもしばらく来ないうちに変わってしまった。「不審者に注意！」という看板も目につく。不審者どころか殺人犯がここにいるのだが。やがて日が翳ってきた。秋になり、日が暮れるのが早くなってきたのだ。携帯の時計を見る。まだ約束までには少し間がある。そう思って歩いていると、スーパーの近くに「原口」という看板が見えてきた。

原口親子の家は、狭い庭のあるこぢんまりとした家だった。車を停めるスペースはぎりぎり二台分。狭い通路なので前に車を停めておくこともできない。そんな家だ。若宮は玄関の前に立つと、チャイムを鳴らす。二人分の「はあい」という声が聞こえ、すぐに扉は開かれた。

「いらっしゃい、若宮くうん」

原口おばさんの元気のいい声が第一声だ。よく見ると手に何かを持っている。足元には青い首輪をした白い猫がいて、無警戒に体をこすりつけてくる。

「こんばんは、でもういいのかな」

恐縮したように若宮は言う。

「待っていました、若宮さん」

控えめな微笑みをたたえてかおりが言った。以前はまるで思わなかったが、いつの間にか綺麗《きれい》になったように思う。若宮はもう一度、口を開いた。

「教員試験最終合格、おめでとう」

持ってきた花束を渡す。花を買うのは今週二度目だ。かおりは満面の笑みでありがとう、そう言ったように思う。だがやかましい音がそれを妨害した。原口おばさんが手に持っていたクラッカーを鳴らしたのだ。

「もうお母さん、早すぎ」

「いいじゃないの、長年の夢がかなったのよ。ちょっとくらいのフライングは大目に見なさい。あたしのアイドルになるって夢は少し厳しくなっちゃったんだから」

「まだ夢見ていたんですか」

「人は皆、永遠のドリーマーよ」


教員試験最終合格者はこの十月、教育委員会のホームページで発表された。かおりは二度目の挑戦で見事に合格し、来年から正式に教員となることが決まった。この日はそのお祝いと称してパーティーがここ原口宅で開かれる。出席者はこの三人だけ。ささやかなパーティーだが、原口おばさんの話術、かおりの手料理のうまさもあってパーティーは素晴らしいものになっていた。若宮は今、自分がこの温かな空間にいることの不思議さを感じざるを得なかった。

「ところで若宮くんは落ちちゃったの？」

あまりにもダイレクトに原口おばさんは言った。

「ええ。正直もう、厳しいです」

気落ちしたように答えたが、本当は受験すらしていない。去年は最後だと思って教員採用試験を受験したが落ちた。ろくすっぽ勉強していなかったのだから落ちるのも仕方ないのだが、落ちたのは過去の事件があるからだと勝手に思い込んでいた。ぶち切れた。教育委員会のホームページにこぶしを食らわせ、モニターを破壊した。キーボードを叩《たた》きつけては踏みつけ、無茶苦茶に壊していた。最後に踏みつけた文字がZだったことまで覚えている。

「でもお母さん、若宮さんすごいんだから。若宮さんが宇治山田進学塾に来てからうちの子の成績が上がりましたっていっぱい感謝の言葉が届いてるの。あの新しい講師の人素晴らしいって。若宮さん、自分で指導マニュアルまで作って子供たちの送迎までしているのよ」

「そうなの、すごおい」

「個性に合わせた個別指導と言っても、成績が上がらなければ生徒も親もついてきませんからね。大手学習塾の指導マニュアルを超える方法を編み出したいと思っています。大手には絶対負けないという思いでやっていますよ。少子化こそチャンスだってね」

原口早智子は感心したように何度かうなずいた。

「考えることが違うわねえ」

「それでね、塾長も若宮さんを正社員にするって決めたんだって。よければ自分が引退したらこの塾を継いでほしいってまで言ってるんだから」

「あらあ、やっぱりねえ。レトルト工場にいた時から他の人とは違ってると思っていたのよ。この人はこんなところで終わる人じゃないってね。オーラが違っていたわ」

オーラって何だよ……若宮は苦笑する。ただかおりが言っていたことは事実だ。生徒は慕ってくれるし、塾長は俺をやたら高く買ってくれている。嘘から出たまことというか、俺も不良、負け組だったからこそそういう奴の思いがわかるという面もあるのだろう。こんなに褒められたのは中学時代、町村理絵に会った時以来だろうか。この不況下でこの年齢、空白の履歴。正社員の道がこんなにあっさりと開けるとは思わなかった。わからないものだ。

教師適性があるとは自分でも思わなかった。まともに教えたことはない。教師を目指したのは安定したお堅い職業に就きたかったからだ。生徒をいい方向に導くとか、自分の教育理念がどうこうなど考えたこともない。教師になれれば負け組から這《は》い出せる。お堅い職業だから結婚もできる。そう思ったからにすぎない。以前中村弘志という俺が殺してしまった男の親に謝罪文を出したことがあるが、その時に「将来は教師になりたい」そう書いた。だがあれも本心ではなかった。そう書けば改心していると思われると思って書いただけなのだ。

「町村さんトコの事件が今、すごい話題でしょ？　どう思う、若宮くん」

急に振られて若宮は一瞬言葉に詰まった。

「あの佐久間って男、まだ二十三歳でしょ？　教師の資質がどうこうって言っていたのってちょっと前の話じゃない。それなのにあんなのが新卒で教師になっちゃったのよねえ。若宮くんが落ちてあんなのが受かっちゃうんだから全然採用試験ってちゃんと人間を見ていないわ」

「まあ、人間の本性は面接や討論だけではわかりませんよ」

素っ気なく若宮は答える。

「また今回の事件で教師の資質が問われるでしょうから、かおりも合格したって浮かれてないで頑張らないと首にされちゃうかもよ」

「はあい、わかってまあす」

「じゃあ若宮くんの正社員決定記念もかねて、一曲あたしが歌うわ」

「お母さんただ歌いたいだけでしょ」

「いいから、いいから」

原口おばさんは用意しておいた安物のカラオケの前に立つ。「緊張するぅ」と言っていたが全くそうは見えない。曲がかかり、ウィンクの曲が流れ始める。

「また始まっちゃった」

かおりは原口おばさんが歌い始める前から笑っていた。原口おばさんは歌は下手だったが振り付けがやたらうまい。というよりやけにユーモラスだ。若宮は笑いだしたいのをこらえていたが、原口おばさんがカレーのレトルトパウチを取り出し、ユラユラすいみい……と意味不明な踊りをした部分で耐えきれずに大笑いしていた。

ささやかではあるが、楽しいパーティーが終わった。

外には星がまたたき、時刻は夜の十時を回っていた。原口親子は家の前まで若宮を送ってくれた。満足したような二人の笑顔を前に若宮は礼をする。

「今日は本当、御馳走《ごちそう》になりました。すごく楽しかったです」

いつ以来だろうか、それは心からの礼だった。

「また来てね、若宮くん」

「ええ、是非。いつでも呼んでください。ピザ屋のように駆けつけますよ」

「絶対だからね。何だかんだと理由をつけて呼んじゃうから。猫の誕生日だからとか」

若宮は笑うと、もう一度礼をした。お世話になりました――そう言って踵《きびす》を返す。

RX－8を停めておいた離宮院公園を目指した。だが踏切を渡り終え、車にキーを向けた時に後ろから声がかかった。かおりだった。

「ごめんなさい、お母さんが最後まで送ってやれって」

「そうなんだ、面白い人だよね」

「でも怒る時は鬼の形相ですごく怒るんですよ。喜怒哀楽が激しいんです」

「ふうん、意外だね」

「若宮さん、それで、あの……」

そこまで言ってかおりは口ごもる。頬が少し赤くなっている。彼女の気持ちにはかなり前から気づいていた。若宮は黙っていたが、かおりは思い切ったように顔を上げた。

「今度は、二人きりで会って欲しいんです」

若宮は何も言わない。ただ黙ってかおりの肩に手をかける。

しばらくしてからささやくように言った。

「わかった」

かおりはうるんだ瞳《ひとみ》でこちらを見ている。

若宮はかおりを抱き寄せると、その唇に自分の唇を重ねた。


自宅に戻った若宮はいつものようにテレビとネットの電源をほぼ同時に入れた。冷蔵庫からチューハイを取り出し、冷やしておいたコップに注ぐ。口をつける前に唇を人差し指で撫《な》でてみた。唇にはかおりのやわらかな感触がまだ残っている。それを拭《ぬぐ》うようにチューハイを一気に胃袋に流しこんだ。

テレビでは予想どおり佐久間逮捕関連のニュースが流れている。

この話題でいつまでひっぱるのか知らないが、テレビ局は様々な角度から事件を分析している。ご苦労なことだ。話の流れはほとんど同じ。一つはこの社会的影響の大きい凶悪な犯罪に、殺した人間が一人でも死刑を適用すべきかというものだ。そこには必ず花歩の感想文が持ち出され、彼女はそんなことを望んでいないといった反論もなされる。もう一つがさっき話したように教師の適性がどうとかいう流れだ。はっきり言ってどちらもピント外れ。何せ真犯人はここにいるのだから。

佐久間逮捕のニュースを聞いた時、ひょっとして俺は花歩を殺していないのかとも思った。よくある刑事ドラマ的思考だ。殺したと思った被害者が生きていて、それを誰かがもう一度殺すというパターン。だがそれはありえない。花歩はどう考えても助かるような出血ではなかったし、あの時の感触は今もこの手に残っている。殺したのは百パーセントこの俺なのだ。ただ姦淫《かんいん》はしていない。それはあの佐久間がしたことなのだ。花歩の遺体を発見した佐久間は遺体に情欲を催し、姦淫した。そうに違いない。死体を前に情欲を催すなど普通では考えづらいかもしれないが、佐久間はそういう男なのだ。俺にはそんな趣味はないが、なんとなくわかる。俺は花歩の命を欲し、佐久間は花歩の体のみ、優れた人形としての器のみを欲したということだろう。

要するに俺というライオンが花歩というエサを見つけ、食し、佐久間というハイエナがその残飯を食らっていった——事件の真相はこんな単純な図式にすぎない。それを俺以外誰も見抜けないのだ。今、佐久間は終始黙秘を続けているという。今後殺したことを否定するかもしれないが、そんな事実に誰も耳を貸すまい。俺もこいつに同情はしない。悪魔……こいつも俺と同じでこの世に生きていては害をなすだけの悪魔なのだ。俺もそうだからよくわかる。

立ち上がると、若宮は居間に向かって歩いた。

仏壇の引き出しから日記帳を取り出し、線香の横に置かれたライターを手に取った。ガラス製の巨大な灰皿に日記帳を入れ、ライターの蓋《ふた》を外す。思えば二カ月以上前、この花歩の日記帳を手に入れた時からずいぶん時間が経った。その間、何度もこの日記帳を焼き捨てようと思ったのにできなかった。それは俺の中に良心というものが残っているからでなく、この日記帳の内容にある。この中に書かれた折橋完という人物。花歩が俺とのことを話したのではないかと思ったからだ。だから何度も読み返した。読み返して真実に少しでも近づこうとした。だが結局はわからずじまいだ。

きっと花歩は俺とのことについて、折橋に詳しくは話していない。もし話しているなら折橋はきっと正義感に駆られて警察に自ら足を運んだだろう。そうなれば俺のもとに警察がやってきた時、もっときつい尋問を受けていたに違いない。だがなかった。さらに佐久間が逮捕された今、折橋のことなど気にする必要はない。どう考えてもそうだろう。この日記帳を焼き捨てることに、もう何のデメリットもない。

だ。

若宮はライターに火をともした。

この日記帳さえ焼き捨てれば、真相など誰にもわからない。あえて言うなら山に埋めたマイナスドライバーだが、あれも俺が口を割らなければ誰も見つけられないだろう。つまりこの日記帳さえ焼き捨てれば、真相は完全にこの世から消えるということだ。

視線をテレビに戻すと、一人の初老の男が映し出された。

鳶職《とび》だろうか。まるでホームレスのように薄汚れた身なりのヒゲ面の男だ。片手に焼酎《しょうちゅう》の瓶を持っている。若宮は特に関心もなげに見ていたが、その老人が突然叫び出したので少しアルコールのまわった頭で画面を見る。

「なんじゃあワレ！」

老人はカメラに向かってどなり散らしている。

だがかまわずインタビューアーは優しそうな声で語りかけている。

「佐久間さん、佐久間良造《りょうぞう》さんですよね？」

「わかっとるんやったら訊《き》くなや」

「申し訳ありません、今回の事件について」

老人は途中で手を横に振る。答える気はないという意思表示のようだ。

「息子さんがこんな事件を起こしたわけですが」

「消えろや、わしは忙しいんじゃ」

「息子さんの引き起こした事件について何もお感じにならないのですか」

インタビュアーの毅然《きぜん》とした問いに、老人は意味不明な叫び声を返すと、しばらくうなだれている様子だった。そこからカメラの時間は少し進む。老人はぼそりとつぶやく。何を言っているのかは聞き取りづらいが、テロップが出ている。死刑にしてやってください。そう言っているようだ。だが男は急にまた大声を張り上げる。

「あんなん息子ちゃう。もう殺したってくれや」

老人は建物の中へ消えていった。ネットではニュース実況の掲示板がとてつもない速さで書き込まれ、読むのさえ追いつけない状態になっている。ただその書き込みのほとんどは「ひでえ親」「この親父も死刑」「この親にしてこの子あり」といった内容のものだった。時々落ち着いた書き込みも見られるが、結局は親父も殺せ的流れに飲み込まれていく。

佐久間は悪魔だ。俺とは少し違う種類の悪魔。きっと生きていても人に害をなすだけでろくなことはないだろう。だが奴がやったことは刑法的に見るならそこまでの罪ではない。そしてその親であるこの老人もここまで非難されるいわれなどない……そういう思考が一筋の風のように心の中をふきぬけた。この老人はこれからどうなっていくのだろう。どういう思いで余生を過ごしていくのだろう。

死んだ親父のことが頭をよぎる。俺が中村弘志を死なせてしまった時、親父は泣いていた。情けない……そう何度繰り返し言っただろうか。親父が泣いたのを見たのはあの時だけだ。親父は教育長も辞め、母と共に中村弘志の家に何度も頭を下げに行っていたようだ。若宮はライターを持ったまま、何気なく仏壇を見る。死んでいった母の遺影と目があった。その優しげなまなざしに耐えられず、若宮は思わず目をそらせる。

「くそったれ！」

ライターの火を消すと、若宮はそれを放り投げていた。

3

校長室の机の上には何枚もの用紙が並べられていた。

それは宇治山田小の各教師が提出した希望調書だ。来年度はこの学校を希望する、家庭にこういう事情があってここの学校へはいけないなど彼らの勤務先に関する個人情報が載せられている。そのために今、校長室には鍵《かぎ》がかけられている。希望調書は最近では早く、十二月二十六日には提出すべしと決められている。それを表にして整理し、一月中に提出するのも校長の仕事だ。まとめられた希望調書は管理主事、現在では地域調整・人事監に送られ、来年度の人事の参考にされる。各教員にとって重要なことでもあるから、希望調書のチェックは一朝一夕にはできない。何日もかけて作業は行われることになる。帰ったら家でも仕事だ。

理絵は提出された希望調書に目を通しながらふと思った。わたしは今年度で退職する。もう希望調書を書くこともないのだ。校長としての生活、いや四十年近い教師生活にピリオドが打たれるというのに実感がわかない。それはやはり花歩が殺されるという絶望的な事件があったからだろう。花束と温かな歓声に包まれ新しい人生に旅立つ――そんなことはわたしには望めそうにない。花歩の死が、そんなものなどどうでもいいことにしてしまった。

校長室の電話が鳴ったのは、その時だった。

「はい、町村です」

「校長先生すみません、弁護士の方からお電話が」

ようやく花歩の事件に関する報道は下火になった。弁護士？　よくわからないが花歩の事件のことではなく修復的司法の件だろうか。だが今、自分はそんな気にはなれない。ただ話は聞いておこうと思い、校長室に電話をつないでもらった。

「何でしょうか、町村ですが」

「すみませんね、校長先生」

原口かおりのＶＯＭの時に世話になった弁護士は、やや興奮気味だった。

「お知らせしておきたいことがありまして」

「どうしたのですか」

「佐久間良二が、花歩さんの殺害を否認しました」

思わず理絵は声をあげた。一体どういうことだ？　あれだけ決定的な証拠がそろっているというのにどうしていまさら……わけがわからない。理絵は混乱しながらも、思ったことをそのまま言葉に乗せる。ただ証拠となった精液などという言葉は汚らわしくてとても言いだせなかった。弁護士は努めて落ち着いた口調で話した。

「佐久間が否認したのは、殺人の部分だけです。その後の姦淫《かんいん》行為についてはしっかりと認めています。つまり彼の言い分だとこうなります。あの日佐久間は花歩さんと一緒にいた。だが途中ではぐれてしまい、町村先生から花歩さん失踪《しっそう》の知らせを受けて捜索に加わった。そして論出神社で花歩さんの遺体を発見した。驚いたがその時佐久間は強烈な情欲を催し、姦淫してしまった。花歩さんの下着類も持ち去ってしまった」

理絵はしばらく呆気《あっけ》にとられていた。弁護士の「しまった」という言い方が妙に鼻につく。だいたいそんな馬鹿な話をどう信じればいい？

「じゃあ殺した人物は他にいると？」

強い口調で理絵は言った。

「ええ、佐久間の主張ではそうなります」

「そんなおかしな話がありますか」

「……まあ、おかしな話ではあります」

「だいたい花歩の遺体を発見してレイ……いえ、そんなことをすれば、自分が殺害した犯人だと疑われるのは目に見えているじゃないですか」

「そうなんですが、説明として一応の筋は通っています」

「苦し紛れの言い訳に決まっているでしょう」

「ええ、私もそう思うんですがね」

弁護士はなだめるような口調で続ける。

「ただ警察が徹底的に捜したにもかかわらず、凶器はいまだに発見されていません」

「そんなの隠そうと思えばいくらでも隠せるんじゃないですか」

「まあそうですが……私も弁護士仲間に聞きましてね。この佐久間が否認したという事実について一応、町村先生にお知らせだけはしておこうと思いましてご連絡申し上げたんです」

「わかりました。すみません、興奮しちゃって」

その後の会話について、理絵はよく覚えていない。覚えているのは心の底から佐久間への怒りが湧き起こってきたということだ。花歩にあんなことをしておいて見苦しく逃げ回ろうとする佐久間という男にはっきりとした殺意を覚えた。取り調べ中、姦淫の事実は確定的なものだが殺人それ自体の証拠は乏しい――そう考えてその部分だけは否認したのだろう。殺人という罪からだけでも逃れられれば刑罰は天と地ほどに違う。だからこんなことを言っているに違いないのだ。だがわたしから見れば殺人もレイプも変わらない。佐久間は花歩の尊厳をけがしたのだ。あんな真似をしておいて良心の欠片《かけら》すらあの男にはないのか。人はどこまで悪に身を染めることができるのだろう。理絵は人間というものに対する自分の甘さを痛感していた。

佐久間が殺人を否認したことはその日の内にニュースになっていた。ただ扱いは予想していたものよりは小さい。いまさら彼が何と言おうと、大勢に影響はないという感じなのだろう。おそらく裁判員を交えた裁判の時は大きく取り扱われるのだろうが、花歩の事件は佐久間逮捕をピークに関心が失われ、消費されつくしているといった趣だ。

翌日、校長会が伊勢中学で行われ、理絵もそれに出席した。ここは花歩が通っていた学校でもあり、佐久間が担任をしていた学校でもある。理絵は校長会の終了後、伊勢中学校長とともに花歩のいたクラスを見学する。遺品などは送られてきたが、こうして実際に足を運ぶのは初めてのことだった。部活動の生徒が運動場や体育館にはいるがクラスには誰もいない。夕日の差し込む教室には花歩の写真が飾られ、クラスみんなの温かい寄せ書きが残されていた。花歩ちゃん、一緒に卒業しようね。一生お友達だよといった言葉がつづられている。

理絵は胸が熱くなり、黙って花歩が使っていた机に手を載せてみた。ここに花歩は生きていた——そう思った瞬間、教壇が目に入った。あそこで佐久間はいやらしい欲望をたぎらせ、爪を研いでいたんだという嫌な思いが流れ込んでくる。思わず目をそむけた。

「彼のことは聞きました。犯行を否認したらしいですな」

伊勢中学校長が夕日を見ながら語りかけてきた。

「ええ、わたしは彼には数回会っただけですが、とても感じのいい好青年という感じだったので何というか、本当にショックです。先生もそうでしょう?」

ショックなんてものではないと思いつつそう答える。

「僕は町村先生よりずっと長く彼とは接してきましたからね。本当に人間というものが信じられなくなりましたよ。裏であんなことをしているなんてね。たしかに今考えてみると、少しおかしなところはあったかもしれません。ただ臆病《おくびょう》な青年という気はしていました。外面はうまくとりつくろうが、中身は実は……これが最近の青年の特徴なのかもしれませんね。まあこんなことになってから言っても始まりませんが」

もう佐久間のことは話したくなかった。理絵は話題を花歩に振る。

「花歩は、どんな子でしたか」

「お世辞抜きにいい子でしたよ。例の感想文、あれに佐久間が書いたとおりの女の子でした。優しい子で、一年生の終わり頃から積極的に被害者支援の活動に関わっていました。ですからあの『作品に寄せて』、あそこに書かれたことは事実ですよ」

「家でもそうでした。お年玉やおこづかいをそういうことにばかり使うんです。ちょっと普通の中学生とは違っているなと思っていました。ただ小学生の時はそうでもなかったんです。部屋も女の子らしい部屋でした」

「何かあったんですかね？」

「多分、わたしのせいです。わたしが修復的司法に興味を持ったことに影響を受けて」

理絵はうなだれた。伊勢中学校長はため息をついてから応じる。

「でもあれくらいの年の子が、そこまで被害者支援に一生懸命になりますかね」

「と言いますと？」

「別の理由があったんじゃないかってことです」

別の理由？　と理絵はオウム返しに問う。

「あ、いえ、気を悪くしないでください。僕は校長なんてやっていますが、人間は結局悪なんじゃないかって思っていましてね。どうしても実利的な理由を求めてしまうんですよ」

「それはどういう意味ですか」

「まあ、色々あるかと思いますが、彼女くらいの年なら一番考えられるのは愛情です。肉親の愛じゃない恋心。好きな人のために一生懸命やる。これならよくわかります」

理絵ははっとした。そうか、花歩があんなに一生懸命やっていたのはひょっとしてそういう理由からだったのか。たしかにそうだ。これまで自分はあまりにも花歩を女として見てこなさすぎたのかもしれない。佐久間は花歩を人形のように扱ったが、わたしもまた、花歩をただの純情な子供としてしか見ていなかった。そう思った時、一つの突拍子もない考えが起こった。もし佐久間の言うことが事実で、真犯人が他にいるならそれは――まさか！　一瞬でそれを打ち消すが、心の中では埋もれた火がいまだに燃え続けているのを感じる。

理絵は動揺を隠せないまま礼をすると、駐車場のプリウスに向かった。


プリウスはECOモードで静かに走る。ハンドルを握りながら、理絵の思考は高速で回転していた。いつの間にか佐久間への怒りはどうでもよくなっている。浮かんだ考えは今の段階では荒唐無稽《こうとうむけい》なものにすぎない。火はいまだ小さく、ちょっとした風に煽《あお》られれば消えてしまいそうなくらい弱い。だが放っておけば大火事になる、そんな恐怖を感じさせる埋《うず》み火だった。

理絵の脳裏には一輪の花が咲いている。論出神社で見たコスモスのことだ。なぜ遺体発見場所にコスモスが供えられていたのだろう？　遺体発見場所はわたしも正確には知らない。警察関係者が供えたというのは合理的だが、花歩がコスモスを好きだったことを何故知っているのか。

たしかに偶然コスモスを選んだと言ってしまえばそれで済む話かもしれない。だが理絵はそう考えなかった。もし本当に真犯人がいるならその人物は当然遺体のあった場所を正確に知っている。そして花歩の好きな花がコスモスだと知っているならその真犯人は花歩に近い人物ということになる。考えすぎだとも思う。だがもしこの推理が正しければとんでもないことになる。理絵は家路を急いだ。

自宅に戻ると、理絵はすぐに書斎に向かう。小箱の中から花歩の部屋の鍵《かぎ》を取り出し、駆け足で二階に上がっていく。花歩の部屋は、時々掃除をするくらいであまり詳しく見ていない。思い出に浸りたいという感覚もあったが、詳しく調べて見たくもないあの子の過去が明らかになったらどうしようという恐怖心も多分あったのだ。

「たしかあの子は、日記をつけていた」

理絵は花歩の机の引き出しに手を伸ばす。だが鍵がかかっていて開かない。理絵は一階からドライバーなど日曜大工用の工具を持ってきて、強引に引き出しを開けた。わたし何やっているんだろう……そんな思いがあったが、早くこの埋み火を消してしまいたいという思いがそれを上回っている。

だが引き出しの中は空だった。入っているならここしかないと思っていたのに意外だった。どうして……理絵はしばらく考えるが、よくわからない。頭に血が上り、理絵は花歩の部屋を荒々しくひっかきまわし始めた。自分でも何をやっているのだろうという思いが何度も起こったが、もはや自分を止めることはできなかった。

一時間以上探しただろうか。あきらめかけた頃、理絵はベッドの下、花歩がパジャマを入れていた引き出しから白い封筒を発見する。ラブレターか。そういえば智人が以前、花歩がラブレターをもらったと言っていた。これのことなのだろうか。だがよく見るとそれはラブレターではなかった。差出人は折橋完。花歩が例の感想文を書いた本の作者だ。本を読むだけでは飽き足らず、花歩はファンレターのようなものを送っていたのだろう。そうでなければこんな手紙が来るはずはない。理絵は急いでその白い封筒から手紙を取り出した。そこには語りかけるような文章が綴《つづ》られていた。

『拝復

お手紙ありがとう。君からの手紙を読んで凄《すご》く驚いています。これまで色々な手紙をもらってきました。でも中二の子がここまで真剣に犯罪被害者について考えているのを見るのは初めてかもしれないです。

本を読んでくれたそうだから詳しくは書かないけど、僕は最初娘を殺した赤田《あかだ》さんを殺したいほど憎んでいた。その気持ちは誰にも負けなかった。今は有名になった遺族会「いのちの会」を結成したのはそういう苦しみを少しでも和らげたかったからなんだ。

肉親を殺された被害者の思いは本人でなければわからない。そう思う。よく死刑廃止論者の人が僕の例を出すんだけどちょっとって思う。確かに言っていることは間違ってない。でもそういうことを言う人は被害者の苦しみを本当に理解しているんだろうか。理が勝ってしまっていちゃあ心に響かない。

僕の例はごく少数だからって言われるのは腹が立つけど、被害者の報復感情は当然なんだ。苦しみの最大値があって、刑罰の最大値がある。だったら誰だってそれを望むよ。このことをまず君には知って欲しい。あの本ではこんなことは書いていないからね。犯罪被害者を説得しようとしちゃあ駄目だ。まあ君はそんなことは心配なさそうだけれど。

それから逆に「いのちの会」を辞めることになった大きな理由についても話そう。

知ってのとおりそれは赤田さんが更生したから。正確には更生したようにしか見えなかったからだ。最初は僕もこんな日が来るとは思わなかった。彼への憎しみが生きる糧のようにすら思えたんだ。でも年月を経てから会ってみて、彼の態度に接した時僕は思った。人間は変われるんだなって。もしどんな憎悪があってもその相手が真に更生しているとしか思えなければ、人は憎しみを持ち続けられるだろうか。殺意を持ち続けられるだろうか。僕は否としか言えない。

ただ人間は演技ができる。その内面なんてわからない。被害者は加害者が法廷でどんなに謝罪しようと、後で舌を出しているんだろうとしか思えないんだよ。形式的な謝罪、形式的な対話では何の意味もない。君の言ったとおりだと思う。

要するに「誠意」の質なんだろうね。そして加害者はその真の誠意を永遠に持ち続けないと駄目だ。たとえ永遠に赦《ゆる》されることがなくても。報われないことを恐れちゃ駄目だ。そこに真の謝罪はない。赤田さんの謝罪を僕が受け入れられたのは、まさに彼が命懸けで謝罪したからなんだろう。彼はもう助からないと知りながら僕に礼を言ったんだ。それが心に響いた。

僕ができるアドバイスはこれくらいだ。たとえ十五年だろうが、三十年五十年だろうが届かなくても加害者は謝罪の思いを持ち続けて欲しい。まるで無償の愛だね。ただ君はまだ十三歳じゃないか。自分が悪いことをしたわけじゃないのにここまで思いつめることはない。もっと明るくのびのび生きて欲しい。

折橋　完』

折橋完は赤田という暴漢に娘二人を殺されている。そしてその無念を晴らすために遺族会を結成した。その遺族会はのちに有名になり、そこからは理絵のところへも参加しませんかと何回か連絡が来た。だが途中で折橋は脱会している。そして死刑囚となった赤田と面会。いわば究極の修復的司法の実践者でもある。

ただ今はそんなことはいい。問題なのはこの手紙の内容だ。推察すると、花歩は一人の犯罪加害者のために必死になっていたということが読み取れる。被害者のために、というよりもその犯罪加害者をどうしても救ってやりたいという思いが先に立っているように思われる。

やはりそうだったのか。伊勢中学校長の言ったように花歩は被害者のためというより、恋愛感情で動いていたのか。折橋の書いた「ここまで思いつめることはない」その一文がそれを象徴している。あまりにけなげで、利用されていることにも気づかない少女の像が浮かび上がる。

理絵は手紙を封筒にしまい、顔を上げる。この推理はまだ馬鹿馬鹿しいものでしかない。花歩を殺したのは佐久間に違いない。そう思っている。だがそれ故にこそ早くこの埋もれながら燃え続ける火を吹き消したい。自分が心から信じた者がそんなことをするはずがない。それを確信したい。そうなのだ。この手紙から考えられる犯罪加害者とは彼しかあり得ない。

理絵は急いで階段を駆け下りると、伊勢警察署に電話する。事務的な女性の声がした。

「すみません、わたし、町村花歩の母親、町村理絵と言うものですが」

「あ、はい、どのようなご用件でしょう」

女性の声は驚いたようにそう言った。

「署長さんはおられますか？　少し確認したいことがありまして」

「あいにく署長は出かけていまして」

「じゃあ誰でもいいです。あの子の事件について詳しい人。森岡刑事でしたっけ？　彼は」

「あ、少しお待ちください」

保留音がずいぶん長く流れた。おそらく必死で森岡を捜しているのだろう。被害者に対する対応が最近は手厚くなっていると聞くが、図々《ずうずう》しくそれを利用させてもらおう。やがてしわがれた声が電話口に立った。

「はい森岡です。町村さんですか」

「すみませんね、お忙しいでしょうに。一点だけお訊《き》きしたいことがありまして」

「どういう件でしょうか」

「以前、署長さんが来られた時に捜査線上に二人の人物が上がっていたと聞いたんです。一人は当然佐久間良二ですが、もう一人は誰だったんでしょう？」

「町村さん……それはちょっと」

やはり無茶な質問だったか。森岡は言葉を濁している。

「お願いします。絶対に口外しませんから」

「そう言われましてもねえ」

「だったらこうしてください。今からわたしがその人物の名前を言いますから、合っていたら無言で電話を切ってください。終わった事件ですし、それにその程度ならこちらが必死で調べればわかることですよ」

「……困りましたねえ」

森岡はしぶしぶと言った感じで了解した。理絵はその人物の名前をつたえる。やがて無言で森岡は電話を切った。合っていた。まさかと思ったことが、ほんのわずかな火が少しだけ大きくなった。理絵は口元に手を当てる。

「まさか……本当なの？　若宮くん」

4

御木本《みきもと》道路をまっすぐ進むと、三重県営総合競技場が見えてくる。若宮は競技場の駐車場にRX‐8を停めて車のドアを開けた。木漏れ日が注ぎ、外は風もなく寒くはない。からみついたマフラーを後ろにやると、若宮は少し歩いてから言った。

「ここからなら、内宮《ないくう》本殿まで近道できるんだ。知ってた？」

その方向を見ると、かおりが答えた。

「そんなことしたら神様に失礼じゃないですか。ちゃんと歩いていきましょ」

かおりは微笑みながら若宮の腕に手をからめた。恥ずかしがって振りほどこうとしたが、いいじゃないですかと言ってかおりは離れない。うれしそうだ。その思いが伝わってくる。神様に失礼だとかが問題じゃなく、できるだけ長い間、腕を組んで歩きたいだけなのだ。二人は橋を渡って、人ごみのおかげ横丁の中を進む。

「もう正月は終わったのに、すごい人出だな」

「ここは一年中こんなんですからね」

伊勢市に住んでいるが、伊勢神宮に来るのは小学生の時以来だ。だから若宮にはこの辺りは観光客と同じ感覚だ。よくわからない。たしか以前は伊勢うどんと赤福氷を食べた。口にタレがついていたのを母がぬぐってくれた記憶がある。母は曹洞宗《そうとう》だったが神宮詣《もうで》が好きで、正月以外にもよく行っていた。

伊勢神宮は天照大神《あまてらすおおみかみ》を祭る日本でも別格の神社だが、この天照大神を産んだとされるのがイザナギという神だ。その妻のイザナミは火の神カグツチを産んだ際の火傷《やけど》で死んだとされる。そのことが頭をよぎった。まるで俺と母のようだ。母は俺が人殺しだと知ったらどう思うだろうか。母を殺したのもある意味俺なのかもしれない。

土産物屋が軒を連ねる、独特の風情のあるおかげ横丁を過ぎると、内宮に二人はたどりつく。入口のところに人懐っこい猫がいて猫好きのかおりは触りに行った。すっかり人に慣れていて逃げない。腹を見せながらころころと転がっている。かおりは猫を抱きかかえると前足を持ってこちらに招き猫のようなポーズをさせる。撮ってという意味らしい。仕方なく若宮はデジカメでその様子を撮ってやった。

佐久間良二が犯行を否認したことは予想どおりだった。佐久間は初め、自分の身に起こったことが信じられず混乱していたのだろう。だがこのままなら死刑もありうるという事実を前にすれば佐久間は臆病《おくびょう》な悪魔だ、正直に話すだろうというのが若宮の読みだった。だからそのことに驚きはしない。奴の述べる真実には誰も耳を貸さないだろう。マスコミの鈍い反応も、警察が動かないことも全て若宮の予想どおりだった。

問題は俺自身にある。俺は花歩の日記帳を読んで以来、論出神社に何度か足を運んでいる。供花もしている。まさかあれくらいで俺をあやしいと睨《にら》む人物はいないだろうが、自分で自分に疑いを向けさせているようなもの。いわば佐久間と同じことをやっているとも言える。佐久間の父親が出ているテレビを見た時もそうだ。日記帳を燃やすことができなかった。あのどうしようもない老人に憐《あわ》れみを感じていたのだ。俺はあれから花歩の日記帳を処分しきれていない。もし誰かにこれを見られれば大変なことになる。そうわかっているのに捨てられないのだ。

「じゃあ若宮さん、行きましょうか」

ふたたびかおりが腕をからめてきた。若宮はああと言って笑顔を返すと、かおりはそれ以上の笑顔を返してきた。二人は架け替えられた宇治橋を渡る。五十鈴川《いすずがわ》の清流で手を洗い、内宮を奥へ奥へと進んでいく。よくわからない建物がいくつか見える。

「せっかく来たんだから、お守り買っていきましょ」

かおりが指差している。若宮はどうでもよかったが、特に抵抗する理由もなく従った。そういえば小学生の頃、毎年伊勢神宮のお守りをランドセルにつけさせられていた。恰好《かっこう》悪いので外すといつもは優しい母に怒られた。またこの辺りで昔、御祓《おはら》いをした。正倉院《しょうそういん》と同じ造りだったか。お神酒《みき》を呑《の》んでその皿をもらった記憶もある。だがそんなことをしても結局、俺の中の悪魔は追いだせなかったが……。二人は少し順番を待ってから「神宮」とだけ書かれた六角形のお守りを買うと再び歩く。やがて樹齢何年だかの巨大な木々の向こうに、本殿が見えてきた。

「どんなことをお願いするんですか、若宮さん」

「伊勢神宮ってのは本来、お願いをするところじゃないらしいぞ。別格だからな。お願いは他の神社でするもんなんだってさ」

「え、嘘……知らなかった。じゃあ何のためにお参りするんですか」

「無事に過ごせてきたことを感謝するためらしい。詳しくは知らないけど」

母が言っていたことの受け売りだ。子供の頃は家族で毎年来ていた。その度ごとに母が言っていたのだ。本当なのかどうかは知らない。だがそのことは今でもよく覚えている。

「まあ別にお願いすりゃあいいんじゃないか。かおりは何をお願いするんだよ」

「ふふ、秘密……じゃあ行きましょ」

かおりはそう言うと本殿の石段を上っていく。若宮もそれを追いかけた。

二人は横に並んでさい銭を投げ込み、礼をする。たしか二礼二拍手一礼が作法だったな。作法に則《のっと》って礼をしながら若宮は思った。お願いか。俺は神に何を願えばいいのだろう……。

俺の人生は大きく変わった。去年の今頃はどうしようもない状態だった。この鬱積《うっせき》したやり場のない怒り苦しみをどこかにぶつけたい。砕け散りたいという思いだけだった。頼みの母は死に、FXで大損。女もいない。年齢で多くの企業に断られ、ようやくありついた派遣先の工場では連日の残業の直後に派遣切り。次の派遣会社では殺菌室の蒸し風呂《ぶろ》で重労働。年下のクソ生意気な野郎にこき使われ、もらう給料は十五万にも満たない。一方、今は正社員。先月の給料は三十四万円だった。同い年の他の連中と比べれば多くはないかもしれないが派遣とは雲泥の差だ。女もできた。去年の今頃からは考えられないくらいの境遇だ。これ以上望んではいけない気すらする。

若宮は隣のかおりを見た。かおりは目を閉じながら無言で口元だけを動かしている。若宮さんのお嫁さんになれますように……口が動いているように見えた。人並みの給料をもらい、人並みの家庭を営む。それは俺が昔から思っていた夢、平凡なのに届きそうにない夢だった。それが現実的なものとしてすぐ近くにある。だが俺は殺人を犯した。町村花歩をこの手で殺《あや》めた。そして佐久間は犯行を否認。神に頼むならこの生活を守るため、殺人がばれないようにとでも頼めばいいのだろうか。そうだ、それでいい。かおりは俺にこれだけ好意を寄せてくれている。俺が捕まれば彼女も悲しむ。彼女のためにも、俺は捕まってはいけないんだ。だがそれをどこかで拒んでいる自分がいる。そんなことをして得た幸福など、結局破たんするだけだという思いがある。願いを終えたかおりはこちらを見ている。何でもいい。どんなことになってもいい。ただ幸福にして欲しい……若宮は願い、伊勢神宮を後にした。

伊勢神宮からの帰り道、二人はスーパーに寄ると夕食の買い物をした。普段は母親と二人で食卓を囲むかおりだが、この日母親は友人と旅行に行っているらしい。だから今日は若宮の家でともに過ごすことになった。よく利用するスーパー、いつもはわずらわしいだけの買い物だが、かおりと二人でいるとまるで違う。母が健在な時は買い物、食事は母の仕事だった。母が寝たきりになるとそれはヘルパーの仕事になり、昨日まで若宮がやっていた買い物は既製品やカップ麵《めん》を買うだけ。食材一つを選ぶ行為ですらどこか新鮮に感じられる。

二人は買い物を終えると、若宮の家に向かった。夕食は肉じゃがとサラダだ。かおりは手を洗うと、腕まくりをして台所へ向かう。エプロンは家からの持参品だ。若宮は袋に詰めた食材をテーブルの上に置いた。

「荷物運び屋さん、御苦労さま」

「俺も何か手伝おうか」

「じゃあ、キュウリ切ってくれます？」

「サラダに使うんだな。わかった」

こんなことをするのは、家庭科の実習以来だろうか。若宮は慣れない手つきでキュウリの皮むきをする。時間がかかった割にはいびつな形になった。皮も残っている。

「ごめん、こんなになっちまったよ」

無様な緑色の物体を見るなりかおりは笑った。

「ふふ、若宮さんも苦手なことがあるんですね」

「苦手なことだらけだよ、俺は」

「じゃあ後は休んでいてください」

台所から追いやられた若宮は仕方なく居間でくつろいだ。台所ではかおりが得意げに腕をふるっている。ひょっとしてこれが日常になっていくのだろうか。かおりは毎日妻としてあそこに立ち、俺はここでテレビを見る。かおりが教師の仕事を始めたら変わるだろうか？　子供ができたら変わるだろうか？　いや、かおりはしっかりとした女だ。多少の困難など乗り越えていける。会社がつぶれようが、子供が問題を起こそうが、きっとかおりとなら大丈夫だ。

いい匂いがしている。

「はあい、できました」

呼ばれて若宮は食卓につく。かおりはエプロンを外した。

「お口にあうといいけど」

そう言いながらも、かおりは自信たっぷりだった。

若宮は肉じゃがに箸《はし》を伸ばす。口の中でジャガイモと牛肉がとろけた。醬油《しょうゆ》と砂糖、酒とみりん、絶妙のバランスだった。うまいの一言に尽きる。お世辞など言う必要はない。このかおりが俺の妻になり、ずっとこのまま過ごしていければどんなに素晴らしいだろう。こんな日々が変わらずゆっくりと過ぎていき、やがて俺は老いて死んでいく。悪くない。こんな暮らしに俺はずっとあこがれてきた。俺が望んだものはこんなに近くにあったのか。もし一年早くかおりに会っていたらどうだったのだろう？　すさんだ気持ちも癒《いや》され、俺は花歩を殺すこともなかったのではないか。俺は馬鹿だ。どうしようもないほど馬鹿だ。幸せになる努力もしないで、被害者意識にとらわれながら一人の少女の命を奪ってしまった。こんなことで命を奪われてはたまらないよな。花歩、すまない……不意に感情が乱れた。

「どうしたんですか、まずい？」

無言で若宮は首を横に振った。

「いや、こんなにうまい肉じゃがは初めてだよ」

若宮は箸を止めうつむいている。くそう、俺は何をやっているんだ……だが思いは止められそうになかった。幸せはすぐ近くにある。誰も俺のことを疑ってなどいない。俺があの日記帳を処分し、口を閉ざしていればそれでいいだけ。それなのになんなのだこの思いは。ようやく激情が収まりかけると、若宮はあらたまってかおりを見た。

「ごめん、本当においしかった。だけど、いや、だからこそ思い出したんだよ。つらい過去をね。俺は今、こんなに幸せでいいのかって」

「つらい……過去ですか」

「ああ、聞いて欲しいんだ」

こんなことを言い出すとは……若宮は自分自身に驚く。かおりの瞳《ひとみ》を見つめながら、その一言を吐きだした。

「俺は人殺しなんだよ」

かおりはこちらをじっと見つめると、やがて目をそらす。若宮は自分の心臓が高鳴っているのを感じる。言ってしまった。俺はこんなにもやわな犯罪者だったのか。一時の感情に負け、こんなにももろく心中をさらけ出してしまうとは。

だが、かおりの返事は意外なものだった。

「そうですか、でも知っています」

黙ったまま、若宮はかおりを見つめる。

かおりはとても優しげな顔だった。

「町村先生に詳しく聞きました。先生はしぶってなかなか教えてくれませんでしたけど、若宮さんほどの人が教員になれないなんておかしいと思ったから。若宮さんは中学時代、人を死なせてしまったんですよね。その過去があったから教員試験にも受かれない」

「いや、そうじゃないんだ」

言いかけた若宮をかおりはさえぎって続けた。それは強い口調だった。

「私は父を少年に殺されました。ずっとその少年を憎んできました。今も彼を赦《ゆる》せるかどうかはわかりません。だからもし少し前に若宮さんにお会いしていたら偏見を持っていたかもしれません。でも今は違います。以前ＶＯＭという被害者と加害者が話し合う場でその少年の慟哭《どうこく》を聞きました。あれはとても演技じゃないと思いました。同時に私は思ったんです。人は変われるんだなって。若宮さんもたしか被害者の方に面会を希望しているんですよね。それも二十年以上前の事件で。でもその方が受け入れてくれないんでしょう？」

「いや、それは……」

「つらいと思います。その更生を信じてもらいたいでしょう？　でもそれは乗り越えていかなくてはいけない壁。どれだけかかろうと、被害者の方にとどくまで。でも私はそんなことを踏まえて今、この目の前にいる若宮さんが好きなんです」

「かおり……俺は」

それ以上、若宮は言葉を連ねることはなかった。かおりの言葉を聞いているうちに、激した心が沈静化してきている。とんだ誤解だ。俺が今、言おうとしたのはガキの頃の犯罪じゃない。あんなものは綺麗《きれい》さっぱり頭の中から抜け落ちている。俺が言おうとしたのは花歩を殺したことだ。俺をさいなんだのは花歩の事件のことなんだ。俺はやはり償わなくてはいけない。そうでなくては生きていけない。だがそのことを言い出す機はすでに失っている。

食事が終わると、かおりはソファーに腰掛けながら珍しく鼻歌を唄《うた》っていた。伊勢神宮で買ってきたお守りの紐《ひも》を長くしていた。

「何やっているんだ？」

後ろから抱きつくと、かおりはこちらを見て微笑みながら答える。

「これ、首からかけられるようにしてみたんです、はい」

かおりは若宮の首に伊勢神宮のお守りをかける。ちょうどいい長さになっていて胸のところにお守りがきていた。

「更生したんだし、神様はきっと守ってくださると思います」

こんなもの無意味だ……そう思いながらも若宮はお守りにそっと手を触れる。俺には守ってもらう資格などないのだろう。このお守りが花歩殺しの免罪符になることもないのだろう。だがそうわかりつつもそのお守りは不思議と温かかった。

数日後、塾講師の仕事が終わると若宮は小型の送迎バスに乗り込んだ。

近郊の子供たちは歩きや自転車で来ているし、親が迎えに来てくれる子もいる。ただ中には遠方から来る児童もおり、彼らを送迎することも若宮の仕事になっている。乗っているのは三人。二人までは遠方と言っても一応伊勢市内なので比較的早く送り届けられたが、最後の一人は明和町《めいわちょう》なので時間がかかる。残った少年は問題児――不登校ぎみの小六の少年だった。旧二十三号線を松阪方面へ真っすぐ行くのが本来の順路だが、若宮は送迎バスを伊勢市街へと向ける。

少年は意外そうな顔を見せた。

「おい、どこ行くんだよ。さっさと帰りたいんだよ。拉致《らち》るつもりか」

「前言ったと思うが、俺はお前の気持ち、わかるつもりでいる」

「帰ってネトゲやりてえんだよ、さっさと行けよ」

「いいからついてこい！」

語気を荒らげた若宮に、少年はたじろいだ。そうだろう。所詮《しょせん》はガキだ。この程度でひるむ。

送迎バスは度会橋まで戻ると、左折する。宮川堤防をしばらく進むと、灰色の柵《さく》が見えてくる。柵の中には畑があり、紺色の制服を着た数名の作業員が畑を耕している。若宮は送迎バスを堤防宮川側に停め、煙草をふかした。

「ここ、どこかわかるだろう？」

若宮の問いに少年は鼻から息を吐いた。

「宮川少年院じゃねえか、それがどうした？」

「あいつらは俺の後輩なのさ」

「えっ！　マジ……ですか」

「ああ、俺もお前らの頃はやんちゃしてたんだ。万引きなんてちゃちなもんじゃねえ。あの頃はシンナーをやり、喧嘩《けんか》に明け暮れたりして過ごした」

「…………」

「そしてある日、人を殺しちまったんだ。ゲーセンから出た時、俺の自転車に乗ってる奴がいてよ。どけって言ったら睨《にら》んできたからぶん殴ってやった。そいつは自転車から落ちて頭を打ち、そのまま死んじまった……だから頑張ってるつもりだが、今も正式な教員にはなれない」

　少年は驚いて視線をどこに落とすか決めかねているようだった。

「あーあ、言っちまったな。周りにバラされるとちとまずいんだがまあいいや。バラしたきゃバラせよ。俺は塾ではさわやか先生で通っているからダメージがでかい」

「どうしてそんなことを俺に？」

「お前は院にも入ってねえんだろ？　刑務所とかならともかく、院にいたって言っても箔《はく》が付くどころか馬鹿にされるだけだ。お前はそれ以下の罪を犯したにすぎない。一般人と全く変わらないんだ。今、そんなことでふてくされているのはもったいないぞ。今の学校は行きづらくなったかもしれないが、どうせもうすぐ中学だ。そこから新しいスタートが切れる」

「それはそうだけど、若宮……先生」

「お前の一生だ。お前が決めればいい。だがこんなままくすぶって、被害者意識で生きていたって誰も認めてくれない。大人になってから苦労するだけだ。今は若さに甘えていられるかもしれないが、大人になるのはすぐだ。俺はお前がうらやましいよ。いくらでもやり直しがきくんだからな。若いしよ。もう俺はそんなわけにはいかない」

少年はこちらに熱い視線を投げかけていた。それにしても柄にもないことを言ってしまった。殺人犯にお説教されてもうれしくないよな。だがなんとなくその時はこのガキに一言いってやりたかったのだ。かおりにぶつけようとしたやりきれない思いをこんな形で少しでも解消したいと思ったのだろうか。だが考えても意味はない。若宮は明和町にある斎宮《さいくう》駅の近くまで少年を送り届けると、山田上口《やまだかみぐち》にある花屋へと向かった。

若宮は花屋に立ち寄ると、秋葉山トンネルをくぐり論出神社の前に送迎バスを停める。念のため付近を見渡すが、車も自転車も停められていない。

あれから若宮は毎月ここを訪れ、花歩のために花を供えている。偽善だと思いつつもやめることができない。人気のない石段を上がると、いつものように花歩を殺した場所に花を置いて手を合わせる。マイナスドライバーが花歩の首筋を切り裂き、どうしようもない絶望的な血が噴き出した情景がよみがえる。あの後で花火が打ち上がり、宮川も赤く染まった。

町村花歩……お前を殺した俺がこうして手を合わせることを、お前はどう思っているんだ？　きっと赦《ゆる》せないんだろう？　お前の人生をたった十三年で終わらせた俺がこんなことをしても腹が立つだけだろうな。わかっている。だが俺はどうしてもこうせざるを得ないんだ。お前にはすまないと思っている。俺が悪い。本心だ。恨まれても仕方ない。呪い殺すならそうしてくれ。死んだ後もお前は佐久間という悪魔に凌《りょう》辱《じょく》された。あれも俺のせいだ。赦してもらおうとも思っていない。何とか償いたい。だがあの時俺は……。

「あなた、若宮くん？」

石段の上から不意に声がかかった。若宮は驚いてそちらを見る。石段の上からは初老の女性が顔をのぞかせている。彼女は町村校長だった。しまった！　花を供えるところを見られた。今日は俺が花歩を殺した月命日だ。こんなこともありえたのに、もっと気をつけておくべきだった。いつもこの神社には誰もいないし、下には俺の送迎バス以外停まっていなかったから油断していた。

「あなたも花歩のためにお花を？」

「ええ、そうです」

「月命日には毎月来てくれていたの？」

「いえ、そういうわけではないんですが」

「なぜあなたはそんなところにお花を置くの」

一番きついところを突かれた。だがたしかに当然の疑問だ。

「前に来た時、ここにお花が供えてあったんです。だからここにあげるのかなと思いまして」

「みんな上の方、神社の祠《ほこら》にあげていくわよ」

「そうなんですか、じゃあそうします」

若宮は置いた花を手に取ると、石段の上まで上り、たくさんの花が供えられた場所にもう一度供えて手を合わせる。ただ心の中では花歩のことなど考える余裕はまるでなかった。とっさの嘘にしては上出来だ。どうやら何も不審には思われなかったようだが、冷や汗をかいた。祈るふりを終えると若宮は町村理絵の方を向く。

「早いもので、あれからもう半年以上ですね」

「そうね、考えられない速さで時が経っていくわ」

「今年で校長、お辞めになるんですよね？　次は相談員でしたっけ？」

「ええ、結構自由がきくみたい。だからやりたいことがやれると思うの」

「何をされるおつもりなんですか」

「探偵のまねごと。花歩の事件の再調査よ」

若宮は言葉に詰まった。彼女は佐久間の犯行を疑っていなかったのではなかったか。有名な遺族会にも入り、その無念を訴えていたのではなかったか。

「どうしたんですか、校長先生。まさか佐久間の言うことを信じて」

町村校長はかぶりを振った。

「いいえ、九十九パーセントないと思っているわ。それに佐久間がやったことは殺人と変わらないいくらいひどい。でも万が一、佐久間の言うことが本当で、真犯人が別にいたらどうしようって強迫観念に駆られるのよ。そんな人物が別にいて、そいつが大手を振ってほくそ笑んでいるとしたらわたし……」

そこまで言って町村理絵は目頭にハンカチを当てた。くずおれそうだったので若宮は彼女を支える。感情が激してきているのがわかる。そうだ。被害者遺族は想像を超える怒り苦しみに身もだえなければいけない。それは時に一般人からは常軌を逸しているように見えたり、甘えているように見えたりもする。だがそれは仕方ないことなのだろう。

ただそんなことより若宮の心には安堵《あんど》感が広まりかけていた。そのことについて後ろめたさも感じるが、どうしようもない。

「ごめんなさい、若宮くん。つらいの、本当につらいのよ」

「すみません校長先生、最近忙しくてお家の方へ寄ることができませんでした。できるだけ寄らせていただきますから、いつでも気軽に声をかけてください」

「ごめんね、若宮くん、ごめんね」

彼女は石段を下っていった。若宮は石段の下まで付き添っていく。

「大丈夫ですか？　もしよろしければ家までお送りしますが」

「いいえ、平気。それに今日は健康のため歩いてきたから」

「そうですか、お気をつけて」

そう言って若宮は背を向ける。だがもう一度後ろから声がかかった。

「若宮くんはどうなの？」

「え、何がですか」

「佐久間の言うとおり、真犯人がいると思う？」

一瞬答えるのに間が空いた。だが若宮は微笑むとまさか、と答えた。

「ええ、まさか……よね。ただわたしは万が一真犯人がいるなら絶対に赦せないわ。この命が尽きるまで追いつめて捕まえてやるつもり」

毅然《きぜん》とした態度で言うと、彼女は踵《きびす》を返した。

若宮は立ち去る町村理絵の後ろ姿をしばらく見つめていた。

やがて送迎バスに向かう。だが乗り込み、キーを差し込んだ時、不意に不安がよぎった。もしかして町村校長は俺を待ち構えていたのではないか。毎月月命日に事件現場に花を置いていく人間を特定しようと隠れていたのではないか。校長の家からここまではかなりの距離がある。プリウスで来なかった理由はもしかして上にいないと思わせるためなのではないか。まさか……そこまでするだろうか、だがもしそうだとすると、町村校長は相当な覚悟で臨んできている。そして間違いなく俺に疑いを抱いている。以前俺が森岡とかいう刑事に疑われたことも調べればわかるだろう。若宮はさっきの彼女の凜《りん》とした態度を思い出し、身が震えた。町村校長は俺を疑っている。それならまさか、あれは俺に対する宣戦布告なのか。

第四章　業火

1

宮川の堤防沿いを眺めると、桜が満開だった。

理絵は堤防を上り、桜並木の中をゆっくりと南に向かって歩いて行く。等間隔に立てられた雪洞《ぼんぼり》の間を縫って、風に煽《あお》られた花びらが一枚頬にくっついた。理絵は人差し指で軽くそれを拭《ぬぐ》うと、花びらは楽しげに宮川の方へ舞っていく。河川敷には宇治山田小に通う小学生たちがたくさんいて、楽しそうに桜の絵を描いている。写生大会で引率されてきているのだ。

宮川堤は桜の名所でもある。今日は平日なので人出は多くないが、週末はきっと多くの人でにぎわうことだろう。だが理絵の関心はそこにはない。去年ここで行われた花火大会で起こった事件の真相が知りたい。ただそれだけだ。この日は相談員としての仕事を終え、かおりの教員としての仕事ぶりを見る名目で来ている。だがここに来ると事件のことしか考えられない。

最初、心の中の火は埋もれたごく小さなものだった。

警察に疑われていたのが若宮であると知り、火ははっきりと形をなして燃え始めた。先月、花歩の月命日、理絵は足腰が痛くなったが一日がかりで論出神社に張り込んでいた。神社の上のよく見えるところから参拝客を監視していた。何人か人は来たが、誰ひとりとして花歩の遺体のあった場所に花を供える者はいない。皆、祠《ほこら》のところに供えていく。

夕方、若宮が来た。彼が花を花歩の遺体のあった場所に置いたとき、理絵の中の火は音を立てて激しく燃え始めた。耐えられずに思わず声をかけた。あの時、どういうことなのかときつい調子で若宮を問い詰めることもできた。こんな偶然などあるだろうか。だが花を供えたことなど証拠にはなるまい。問い詰めても否定されて終わりだ。それに若宮忍は自分が自信を持って更生したと言える人間の代表なのだ。彼が花歩を殺したなど信じたくない。その思いも当然ある。結局理絵にできたのは、若宮の良心に訴えることだけだった。

「先生、町村先生」

堤防の下から声がかかった。

理絵は黙ってそちらを見る。かおりが階段を駆け上がってきた。彼女はこの間まで理絵が校長を務めた宇治山田小に正式な教員として赴任している。

「先生、こんにちは。ありがとう会以来ですね」

「約束どおり、冷やかしに来ちゃった。それよりいいの？　抜けて来ちゃって」

「ちょっと休憩です」

「大変そうね。やっぱり時間講師と正式な教員では違うでしょ？」

「ええ、責任が全然違います。でもやりがいがあって楽しいですよ」

「御主人はお元気かしら」

「もう、先生、まだ結婚していませんよ。こんな仕事始めたばかりの状況じゃ無理」

　顔を赤らめつつかおりは答えた。御主人というのは当然若宮のことだ。それにしても思いを隠せない子だ。若宮と結婚したいという意思がはっきりとわかる。この子は昔からそうなのだ。慎重で、優柔不断なところもあるが思いつめやすい。一度こうと決めれば梃子《てこ》でも動かない。よく言えば一途《いちず》なのだ。よほどのことがない限り若宮と別れることはないだろう。

　二人は堤防を南に歩く。論出神社の方向だ。あの日、花歩はこの道を通って若い男に連れていかれている。それが佐久間なのか、若宮なのか。目撃者の証言だけでははっきりしない。理絵は歩みを止めると、満開の桜の木々を見上げながらかおりに言った。

「かおりちゃん、一つ訊《き》きたいんだけど」

「何ですか、先生」

「去年ＶＯＭやったじゃない？　あれからどう？　あの少年を赦《ゆる》せた？」

うつむくと、どうなのかな……とかおりは言った。

「赦せるってレベルまで行ったのかどうかはわからないです。でもあの謝罪を目にして、それからもちゃんと供花や賠償金の責務は果たしているし、床屋さんでしっかり働いているようです。信じてみたい。そう思っているのかな」

「もし二十年後、あの少年が殺人を犯せばどう思う？」

「え、それは……そんなこと考えたこともないです」

「そうよね、ごめんなさい」

理絵にはこの頃、あのＶＯＭで出会った少年が昔の若宮に見えていた。それは以前もそうだったが意味合いはまるで正反対、悪い意味でだ。修復的司法だＶＯＭだと言ってもそれが意味を持つのはその時だけなのかもしれない。被害者側は謝罪で多少の癒《いや》しを得られても、加害者がまた罪を犯せばその癒しは吹き飛んでしまう。本当にもろく、はかない。

「それよりね、言っておきたいことがあるの」

「はい、なんですか」

「わたし、真犯人は別にいるかもって最近考えているのよ」

かおりは驚いた顔を黙ってこちらに向けた。

「もちろん可能性は低いと思うわ。でももし本当に真犯人がいたらと思うと」

「わかります、でも佐久間も先生がそう思うって考えてわざと言っているのかも」

「嫌がらせね？　それはわたしも考えたわ、でも花歩の日記帳がなくなっているの。綺麗《きれい》さっぱり。四年生の時からつけていたから相当な量になるはずなのにまるでないの。どれだけ探しても見つからない、おかしいと思わない？」

「誰かが盗みだしたってことですか」

「ええ、そこに何か犯人に都合の悪いことが書かれていたんじゃないかって」

「日記帳が……たしかにおかしいですよね」

二人の会話は途切れた。だが予想以上にかおりは食いついてきた。若宮が怪しいとは一言も言わなかったが、合理的な推理を働かせれば親しい中に怪しい人物がいることはわかろう。それをこちらから言うのではなく、彼女が自発的に考えるよう仕向けるのが理絵の狙いだった。かおりの性格は知っている。芯《しん》が強く、曲がったことが嫌いで、愛情のために正義を捻《ね》じ曲げることはまずないはずだ。彼女なら若宮の家にも入れる。若宮に疑いを持てば、自主的に何か証拠を見つけてくれるかもしれない。もしそうしなければ、今までのことを話してもいい。ただまだ時期ではない。全てを話してかえって態度を硬化させてしまってはいけない。

「じゃあこれで失礼するわ、頑張ってね」

「あ、はい、日記帳のこと、考えておきます」

かおりは桜の花びらを髪飾りのようにつけながら走っていった。それにしても手掛かりが少ない。警察に若宮が疑われたこと、先の供花の一件、そしてなくなった日記帳……全ては警察を動かすには足りない証拠だ。せめて日記帳があれば多くのことがわかったかもしれないが、それはもうない。

それに謎も残る。仮に若宮が花歩を殺したとしてその理由は何だ？　花歩は若宮に好意を抱いていたのかもしれないが、それと殺人がどう結びつくのだろう？　若宮は佐久間とは違っておかしな趣味はない。かおりという大人の女性との交際も順調なようだ。若宮に花歩を殺す理由が見つからない。また花を供えに来るというのはすまないと思っているということでもあろう。そこも釈然としない。怪しいとはいえ、若宮が犯人なのかどうかは理絵の中ではっきりとはわからないというのが現状だった。ただこのまま佐久間一人に全ての憎悪を向けてことが済む問題でなくなってきているのは確かだ。今は細い一本の糸にでもすがりつくしかないようね……桜並木の雪洞の下、理絵はそうつぶやいた。


数日後、理絵は近鉄で名古屋に向かっていた。一人の男性と会うのが目的だ。男の名前は折橋完。以前花歩が彼の本を読んで感想文を書いた。『二人のために』も有名になり、彼の知名度自体も上がった。だがそれ以外のこと、花歩が折橋に手紙を送っていたことまでは知る人は少ない。いったい花歩はどういう内容のことを彼に書いて送ったのだろうか。そこから何か見えてこないのか。手掛かりのない現状で、まさにわらをもつかむという心境だった。

名古屋駅から地下鉄に乗り換え、栄駅《さかえ》で下りる。この先の東急《とうきゅう》ホテルで会う約束になっていた。折橋は有名人だ。積極的にマスコミ関係の仕事もこなしている。理絵にも事件を通じ、マスコミの知り合いができたので会談が実現した。ホテルのロビーを入ると、折橋の姿はすぐにわかった。六十代後半くらいか。片腕を失くしているのだからわかりやすい。折橋は笑顔で理絵を迎えた。折橋はかつて暴漢に娘を殺された。だが犯人の赤田辰夫《たつお》と面会し、彼の更生に触れた。その更生を真実と見た折橋は死刑をやめるよう上申書を提出した。死刑廃止運動にも加わり、何とか赤田の死刑を止めようとした。だが願い叶《かな》わず赤田は処刑された。

「初めまして、折橋完と言います」

妙に明るい声だった。

「町村理絵です」

「校長さんでしたよね？　お忙しいところ名古屋まですみませんね」

「いいえ、この前定年退職しました。今は相談員という仕事をやっています。まあ正直言って楽な仕事なので、時間に余裕はあるんです」

理絵は花歩の手紙について切り出した。花歩の部屋で見つけた折橋からの手紙を差し出す。

「これが折橋先生からいただいた手紙なんですが」

折橋はそれに軽く目を通し、自分の持ってきた鞄《かばん》から器用に何かを取り出した。百円ショップで売られているような安っぽい茶封筒だった。

「これが、花歩さんからの手紙です」

「え、持ってきていただいたんですか」

「いつかお渡ししようと思っていたんですが、機会がなくてね。申し訳ない」

低姿勢な折橋に理絵は恐縮したが、花歩の残していった手紙を読みたいという衝動が先に立った。茶封筒からその手紙を取り出す。間違いなく花歩の字だ。少し涙で文字が霞《かす》んだが、むさぼるようにして読んだ。

『拝啓

初めてお手紙差し上げます。私は伊勢市に住む中学生です。折橋先生の著書「二人のために」を読んで大変感銘を受けました。犯罪被害者であられるのに、どうしてここまで相手を赦せるのだろうと半信半疑で読んでいました。その中で、決して相手を赦したわけではないということが書かれており、その苦しみがよく伝わってきました。ただ、この度お手紙差し上げましたのは、そういった著書への感想を書くためではありません。罪の意識に悩む加害者に、どうすれば少しでも贖罪《しょくざい》というものが可能なのかを、お教えいただきたかったからなのです。

私の知っている人に若宮忍さんという男性がいます。若宮さんは日々痛々しいほど苦しんでおられます。勿論《もちろん》加害者は被害者のため、一生かけて償うということは当然でしょう。私も人を殺してしまった加害者は、もし死刑にならなかったとしても、永遠に赦されるべきではないと思います。たとえそれが法律上罪に問われない年齢であったとしても。

贖罪がうわべだけの物であっては何の意味もないことはわかります。涙を流して謝罪をしたから、金を払い続けたからなど形式的なものは無意味でしょう。罪火が消えることは決してないと思います。ですが私は加害者にもやはり贖罪のチャンスを与えて欲しいと思います。一生をかけて、命に代えても償いたいと本心から思っている加害者もいるのです。そのことは折橋先生が一番ご存じなのではないでしょうか。

私は若宮さんの苦しみを少しでも取り除いてあげたいです。そしてそのためには、加害者のために何かをするのではなく、被害者の方の苦しみをよく知る必要があると思い日々勉強しています。ただどうしても加害者の贖罪という観点から考えてしまいがちで、気をつけなければと反省しきりです。折橋先生には日々ご活躍でお忙しいかと思いますが、もしよろしければご返事いただけるとうれしく思います。
末筆ながら益々のご活躍お祈り申し上げます。　敬具
町村　花歩』

読み終わって、理絵は胸が痛んだ。長い文章ではないが花歩の必死さが伝わってくる。たしかこの手紙の返事で折橋は「そこまで思いつめることはない」そう書いていた。そう言いたくなるほどの思い、愛情のようなものがここにはある。花歩はやはり若宮のことが好きだったのだ。だから必死で被害者のことを考えようとした。しかしその思いは花歩自ら書いていることだが、結局は加害者である若宮に向いている。たしかに若宮は見てくれがいい。物腰も柔らかい。実年齢とかけ離れた容姿を持っていて、過去に過ちを犯したことが逆に陰のある男として花歩には魅力的に映ったのかもしれない。

それでもこの手紙からは若宮が花歩を殺す理由は見つからない。想像の翼を羽ばたかせるなら、初恋に甘い幻想を抱いた花歩が若宮に思いを告白。若宮はそれを受け花歩に体を求めるがそこまでは考えていなかった花歩がそれを拒絶。怒った若宮に花歩は殺害された——ありえなくはないが殺す動機としてはやはり弱い。それに花歩は論

出神社に強引に連れて行かれたようだったという証言がある。そんな状況で愛の告白をするだろうか。

「テレビでも拝見しました。花歩さんは修復的司法についてすごく真剣に考えていたみたいですね。僕が送った返事はあまり参考にならなかったのかもしれない。この時僕は彼女がまだ子供だからと思っていい加減な返事をしちゃったかも」

　折橋は首をひねりながらそう言った。

「いいえ、とてもお心のこもった返事でしたよ」

「町村先生は修復的司法について以前から関わってこられたんですよね？　こんなことを訊《き》くのは失礼ですが、修復的司法について今も有効だと信じておられますか」

　報道記者から発せられた問いと同じものだった。だが折橋の口からそれが漏れると、意味合いはかなり違って感じられる。

「わたしは被害者の方の痛みを軽く考えていたのかもしれません。傍観者だから言えたという面も多分にあるかと。被害者が生きていたり、相手に故意がなかったりすれば可能性の一つとして有効かもしれません。でもわたしのように実際娘を殺された場合にはどうなのかと」

「僕も二人、娘を殺されていますよ。人間が人間を恨む気持ちの極限まで行った」

「すみません、そうでしたね。でも正直、わたしは折橋さんとはまた違った思いを持っているんです。多分これはわたしにしかわからない」

「娘さんを、汚されたということですか」

言いにくいことを、折橋はさらりと言った。そうだ。娘を犯されるということ。これは殺人とはまた違った意味の苦しみだ。刑法的には殺人より軽いのかもしれないが、質的にはそれ以上に重いとすら思える。その二重の苦しみ、そして折橋は気づいていないだろうが真犯人がいるかもしれないという三重の苦しみが今、わたしを責めている。ＶＯＭは完全な任意の話し合いだ。どちらかがやめると言えばそれで終わる。外国では修復的司法に強制力を持たせている国もあるらしいが、日本では遠い未来だろう。

「結局、修復的司法にできることは何なのだろうって最近思うんです。ごく限られた人間を救うことしかできない。折橋さん、あなたは運がよかった。ごめんなさい、悪いとは思うんですが、わたしそんな思いに駆られてしまいます」

「言いたいことはよくわかりますよ。僕も遺族会で争いました。お前は幸運だっただけだ、その幸運を他人に強制するなというメールもよくもらいます。だから僕もその自覚はある。でも人に苦しみをぶつけるということは一手段にすぎないんです。問題はそれを唯一の手段のように考えてしまうことなんですよ。修復的司法も、応報的司法もどちらも一手段なんです。どちらかしか駄目なんていうのはおかしい。最近よく聞く言葉に、被害者の苦しみは年月では癒《いや》されない、むしろ深まるというのがあります。それを誇張だと切り捨てるのはいけません。でも一方で時間はやはり人を変える。現実に更生した人を前にそんなことは言えなくなる。それが人間なんです」

折橋の言葉に理絵は強い調子で答えた。

「更生したかどうかなんて他人にはわからない」

言ってから理絵は思わず口元を押さえた。以前ならとても口から出ない言葉だった。二人はしばらく黙った。そしてどちらかが話し始め、それまでと同じようなことをしゃべってこの会談は終わった。ホテルのロビーで別れる際に、折橋は控えめな問いを発した。

「今言うことではないかもしれませんが、町村さんは佐久間良二と会うおつもりは？」

「そんなこと、考えたこともありません」

「失礼しました。ただ、拘置所に行けば会えますよ」

「あなたがされた究極の修復的司法というわけですか」

「ええ、でもそんなに大袈裟《おおげさ》なことじゃない。すみません、それじゃあ失礼します」

折橋と別れ、伊勢市へ向かう電車の中で理絵はずっと花歩の手紙を読み返していた。

ただ何度読み返してもいとおしさが募るだけで、若宮が真犯人なのかどうかはわからない。そして折橋との面会は、いわば最後の手段のようなものだった。その糸がぷつりと切れたのだ。そう思うとやりきれなくなる。花歩ちゃん、これからお母さんどうすればいい？　手紙を見つめながら問いかけても答えは返ってこない。

代わりに折橋の最後の言葉がよみがえった。佐久間と会う……か。考えもしなかったことだが、会ってみようか。たしかにおぞましいことだ。しかし直接佐久間に問いかけ、彼がやったのかどうかを確かめる。いや無理だ。そんなことで真実がわかるわけない。だがそれくらいしか自分にできることなど思いつかない。あえて言うなら若宮に直接問いかけることくらい。だがそれは本当に最後の手段だ。負けを認めた時にとる後ろ向きの手段だ。

何か手掛かりはないのか、あの消えた日記帳のような手掛かりは。消えた日記帳……その時ふと理絵の中に一つの考えが浮かんだ。それは仮にあの日記帳が盗まれたのなら取り返してやればどうかというものだった。若宮の家に忍び込んで中を物色するという犯罪行為が浮かんでいた。彼が盗んだとしても、処分されているかもしれない。リスクの高い行為をやるだけの価値があるのか？　いや、若宮は月命日に花歩に花を供えに来ている。それは良心が残っている証《あかし》しだ。もしかすると証拠を捨て切れずに手元に置いている可能性もあるし、やってみる価値はある。

問題はどうやって忍び込むかだ。若宮は塾講師をしている。まずはその日程を徹底的に調べ上げること。そして具体的にどう忍び込むかを考えること。日程を調べるのは造作もないことだろう。問題は侵入方法だ。どうする？　伊勢市へ帰る近鉄電車の中で理絵の思考はどんどん深まっていった。いつの間にか忍び込むことは決定事項となっている。犯罪行為に関する罪悪感はあまりなかった。

家に帰ると、書斎のパソコンを立ち上げる。「ピッキング　泥棒」と入力する。何万件もヒットした。ただ最初はもっと簡単なものなのかと思っていたが、意外と難しい。専門のテクニックがいるようだ。カム送り、サムターン回しという方法も紹介されていた。しかしこれらも自分にはできそうにない。またそうやって解錠すると痕《あと》が残ってしまうらしい。やはり無理なのかと思ったが、しつこく調べていると「バンピング」という方法が紹介されていた。

バンプキーという鍵をシリンダーに差し込み、下ピンに衝撃を加えることでシャーラインをフリーにするなどとよく意味がわからないことが書かれている。これなら痕も残らないし、誰でもできるらしい。そのサイトには定価はアメリカからの輸入になるので一万八千円と書かれている。代金引換も可能で違法ではないとうたわれている。ここ以外に注文を受け付けているサイトがないので怪しいとは思いつつも、理絵はそのサイトに自分のメールアドレスを送信した。注文ボタンを勢いよく押す。やってしまった……体中を熱いものが包んでいる。抗《あらが》うことができなかった。

そうだ、わたしはどうしても真相が知りたい。若宮忍……あなたが本当に花歩を殺したのかを。

2

届けられた手紙を読みながら、若宮は頬杖《ほおづえ》をついていた。

そこには感謝の思いがつづられている。塾講師を始めてからかなり経つ。評判は上々で受かりそうにない学校に受かれた。成績が上がった。ありがとうという声をかなりもらった。だがこの手紙はこれまでで一番うれしいものだった。その手紙を書いた少年は例の問題児だった。若宮と接するうちに彼は変わっていった。こちらの言葉がまるで水が砂にしみ込むように少年に伝わり、少年はやる気を取り戻した。俺がかつての罪を少年に話したことが効いたのだろうか。打ち解けると、少年は意外と面白い奴だった。若宮は筆跡をまねるのが得意だったため、それを披露してやるとすげえ、と感心していた。

少年が通い始めた学校は、決して優秀とは言えないレベルの学校だった。しかし部活や学業に頑張っているという様子がよく伝わってくる。友達も出来たと書いてある。

彼がこんな手紙をよこすなど入塾当時からは考えられないことだ。人は変われる……おそらく町村校長やかおり、塾長のような真面目な教師はこういうことがその原動力になっているのだろう。それが少しだけ自分にもわかった気がする。

仕事や私生活の順風満帆さとは裏腹に、花歩に対する罪悪感は日増しに高まっていっていた。俺はこんなに幸せでいいのか。花歩は俺を裏切ってなどいなかった。日記帳を見た時、それがはっきりわかった。俺が一方的に悪いのだ。そのことを否定しようとしてもできない。自首して罪を償いたいという思いが強まっていくのを感じている。それでも俺が自首でもすればかおりは苦しむ。かおりは一途《いちず》な女だ。きっと立ち直れないだろう。かおりのことを考えればこのまま騙《だま》し続けた方がいいのではという気にもなる。いやそれは言い訳かもしれない。単純に俺は捕まりたくないだけで、かおりのせいにしているのかもしれない。

次の日、塾は非番だった。若宮はＲＸ－８を八間《はちけん》道路に沿って走らせていた。向かう先は夫婦岩《めおといわ》で有名な二見町《ふたみちよう》だ。ここに会いたい人物がいる。かおりに見せてもらった教員名簿には佐久間良二の住所は載っていなかった。個人情報保護のためだろう。だが数年前の電話帳に佐久間家の住所が載っていた。そこを訪れ、父親である良造氏に会ってみようと思ったのだ。自分でもどうしてこんなことをしているのだろうと思う。テレビで見た良造氏はどうしようもないような救い難い男だった。その駄目さ加減を見て、自分の心を少しでも楽にしようと思ったのだろうか。いや、以前テレビで良造氏の姿を見た時、俺は花歩の日記帳を燃やすことができなかった。あんな姿でも俺は彼をあわれに思った。だったらどうして車を走らせているんだ。そうも思う。だがまあ行ってみよう。その先に答えがあるかもしれない。

大きな橋を渡ると二見町だ。若宮は細い斜めに延びた道を進む。かつてこの辺りは旅館が多かったがかなりつぶれてしまった。廃屋になっている家も多い。だがそんな廃屋の中でも、極端に人目を引く家が目に飛び込んできた。若宮はRX－8を停めると、呆然《ぼうぜん》とそのひどい有様を眺める。廃屋は投石でガラスが割られ、至るところにスプレーで落書きがされている。「ここから出てけや」「殺人犯は死ね」「ロリコン万歳」など数えきれない。地元の不良や正義漢ぶった連中がやっていったのだろう。誰に訊《き》くまでもなく、ここに人が住んでいないことは明白だ。

しばらく突っ立っていたため、通りがかりのおばさんに声をかけられた。

「自業自得とはいえ、ひどいことするでしょ」

「そうですね、御近所の方ですか」

「ええそうよ、何？　お兄さんマスコミ関係の人っぽいわね」

どこがマスコミに見えたのか知らないが、とりあえず合わせておくことにした。

「まあ、そんなもんです。犯罪加害者家族の取材をしていましてね。ここに佐久間良造さんが住まわれていたんですよね？」

「昔はね。今はあの子一人だったけど」

「え、そうなんですか」

「そうなのよ。昔は一緒に住んでいたんだけどね。良造さんがお酒飲んでひどい暴力振るうもんだから児童相談所の人とかが来て大変だったの。良二くんはいつも青あざつくっていたわ。相談所に預けられている時期もあったくらい」

「お父さん以外に家族はいなかったんですか」

「奥さんがいたけどずっと前に離婚したわ。妹さんもいたわね」

「そうなんですか」

「鳥羽《とば》の旅館で働いていた若い奥さんでね、男の人つくって出ていったの。怜奈《れいな》ちゃんって妹もいたんだけど、この子だけを連れてね。可愛い子だったわよ。良二くんともすごく仲が良かった。もしかすると良二くんは怜奈ちゃんの影をずっと追いかけていたのかもしれないわ。奥さんが出ていってから良造さんはひどく荒れるようになっていったわけ。良二くんは良造さんにひどい虐待を受けてもニコニコして笑顔を絶やさなかったわ、あの子も被害者なのよ」

「佐久間良二が被害者……ですか？」

「ええ被害者よ。良二くんは本当に頑張っていたんだから。大学の学費だって自分で働いて工面していたの。教師にならないと奨学金を返さなくちゃいけないそうね。良二くん遊ぶこともせず必死で頑張っていたわ。一途だった。だから念願かなって教師になった時、ホントうれしそうだった。でも教師になると時々良造さんがお金をせびりに来るようになったのよ。それまでどこ行ってたのかしらないけどふらっと帰ってきたみたい。良二くんは決して良造さんには反抗しないの。多分子供の頃のトラウマでもあって逆らえないんでしょうね。テレビで見た？　良造さんホントひどいわよねえ。良二くんがああなっちゃったのは完全にあの人のせいよ」

「そうだったんですか」

少しだけ、心の負担が軽くなる思いがした。多少同情する余地はあるが佐久間良造という男はやはりテレビで見たとおりのひどい男のようだ。佐久間良二は色々と苦労していたようだが、それだからといってあんな真似をしていい理由にはならない。

「それじゃあ良造さんはどこにおられるかわからないんですか」

「ごめんなさい、知らないわ」

「そうですか、ありがとうございます」

若宮はその後も何軒か佐久間良造の行方を訊いて回ったが誰も知らないという。仕方なく引き返すことにした。ただこのまま引き下がるつもりはない。以前見た佐久間良造の映像にはバックに建設会社が映っていた。モザイクが掛けられていたが、あの建設会社には見覚えがある。あそこは玉城町《たまきちょう》のはず。レトルト食品メーカーに通っていた頃に時々目にしたからだ。

ＲＸ－８は市内に引き返すと度会橋を渡って松阪方面へと向かう。旧二十三号線から田舎道を通って玉城町にある山辺《やまべ》建設という会社の前にたどり着く。柿の木畑の続くこの周りの風景、間違いない、ここだ。ここに佐久間良二の父親、佐久間良造は勤めていたはずだ。ただもう首になっているかもしれない。若宮はトタン屋根の中、事務所と思われる小屋に足を踏み入れる。だが誰もいない。外でしばらく待っていると、ヘルメットをかぶり、タオルを巻いた五十代くらいの男が車でやってきた。

「すみません、少しうかがいたいのですが」

「はあ、なんですね？」

「佐久間良造さんにお目にかかりたいんです」

若宮の言葉を受け、男は露骨にいやな顔をした。

「ここで働いておられたんですよね。今もおられますか」

「さあ……じゃあわし、仕事がありますんで」

男が立ち去ろうとするのを若宮は必死で止めた。

「お願いします。教えてください。佐久間さんにどうしてもお会いしたいんです」

「もうマスコミはこりごりなんですわ。モザイクかけるって言ってもすぐに特定されてしまうやないですか。あれからホンマ、ウチがどれだけ迷惑受けたか」

「私はマスコミじゃありません」

「そんなら何もんや？」

「佐久間の身内のものです」

とっさに嘘をついた。男は立ち止まる。ふう、とため息をついた。仕方ない、話してやるかといった感じだ。

「佐久間さんはもうおりませんよ」

「じゃあどちらへ行かれたかだけでもお教え願いませんか」

若宮が言うと、男は鼻から息を吐きだして人差し指を立てた。何の仕草だ。一万円払えということか。若宮はよく意味がわからず問いかける。

「一本？　どういう意味ですか」

「あんたどこ行ったかって訊いたでしょ？　指さす先は上空、あの世ですわ」

「え、良造さんが死んだ……」

目を見開いて若宮は驚いた。テレビで映像が流れていたのは半年ほど前だ。たしかに弱ってはいるようだったが、自殺するような感じでもなかった。

「ああ死んだ、死んだよ」

「どうしたんですか、やっぱり自殺？」

「殺されたんですわ、ガキどもに」

言葉が出なかった。殺されただって……そんなニュースはまるでお目にかかったことはない。いったいどういうことなのだ。

「説明してください、殺されたってどういうことですか」

「良造さんは酒飲みでしてなあ。その日も酔っぱらって外で寝てしまっていたんですわ。それを高校生くらいのガキどもが天誅《てんちゅう》とか馬鹿なこと言うてボコボコに殴りつけたんです」

「事件の影響なんですか」

「そりゃそうでっしゃろ。ただそれが直接の死因じゃなく、冬の日に外で寝てしまったのが原因と判断されたようですが。まあ殺人って言うてもええやろね」

「その高校生たちは捕まったんですか」

「いや、一応警察も調べてはいるようですがあんまりやる気ないんちゃいますか」

「そんな……」

その後、礼を言ったのかどうかさえも若宮は覚えていない。佐久間良造の死、それは俺が招いたものだという思いが若宮を押しつぶそうとしていた。これで俺が殺したのは三人になった。中村弘志、町村花歩、佐久間良造……たしか三人殺せばまず死刑だったな。そう思うと笑いだしたいような気分になる。なんてこった……若宮は逃げ出すようにＲＸ－８を走らせる。

花歩の日記帳を見た時、心は大きく揺れた。あの時決定的に俺は変わった。罪を償うことの重要性に気づいた。あそこで勝負はあったのだ。自分の中に眠っていた良心とでも言うべきものが頭をもたげた。そして今回の佐久間良造殺人事件は最後のトリガーを引いた。そんな気がする。

どこをどう走ったのか、若宮は気づくと伊勢警察署の駐車場にいた。

花歩の事件直後は大騒ぎになっていたが、伊勢警察署は今、落ち着きを取り戻している。若宮はハンドルに頭を押し当てたまま、しばらくじっとしていた。自首するしかない……そう思ったが、ここまで来るとためらいが生じた。いや、ためらいなどではなく本当は自首などする気はなかったのだろう。かおりの顔が頭に浮かぶ。あの笑顔を、吸いつくような肌を手放す気など俺には本当はないのだ。もっと言えば、かおりのことがなくとも、俺はきっと自首などしていない。それほど臆病《おくびょう》なのだ。俺は自分自身に良心があることを確認するためだけにここに来たのかもしれない。迷っている。苦しんでいる。そんな自分を見たいだけ。迷えば自首しないことがわかっている。つまるところは自分に宛てた演技だったのだ。

「ああ、ちくしょう！」

叫ぶと、若宮は警察署を後にする。だがこの叫び声もどこかしらじらしい。叫べば苦しんでいるのか。反省しているように見えるのか。心の中で誰かが問いかけてくる。どことといって行くあてなどなく、若宮は車を走らせる。途中でかおりの声が聞きたくなり電話する。だがつながらない。授業中なのだろう。若宮は今そばにかおりがいればすぐにでも抱きつきたかった。かおりの乳房に顔をうずめ、甘えたかった。結局そうなのだ。俺は臆病で甘ったれだ。

行き先をなくしたRX－8は鳥羽市に入る。ふと佐田浜港が目に入った。若宮は市営駐車場に車を停め、券を買うとどういうわけかそこから答志までの市営定期船に乗った。定期船には花歩と同じくらいの年の少女たちが多く乗っている。ジャージ姿の中学生たちは子供にしか見えない。無邪気な顔だ。俺はなぜこんな子供に手を出そうとしていたのだろう。あの時俺はどうなってしまっていたのだろう。考えても空しいだけなので若宮は思考を止めた。

「すみません、中村さんの家に行きたいんですが」

答志につくと、若宮は島民に訊《たず》ねる。中村富雄に会って赦《ゆる》しを乞《こ》う。いまさらそんなことをしてどうするんだという気がするが、初めて謝りたいという気になった。謝罪文を書き、VOMの申し出とかはしていたが、それはリアクションだけ。初めて赦されたい、俺を赦して欲しいという思いに駆られていた。

「あんた、ここいらじゃ中村ばっかだよ。わたしもほら、中村やもん」

島民は表札を指さして言った。

「すみません、富雄さんです。弟さんを亡くされた」

「ああ、去年あの町村花歩いうお嬢ちゃんが訪ねてきとった人やな。タコ壺《つぼ》造りの。富雄さんあれからえらいショックで元気なくしてしもうたんやわ。ほれ、あそこの丘の上の家や」

「わかりました。ありがとうございます」

丘の上を目指して、若宮は細い道を縫うように進んだ。家々の入口には「八」に丸がされたマークが書かれている。中村富雄宅につくと、壊れそうな扉をノックする。しばらくして、四十代くらいの色黒の男が出てきた。実質初対面だというのに、その男はじっとこちらを見ている。自分が何者か、嗅覚《きゅうかく》で感じ取ったようだ。

「中村富雄さんですね。私、若宮と言うものです」

名乗ると、中村は大きな息を吐いた。驚いた様子はない。若宮はいきなりその場にしゃがみ込むと土下座する。すみませんでした、と大声で言った。

「突然の訪問、本当に申し訳ありません。でもどうしても謝罪の言葉を聞いていただきたかったんです。申し訳ありませんでした!」

中村は返事の代わりに後頭部をぼりぼりと掻《か》くと、背を向けて穏やかに言う。

「帰れや、そんな謝罪いらん」

「気が済むなら殴るなりなんなり好きにしてください」

「帰れ言うとるんじゃ！　そりゃあ、あの町村花歩いう女の子に冷とうあたったんは今でも後悔しとる。そやけどそれとこれは話が別じゃ、お前の謝罪は自分が赦されたい、楽になりたいっちゅう自分本位のもんや、そんな謝罪いらん。とっとと帰れや！」

きつい言葉を投げかけられた。以前なら反発し、言い返していただろう。だが今、若宮の心にはそんな思いはなかった。

「ではまたお邪魔します。謝罪を受け入れてくれる日まで」


外は太陽が沈みかけていた。やけに夕日が美しい。

若宮は今日一日のことを思い出し、何をやっていたんだと自分に笑う。どうすべきかわからずにさまよい、ついにはこんなところにまで来てしまった。自分の臆病さ、もろさを再認識させられた気がする。悪にもなりきれず、善にもすがりつけない。そんな弱い男なのだ。贖罪《しょくざい》という言葉は安きに失する。だがどうすればいい？　どうすれば俺は救われる……答志島の丘の上、夕日に向けたそんな問いに誰も答えてくれはしなかった。

送られてきた段ボール箱は、大きくはなかったが重みがあった。

配達員は代金を受け取ると、ありがとうございますと言って去っていく。当たり前だがいかがわしい配達員ではなく、よく来る大手運送会社の配達員だった。どうしてこんなに重みがあるのだろう。理絵はいぶかりつつその箱を書斎まで運ぶ。ハサミで封を切った。中には発泡スチロールが詰められていて、鈍色《にびいろ》の鍵《かぎ》とハンマーのような物、ドアのノブ、説明書が入っていた。

さっそく理絵は説明書を読む。英語だったが、下に訳が書かれていた。バンプキーをシリンダーに差し込み、同封のハンマーで衝撃を与えてください——そんな内容だった。たしかに簡単そうだ。これならわたしにもできそう。理絵はそう思いながら鈍色のバンプキーを手に取ってみる。光にかざすと、普通の鍵のようにギザギザが不均一ではなく同じようについている。こんな物で本当に解錠できるのだろうか。

同封されていたドアノブは練習用の物らしい。ロックされた状態にしてバンプキーを差し込むと抵抗もなくすんなりと入った。理絵はハンマーで衝撃を与える。だがロックは解除されなかった。もう一度説明書を読む。そこには図解がされていて衝撃の伝わり方の説明がされている。ただよくわからず、適当に衝撃を与える。何度かやっているうちにロックが外れた。もう一度ロックをして同じように衝撃を加える。また数回でロックが外れた。

どうやら、強めに何度かハンマーで衝撃を与えればいいようだ。これなら何とかなりそうだ。よし、という気持ちとともに罪悪感が押し寄せてくる。こんなことは元校長のやることではない。だがそんなものは今の理絵には歯止めにはならなかった。やるという決意は固まっている。問題はやるかどうかではなくいつやるかだけ。理絵はバンプキーやハンマーを箱に仕舞い、書斎の目立たないところに隠した。

外に出ると、六月の日差しはすでに夏のものだった。

思わず理絵は太陽に手をかざす。予報では雨だと言っていたのにわからないものだ。一度家の中に戻って帽子をとってくることにした。花歩が死んでから来月で一年になる。信じられない速さだ。花歩の死の直後は彼女が本当は生きていたという夢を何度も見た。よかったわ、心配したのよ。そう思い抱きしめると花歩はすりぬけていく。起きてから夢だったと気づきさらに落ち込む。そんな繰り返し。だから朝起きた時が一番つらかった。

道端で小柄な中学生くらいの少女を見つけるとそれが皆、花歩に見えもした。花歩ちゃん……思わず声をかけるがまるで他人。おかしなおばさんと思われただろう。だが最近はそんなことはあまりない。そのことに罪悪感を覚えたりもする。時間の経過は人を癒《いや》す——認めたくはないがそういう部分もやはりあるのだ。そうでなければとっくにおかしくなっている。でも花歩ちゃん、お母さんはあなたのことを一日たりとも忘れたことなんてないから。そう心の中でつぶやきながら理絵はプリウスを走らせた。

着いた先は犯罪被害者支援センターだった。花歩の事件後、犯罪被害者遺族会の人が紹介してくれた。重大事件の被害者は無料でカウンセリングを受けることができる。理絵も事件後、定期的に足を運んでいる。一生懸命やってくれてはいるのだろうが、正直事件直後はほとんど癒されることはなかった。結局のところ、その事実を現実のものとして体が拒否反応を起こさずに受け入れるには時間がかかるということなのだろう。カウンセラーも、自分たちにできることとできないことの説明はしてくれた。

待ち時間はほとんどなかった。理絵は呼ばれると返事をして相談室の中へ入る。四十に手が届くかどうかという女性カウンセラーが微笑みながら待っていた。いつもは義務的に足を運び、適当に話をして薬をもらうというパターンだ。だがこの日はいくつかカウンセラーの人に訊《き》いておきたいことがあった。最近の状態など、いつもと変わらない話が終わると理絵はその話を切り出した。

「先生は修復的司法についてどうお考えですか」

カウンセラーはその問いを受けて一度まばたきをする。

「そういえば町村さんは修復的司法をやられていたんでしたね」

「ええ、ある程度の訓練も受けてメディエーター、仲介役をやっていました」

「私はあまり肯定的ではないんです。こうして多くの被害者の方々と接してきますと、本当に傷つきやすい状態になっている人が多いことがわかります。そんな状態で加害者と会うことは傷を深めるとしか思えないんですよね。私の場合、どうしても被害者視点で見ますから」

「でも修復的司法は被害者視点で見る思考のはずですが」

「ごめんなさい、私もこの点不勉強なんです。言い訳じゃないですが、多分被害者支援に関わられる多くの方々もそうだと思います。応報的司法というものが絶対のものとしてあるがためにそれに合わせてこちらも考えてしまうんですよ。犯人が憎い、殺してやりたい、そういう心の痛みを訴えられればそれは違う、こういう考えもあるなんて言いにくいですから。もっと修復的司法の考えが誤解なく広まってから考えることかなって思います」

「わたしが佐久間良二に会いたいと言ったらどう思われます？」

「それは……もちろん反対です」

「どうしても会いたいと言ったら？」

　カウンセラーは困った顔を見せた。少し意地が悪いかな——理絵はそう思った。だが今わたしの中には熱いものが流れている。どんなことをしてでも真相に近づきたいというたぎりがある。だからこのことも非現実的なものというわけではない。だがこの点でカウンセラーを責めても意味などない。理絵は質問を変えた。

「ここで話したことは、どんなことでも秘密なんですよね？」

「それはええ、絶対に」

「犯罪の告白とかでもですか？」

　カウンセラーは再び言葉に詰まった。わたしは罪を犯そうとしている。だが今、そのことが問題なのではなく、理絵が問題にしたかったのは若宮のことだった。以前、母親を火事で亡くした若宮は精神科医にかかっていたと聞いた。その医者に彼は何かを言ったのではないかと思ったからだ。

　あの頃、若宮は警察に火をつけたのではないかと疑われていた。当時は単純にそういったショック、ストレスから精神科医へかかっているものだと思っていたが本当にそうだったのだろうか。もしそうではなく、殺人衝動を制御できずに精神科医へかかっていたとすればそれが証拠にならないのだろうか。そのことを医師から訊き出すことはできないのだろうか。それが今日、ここへ来て本当に訊きたいことだった。だがこのカウンセラーの態度からその答えを訊き出すことは不可能だと悟った。

「ごめんなさい、答えられないですよね」

理絵は微笑む。カウンセラーはいつもとは明らかに違うこちらの様子に驚きを隠せない様子だった。理絵が黙りこむと、慌てていくつか質問をしてくるが、それらの問いは右から左へと抜けていくだけ。理絵の心には何も残らない。心のこもらない礼を言うと、理絵は被害者支援センターを後にした。


帰り道、理絵は遠回りをして宇治山田進学塾を訪ねた。

もちろん、訪ねるといっても中に入るわけではない。近くに車を停め、若宮がいるかどうかを確認することが目的だ。バンプキーが届くまでのこの一ヵ月あまり、理絵は毎日宇治山田進学塾を見張っている。そしてはっきりと傾向をつかんだ。若宮は金曜日、午後五時から十時までは必ずこの塾にいる。他の日も夕方から塾には来るが、金曜日が明らかに一番長くいる。補習などで遅くなった子の面倒を見たり、経理もやったりしているようなのでこの時間帯はまず家には帰らないとみていい。侵入を決行するなら金曜日、この時間帯だ。

駐車場には若宮のRX－8が停まっていた。気づかれないように中を見る。ちょうど中学生くらいの女の子が若宮に質問していた。若宮は白い歯を見せながらそれに答え、少女も微笑みながら納得した様子だった。かおりは若宮が教師に向いていると言っていた。この様子を見るとその言葉もうなずける。私も教師だったからわかる。子供たちが若宮に向ける視線は、信頼しきった尊敬のまなざしだ。わたしはひょっとしたらとんでもない馬鹿なまねをしようとしているのかもしれない……だがもう賽《さい》は投げられたのだ。引き返すという選択肢はない。

塾に若宮がいることを確認すると、理絵は論出へと向かった。

やることはとっくに決まっている。問題は決行の日にちだった。バンプキーがこちらにある以上、もう今すぐにでも決行は可能だ。証拠品を処分される恐れがある。できるだけ早く決行した方がいい。とはいえ若宮の家の中を探すにしても時間はかかるだろう。余裕をみておきたい。それに日が暮れてからでないと隣から見られる恐れがあるある。理絵はプリウスの中から若宮宅をのぞく。論出の若宮宅は解錠できそうな裏口が隣の家から丸見えなのだ。これでは明るい内の侵入は不可能だ。そうなると侵入するのはやはり金曜日の夜八時から十時くらいまでというのが妥当なところだろう。少しだけ裏口を見ると、理絵はブレーキペダルから足を浮かせた。

明日金曜日のこの時間帯、智人は家にいる。二、三時間も家を空ける以上、言い訳は散歩ではきかない。どうしたものかと考えたがすぐに思いつく。理絵は駐車場にプリウスを停めると、財布から千円札を取り出し、居間でゲームに興じる智人に向かって言った。

「智人、お母さん明日帰り遅くなるから、これで夕食勝手に食べて」

千円札を受け取ると智人は訊《たず》ねてきた。

「ふうん、どうしたんだよ」

「デートよ。男の人の家に行くの」

言わなくてもいい冗談を言ってしまった。明日の決行を前に、自分自身にできるだけ余裕があるように見せたかったのだろうか。

「嘘つくなって、誰が母さんの相手するんだよ」

智人は笑って相手にしなかった。

「ホントはね、退職教員でつくる団体があって明日は日帰り旅行に行くのよ。遅くなりそうだし。何かあったら携帯に頼むわ」

「ふうんそっか、退職してからはお気楽だな。みやげ頼むぜ」

「あなたもたまには勉強頼むわよ」

「あーあ、はいはい」

智人は何の不審も持っていないようだった。退職教員団体に所属しているのは事実だが、旅行の予定はない。花歩の死後、智人は本当に落ち込んでいたが、ようやくまともになった。いや、以前よりずっと大人になった、優しくなった気がする。理絵は心の中で智人に嘘ついてごめんね、と言うと仏壇に向かった。線香に火をつけると、花歩の遺影を見ながら明日の成功を祈る。花歩ちゃん、お母さんのやること間違っているかな？　かもしれないわね。でもお母さんどうしても知りたいの。あなたがどうして死ななければいけなかったのかを。

その日、理絵は昼間から外に出かけた。決行の時刻まではずいぶんと間があるが、旅行に行くと言った手前、家にいてはまずい。喫茶店や図書館で適当に時間をつぶしながら考えていた。探すと言ってもどこを探す？　若宮の家には何度か行ったが、細かいところまで覚えているわけではない。結構広い家だった。玄関を入って奥にトイレがあり、右側が書斎、左側に居間、その奥に台所があった。居間の奥にもいくつか部屋があったはずだ。だが思いだそうとしても結局は駄目、その時に怪しいと思ったところを探すしかない。まあ、あまり焦らないことだ。このバンプキーは痕《あと》を残しにくい。侵入できるチャンスは今日だけではないはずだ。

夕映えが辺りを包み、日は暮れていく。

待つだけというのは退屈だが、そこまで長くは感じなかった。自分の中に燃え続ける思いが時間まで燃やしてしまったようだ。時計を見ると午後七時二十四分。理絵は歩みをゆっくりと論出に向けた。手に持っているのは大きめの鞄《かばん》だ。日帰りの旅行に行く時にいつも使っている。だが中身はいつもとはまるで違っている。あらかじめ買っておいた智人へのみやげの他はすべて工作道具だ。手袋、懐中電灯、バンプキー、ハンマー、新しいシューズ……シューズは足跡を残さない目的に加え、まさかの時にそのまま外へ逃走できるように買っておいた。軽くはないが、それほど重いというわけでもない。

秋葉山トンネルをくぐり、左手に折れる。細い道を少し行くと論出神社だが今日はここには用はない。バスの後を追うようにしばらく歩いた。やがて小高い丘が見えてくる。この上に若宮の自宅はある。意外と目立つ場所で、度会橋の向こうからでもよく見ると確認できる。ここからなら自宅にいながら花火大会も見物できるだろう。

もう一度時計を見ると午後七時四十八分。夜の帳《とばり》は十分に下りた。いい時間だ。理絵は急勾配《こうばい》になった坂を登ると、若宮と書かれた表札の向こうに目をやる。明かりは全て消えている。カーポートにRX－8はない。まったく予定どおりだ。正面の門をくぐり、堂々と石畳を歩いて中へ入っていく。玄関からの侵入は不可能だ。ここは避け、裏口に回る。以前はこの辺りは雑草が生い茂っていたがいつの間にか綺麗《きれい》に刈り込まれている。進みやすかった。ブロック塀で隣の家とは隔てられている。

裏口の横には今は使われていない犬小屋があった。犬小屋に身を隠すように理絵は姿勢を低くし、鞄を開ける。鞄の中から取り出したのはバンプキーとハンマーだ。これを練習したようにドアノブに差し込み、叩《たた》く。静かだったので意外と大きな音がした。扉は開かない。理絵はふうと大きくため息をつく。大丈夫だろうか。隣に聞こえていないだろうか。不安だったのでしばらく沈黙した。それにしてもここはいい場所だ。隣の動向が気になるが、坂の近くにあるので万が一若宮が帰ってきてもここから見える。安心して作業をすればいい。

数分が経ってから理絵はバンプキーに二撃目を入れた。さっきより強く叩いた。今度も大きな音がしたが、扉はやはり開かない。それにしても静かな中だとこれだけ一撃一撃に神経を使うとは思わなかった。理絵はもう一度間を空け、三撃目を入れる。二撃目と同じような音でまた扉は開かない。それからも何度か同じようにやってみたがまるで扉は開かなかった。

練習の時は続けざまに何度か叩いたからよかったのだろうか。この場所でそんなことをして大丈夫だろうか。そうも思ったがやるしかないと思い直し、理絵は続けざまにハンマーを振り下ろす。ガンガンと金属音がしたが開かない。やはりあの怪しげなサイトに騙《だま》されていたのか。だがここまで来て引く気はない。さらに何撃か叩きこんだ。繰り返すうちに汗がにじんできた。殴り方を変えたり、色々やったりしたがどうしても扉は開かなかった。

「やっぱり騙されたのかしら」

汗を拭《ぬぐ》いながらつぶやく。一度バンプキーを抜き、懐中電灯で照らした。その光よりも大きな光が坂を上がってきた。車だ。若宮が帰ってきたのか？　時計を見るがまだ九時過ぎだ。早すぎる。理絵はブロック塀越しにその車を見る。小さい。その車はＲＸ－８ではなかった。軽自動車だ。理絵はほっと胸をなでおろす。

ふたたび静寂が周りを包んだ頃、理絵はもう一度バンプキーをシリンダーに差し込む。何度か殴りつけた。やはり扉は開かない。どうして！　小さな声で叫ぶ。だんだんといら立ちが高じて殴りつける間隔が短くなっていた。焦っちゃ駄目と自分に言い聞かせるが、うまくいかない。大きなため息をついた時に、声がかかった。

「そこにいるのは誰！」

突然の大声に思わず振り返る。続けざまに明かりがこちらを照らした。見つかった……なんてことだ。なぜこんなことになった？　問いがぐるぐると回っている。こんなことまるで予期していなかった。理絵は何も言えず工具をとり落とすとその声の方を向く。力が抜けていく。侵入は失敗だ。どうやら誰かが不審な音を聞きつけ、静かにこちらへ近づいてきていたようだ。この場から逃げ出そうという気力すらなくなっていた。

「そんな……町村先生？」

その声に聞き覚えはあった。

懐中電灯の明かりに手をかざしながら理絵はその顔を見た。

「あなたは、かおりちゃん？」

二人はしばらく何も言わずただ見つめあっていた。

そうか、さっきの軽自動車はかおりの物だったのか。かおりは仕事を終えた金曜の夜、ここで甘い時をすごすためにやってきたのだ。きっと若宮から合い鍵《かぎ》でも渡されているのだろう。先にやって来て若宮のために夜食でも作ろうとしていたのだ。若宮の動向だけに目を奪われ、こんなことが予想できないなんて——理絵は我ながら情けなく思った。

「どういうことなんですか、先生」

理絵は何も言えなかった。この状況で、今さらどんな言い訳ができるというのか。わたしは住居侵入罪、あるいは窃盗未遂罪だろう。だが自分の中に燃えたぎる花歩への思いが、まるで居直り強盗のように強靭《きょうじん》な牙《きば》をかおりに向けた。

「わたしだってこんなことしたくなかった」

「訳がわからない！　ちゃんと説明してください」

「わたしは真実が知りたかっただけ」

このまま叫びあっても埒《らち》が明かないと思ったのか、かおりの方が先に矛を収めた。かおりは合い鍵を取り出すと、玄関を開け理絵を中へと誘導する。扉を閉めると、玄関にくずおれるようにしゃがみこんだ理絵にかおりは穏やかな声で言った。

「ここなら誰にも聞かれません。先生、聞かせてくれますね」

理絵は考えた。もはや全てを打ち明ける以外に道はないことはわかっている。理絵は立ち上がってかおりの目をしっかりと見つめると、その一言を口にした。

「わたしは疑っているのよ……若宮くんのこと」

「それは若宮さんが花歩ちゃんを殺したってことですか」

「ええ、佐久間は殺人に関しては否定したわ。警察は以前、若宮くんのことを疑っていた。でも佐久間逮捕によってそれはうやむやになってしまったの。かおりちゃん、このこと若宮くんはあなたに話したかしら？」

「いいえ、でもそれくらいじゃ」

「それだけじゃない。彼は花歩が死んだ場所に月命日に花を供えていた。関係者しか知らないはずの場所に。たしかにこんなのは状況証拠とも言えないでしょうね、でもやっぱりおかしい！　前に言ったでしょう、花歩の日記帳がなくなっているって。絶対にあったはずなのよ、あれを盗めるとしたら限られた人だけ。それに花歩は若宮くんのことが好きだったみたい。あの子と若宮くんの間には、わたしたちの知らない何かがあったんだわ、わたしはそれを確かめたかった！」

まくしたてた理絵にかおりは言葉を返さない。黙ってこちらを向いている。

「わたしだって嘘だって思いたいの。わかるでしょう？　若宮くんはわたしが更生したと心から信じた子だった。その子が大人になって花歩を殺すなんて考えられない。絶対に考えたくないの。だからわたしのこの馬鹿な考えを否定して欲しいのよ」

「だからってこんなこと赦《ゆる》されません」

「わかってる、わかってるわ。臆病《おくびょう》よね。こんなこと若宮くんに直接訊《き》けばいいだけ。こんなことをするのは彼を信じてはいないってこと。でもね、かおりちゃん、わたしはそのことより花歩を優先させてしか考えられないの。あの子を殺した真犯人を絶対に赦せないの。それが全て。あなたがこのことを警察に言うなら仕方ないと思う。でもできるなら協力して欲しい」

「協力？　どういうことなんですか」

「虫のいい話だってことはわかるわ、しかも疑っているのはあなたにとって大切な人。でも彼の潔白を信じているなら探してくれないかしら？　この家の中のどこかに花歩が残した物、日記帳か何かがあるかもしれない」

「そんなことできません」

火花が散るほど、二人は黙ってしばらく睨《にら》みあった。

かおりの思いは痛いほどにわかった。自分がかおりの立場でこんなことを言われればなんて勝手なことを言う人だろうと思うだろう。娘を殺されたショックでこんなになってしまったんだろうかと憐れむに違いない。声を荒らげて出ていってと叫んでいるかもしれない。かおりがそうしないのは、わたしに少しでも恩義を感じているからなのだろうか。

　もしこの家の中に花歩の日記帳が残されていて、かおりが今日のことを若宮に告げれば若宮はきっと日記帳を処分するだろう。そうなれば終わりだ。そう思うとかおりを押し倒してでもこの屋敷を探しまわりたくなる。だが現実には無理だろう。かおりは警察を呼ぶに違いない。警察が来る前に発見できる可能性はかなり低い。どう考えても打つ手はない。かおりに見つかった時に、計画は終わっていたのだ。

「先生、今日のことは誰にも言いません。だから黙って帰ってください」

「かおりちゃん、わたしは……」

「わかります。先生の気持ちも。私だって父を殺されているんです。もし先生の立場だったら同じことをしていたかもしれません」

　そこまで言って、かおりは少し間を空ける。静かに続けた。

「ただ、もう少し考えさせてください」

「そう……ありがとう、わかったわ」

　そこでかおりとは別れ、理絵は若宮の家を後にした。かおりはうなだれていた。どうするつもりだろう？　かなりショックがあったことは間違いない。若宮への愛をとるのか、正義への思いを貫くのか。以前のあの子ならきっと後者をとっただろう。だが今はわからない。それほど彼女の若宮への思いは強い。つかみかかった幸せを壊すようなまねをするだろうか。バンプキーは使えなかったけれど、この事件の最後の鍵は原口かおり、彼女が握っているのかもしれない。

4

午後十時。残業はなく仕事が終わり、ＲＸ－８は論出の自宅を目指していた。

朝から降っていた雨は降り続いている。それどころか土砂降りだ。ワイパーは一番強いモードにせざるをえない。梅雨明け宣言がもうすぐかと言われているさなか、最後の抵抗のように大雨が降っていた。若宮は降りしきる雨に負けないように、カーラジオの音量を上げた。かけている番組は有名なタレントがゲストを呼んで行うトーク番組だ。くだらない。今日は少し落ち目のアイドルが呼ばれている。

毒舌キャラに変えて生き残ろうとしている三十過ぎの女だ。普段は聞くことなどないが、その中でニュースが伝えられている。少しだけ気になってラジオを消せなかった。

「じゃあ真面目な話題を一つ。去年伊勢市で起こった教え子殺人事件って覚えてる？」

「馬鹿にしないでよ。あれでしょ、校長さんの娘が被害者になった」

「うん、あの事件の判決が出たんだ。無期懲役だって。検察はすぐに控訴したそうだけど」

「ええ、死刑じゃないのお」

「前科がなく、殺されたのは一人だけだからね」

「信じらんない。佐久間ってホントひどいじゃない。教師の風上にも置けない。こんな悪い奴は前科がなくても死刑にしないと駄目だと思う。それに殺されたのが一人だけなんて関係ないじゃん。百人殺すのと百一人殺すのなんて全然変わんないし」

「そういう意見多いよねえ。無期懲役は当然って書いたブログが早速炎上しているみたい。でも裁判員による評議は四日間だけだよ、裁判の公平性も重要だしそれでいいのかなあ」

「時代は変わるんだもん。それに今までが甘すぎたのよ！」

「ううん、どうなのかなあ……難しいところだねえ。では時代つながりで次の曲に行ってみることにしようか。古い曲と言うにはちょっと早すぎるかな。京都市の河西さんからのリクエスト。一度聴けば独特の歌詞が頭にこびりついて離れないイエローモンキーの名曲……」

若宮はチャンネルを変える。他の局でも佐久間良二に無期懲役判決が出たというニュースが流れていた。だが死刑を求める世論もあり、裁判員の判断に批判が集中しているらしい。これでは何のための裁判員なのかとも言われている。ただあまり関心はない。

少し前、心がぐらぐらと揺れていた時期だったらショックだったかもしれない。だが今は特に思うことはない。もう心は決まった。真相は絶対に明かさない。町村校長を、かおりを、世間を全てあざむいてやる。俺は完全に悪になる。そう決めた。考えて、考えて、考え抜いた結果だ。もう心はぶれることはない。このニュースを聞いても何とも感じなかったのがその証拠だ。

ＲＸ－８は秋葉山トンネルをくぐり、論出へと入っていく。左折し、急勾配《こうばい》の坂を上ると家が見えてくる。今日は金曜日、かおりの軽も停まっている。この土砂降りの中、約束どおりやってきたようだ。かおりと交際を始めてからかなり経つ。彼女も仕事があるのであまり会えない。いつの間にか金曜日に会うのが定着した。いつも彼女が先に来て夕食を作って待っている。母親がいるので泊まり込んでいくことはまずないが、この時間は二人にとってかけがえのないものになっている。毎日会うより、こうして限られた日に会うことが二人の絆《きずな》をより強めている気がする。

先週のかおりはおかしかった。どこがどうというわけではない。なんとなくよそよそしいのだ。かおりは嘘をつこうとするとすぐに顔に出る。一カ月ほど前も体調が悪そうだったからどうしたんだと訊くと大丈夫と答えた。だが実際は熱が三十九度もあった。そんな状態なのに約束したからと言って夕食を作りに来ていた。いとおしさが募ったが、演技が下手すぎる。先週感じたよそよそしさの正体は何なのか。若宮はずっと気になっていた。気になるとどんなことでもしてその正体をつきとめたくなる。

傘立てに傘を入れ、玄関を開けるといつもの笑顔が待っていた。

「おかえりなさい忍さん、大変だったでしょ、すごい雨で」

かおりはいつの間にか若宮のことを忍さんと名前で呼ぶようになっている。若宮はそれがどこか気恥ずかしいが、やめさせるつもりはない。

「まあ車だから平気だよ。それよりこの匂いは何だろう、オムライスか」

「あたり、ご名答」

スーツを脱ぎ、ハンガーにかけるのをかおりは手伝ってくれた。かいがいしいなと思いつつ椅子に腰かける。かおりは若宮の前に湯気の立ったオムライスとサラダを並べる。相当な量が盛られている。少し嫌な顔をしたのを明敏に察知し、先手を打つようにかおりは言った。

「サラダも食べなきゃ駄目ですよ、肝臓の数値悪いんでしょ？」

「別にそこまで言うほどのもんじゃない。最近は酒も控えてるんだ」

「ふうん、じゃあ、いただきましょうか」

「ああ、いただきます」

子供のように手を合わせてから若宮はオムライスにスプーンを向ける。その時、言いようのない違和感を覚えた。一度手が止まる。かわりにフォークでトマトとレタスを突き刺す。

「先にこっちを平らげておかないと後で苦労するからな」

とっさに言い訳をする。サラダを食べているうちに違和感の正体がつかめてきた。それはこのオムライスだ。作りたてではなく、作ってから少し時間が経っているように思う。それをレンジでチンしたからこんな湯気が立っているのだ。実際口に運ぶと、よりそれが確信できた。

おかしい……いつもかおりは十時過ぎに合わせて料理を作る。一方、今日俺は残業はしていない。まっすぐ家に戻った。遅れていないのにかおりはどうしてオムライスをレンジで温めなければならなかったのだろうか。先に作っておいて、何かやっていたとしか思えない。ひょっとして町村校長に頼まれて俺の家の中を探っていたとも考えられる。

「そういえば、佐久間に無期懲役判決だってね。さっきラジオで聞いたよ」

あえて事件のことをふってみた。

「そうみたいですね。学校で聞きました」

「死刑にならなかったから、町村先生怒っているんだろうね」

「さっきテレビに出ていましたよ。納得できませんと言っただけで後は無言でした。今日はすごい取材攻勢が来るから、先生親戚《しんせき》の家に泊まるんですって」

脳裏に町村理絵の顔が浮かぶ。怒りを嚙《か》みしめる表情が容易に想像できた。

「町村先生も大変だね。かおりはどう思う？　死刑にしろって意見もあるそうだけど」

「先生の気持ちはよくわかるから複雑です」

「故意に人一人殺したら全部死刑って意見はどう思う？」

執拗《しつよう》に訊《き》いてみた。かおりは人を騙《だま》しきれるような性格ではない。あまり極端に追及するのは不自然だろうが、この程度ならいいだろう。

「それはちょっと……え、もしかして忍さんって厳罰推進論者？」

うまく逃げたなと思いつつ、若宮は首を横に振った。しばらく沈黙してサラダを口に運ぶ。このことを口に出すべきか少し考えたが、思い切って言ってみた。

「実はね、話してなかったけど俺、去年の事件の後に警察に怪しまれたんだよ。俺に似た男が花歩ちゃんといるところを見たって証言があったらしいんだ。佐久間の言うとおりだと、俺は殺人の容疑者だったってことになる」

かおりは驚いた表情を見せた。ただその驚きは初めて聞かされた驚きというよりは、ここで俺に打ち明けられたことに対する驚きに思える。そうか、やはりかおりは町村校長とつながっている。俺を疑っているんだろう。

「馬鹿馬鹿しい話さ、実は以前も同じようなことがあったんだ。俺のおふくろが死んだ時の話。あれはただの火事じゃなく、俺が保険金目当てで邪魔になった母親を殺したって警察は疑っていたんだ。まあガキの頃あんなことをしたんだからそういう目で見られるんだろうな」

「……そうだったんですか」

「うん、それと花歩ちゃんの事件では町村先生に真犯人がいるんじゃないかって話を聞かされたよ。先生、だいぶまいっているみたいだった。俺だって疑われているのかもしれない。誰もかれも疑わなきゃいけないってかわいそうだよね。佐久間が素直に認めていればこんなことにはならなかったのにひどい奴だよ。だから判決は町村先生、複雑な心境だと思う」

「そう……ですね」

かおりは小声でそう答えた。その言葉はどこかうれしさを噛みしめているように感じられる。疑っていた俺がこうして思い切って事件のことを語ったからなのか。

「なんだったら俺たちで真犯人を捜してもいい」

「え、どうするんですか」

「かおりは学校があるから無理だろうけど、俺は空いている時間があるからね。聞き込みとかして怪しい奴がいないか探るんだよ。実は警察で訊かれた時にこいつが怪しいんじゃないかって奴が浮かんだんだ。問題ばっか起こしている地元のヤンキーでさ。そいつを探ってもいい。まあ違うとは思うけどね。それで町村先生の気が少しでも晴れるなら協力したい」

全くの出まかせだった。たしかに問題を起こしている札付きの野郎は知っているが、そいつが真犯人のはずがない。真犯人はここにいるのだから。かおりは若宮の話に興味を持ったようでその男の名前を訊いてきた。えらく熱心なことだ。この様子だとかおりはやはり、町村理絵の言うことを信じ、俺を疑っていた。その疑いは薄れ、このどうでもいいヤンキーに矛先が向いた。そんなところか。かおりにつられて若宮は窓の外を眺める。さっきまですごい雨音がしていたのに今は静かだ。先に口を開いたのはかおりの方だ。

「雨、やんだみたいですね」

「そうだね。あのさ、今からホタル見に行かないか」

「え？　もう七月ですよ」

「見られるところがあるんだ。それに雨上がりはホタルが出やすいらしい」

俺は何を言っているんだろう。どういうわけか気分が高揚している。去年もこの時期、花歩を連れてホタルを見に行った。そして運命が変わった。別にかおりをどうこうしようとするつもりはないが、同じことをやってみたかった。いや、かおりが真実にどれだけ近づいているのか、それを見極めたい。

雨上がりの平家の里は蒸し暑かった。

幟《のぼり》は上がっているが旬外れのこの時期、客は少ない。だが雨上がりにはホタルが多いと信じた何組かのカップルが小さな橋の欄干に手をかけている。ここがホタルを見ることのできる有名なスポットだ。若宮はキーをポケットにしまうとかおりを見る。かおりは髪をかきあげ、一人で歩いていく。RX－8から降りた後、かおりの様子はどこかおかしかった。いつもなら暑くてもくっついてくるだろうにどういうわけか離れてホタルを探している。

「あんまり人いないみたい。ホントにいるんですか」

「あっちの橋がある方だ」

指さしてから若宮は少し歩く。小さな橋の下を見た。今日は朝から雨が降っていたせいで水量が多い。とても歩いて河川敷の奥まで行けそうにはなかった。奥に行けばもっとホタルが見られるだろうに他のカップルたちも残念そうに橋の上から眺めている。

「駄目だね、ホタルいないよ」

「だからさっきいたって、マジで」

「せっかく来たのにい」

　カップルたちが話している。去年はこの小さな橋の河川敷に下り、このずっと先まで花歩と二人で歩いた。好きなことをして死ぬ……この身が滅ぼうとどうでもいいと思っていた。あの時のことがつい最近のことのように思い出される。その一方でずっと遠い日のようにも感じられる。今ならあんなことなど考えもしないだろう。天使と悪魔……その境界線などあいまいなものにすぎないのだ。善悪など偶然の産物にすぎない。それを認めない奴よりは俺はましだ。

「忍さん、ほら、あそこ光った」

　不意にかおりが言った。若宮は指さされた方を見る。川面《かわも》の少し上、雑草が生い茂る辺りをかおりは指さしている。つられて他のカップルもそちらを見ていた。だが何も光ってはいない。気のせいなんじゃないのか、そう思った時にそのはかなげな光はこちらを照らした。

「やっぱり、ほら」

　もう一度かおりは指さしながら言う。

「ホントだ、俺にも見えた」

若宮は言った。他のカップルたちもうれしそうに声を出している。

かおりと若宮、二人は微笑みあった。かおりはとてもうれしそうに見える。来てよかったね——そう笑顔が言っている。美人というほどのものではない。俺が死ぬ最後の瞬間にはこの笑顔が浮かぶのだろうか？　そんな思いにすらさせるほど輝いている。愛しているよ、かおり……思わずそうささやきたくなった。

その笑顔を忘れさせるような顔が浮かぶ。町村花歩の幼くも綺麗《きれい》な顔だ。私を殺しておいてあなただけ幸せになるなんて絶対に赦《ゆる》せない！　そう怒っているのだろうか。いや、花歩の顔は、去年ここで告白した時に見せた顔だった。どうした？　もっと怒れよ、お前を殺した俺をお前は恨んでいるんだろう？　俺を呪い殺してやるくらいの顔を見せてみろ！　心の中で若宮は花歩に叫んでいた。花歩はそれに答えず、ふと悲しげな表情を見せると心の中から消えていった。

「あ、もう一つ光った」

「あ、ホントだ」

「光った、二つ目」

誰かがそう言った。かおりと若宮の方が今度はつられてそちらを見た。そこにはたしかにもう一つの光がある。求愛行動なのだろうか、ちかちかと二つのホタルは合図を送りあっている。ロマンチシズムを刺激されたカップルたちは黙って寄り添っている。愛の言葉を交わしているのかもしれない。かおりも照れくさそうにこちらに近づいてきた。

若宮はその肩を抱くと問いかける。

「来てよかっただろ」

かおりはうなずいてから答える。

「うん、すごくよかった。来年も一緒に来ましょうね」

「そうだな、ああ」


日付が変わり、かおりは帰って行った。

家に一人残された若宮は思い出したように仏壇に向かう。遺影の母がにこやかに微笑みかけている。だがその笑みから目をそらすと若宮は仏壇の前に座る。まさかとは思うが、すでに日記帳は持ち去られているかもしれない……仏壇の奥に手を伸ばす。そこにはちゃんと日記帳があった。考えすぎか……。若宮は日記帳を見て薄く笑った。そして以前やったように線香の横に置かれたライターを手にすると、日記帳を大きな灰皿に入れる。ただ以前とは違い、ためらうことなく日記帳に火をつけた。

日記帳はガラス製の灰皿の上でよく燃えた。

想像以上に燃えるのが速い。見る見るうちに黒くなっていく。まるで自分自身が完全に悪に染まっていくかのようだった。そうだ、俺は悪だ。もう真相は誰も知ることはできない。この日記帳のようにこの身を黒く塗りつぶしてやる。若宮は燃えていく日記帳を見ながら微笑んでいる。全ては俺の手を離れた。真相はこれで誰の手にも届かない彼方《かなた》へと行った。

日記帳は完全に燃え切り、黒い残骸《ざんがい》を残すだけになった。

これで本当によかったのか……心の中で誰かがつぶやく。かまわない！　強い調子で若宮は答える。そんな甘言に耳を貸すことなどはない。俺は悪なのだ。どうしようもない悪になってやる。この気持ちは変わらない。死ぬまでどうしようもない完全な悪として生きる、そう心に決めたのだから。

第五章　火の川

1

先日、かおりから連絡があった。彼女はやはり若宮の家を調べてくれていた。ただ若宮の家に日記帳の類《たぐい》は見つからなかったらしい。嘘かもしれないし、若宮がすでに処分した後だったのかもしれない。疑いだせばきりがない。潔白だという証拠を出せというのは無理だろう。

一区切りをつけ、佐久間だけを憎むことはたやすい。彼に怒りの全てを向けられれば楽かもしれない。だがどこか、心の深い部分で何かがそれを拒んでいた。佐久間が殺人については否定したからではない。何か得体のしれないものが真犯人は別にいると告げている。それが悪魔のささやきなのか、花歩の天国からの声なのかはわからない。しかしこのままでは納得できない。

理絵は近鉄特急で名古屋に向かっていた。

佐久間良二は現在名古屋拘置所にいる。今回の面会の話はＶＯＭで世話になった弁護士から、佐久間に新しくついた弁護人に話が行った。冤罪《えんざい》事件のスペシャリストらしい。こちらが面会を希望する旨を伝えると、弁護人は驚きつつも、ＯＫを出した。理絵はいまだに日記帳のことが引っ掛かっている。本当に若宮は日記帳を盗んでいないのか。だとしたらどうしてなくなっているのか。そんな問いがしつこく浮かんできた。

名古屋駅に着くと名鉄に乗って東大手《ひがしおおて》駅というところで下りる。そこから名古屋拘置所まではすぐだった。地図を書いていったが、歩いて十分もかからない。拘置所の門のところで金属チェックを受け、面会受付所に向かう。申請書に本人氏名、住所、面会したい人の名前を書き込むが途中で手が止まる。「続柄」というところだ。家族とかならわかりやすいが自分なら「被害者」と書けばいいのだろうか。折橋は「友人」と書いたらしいが。

「どうかされましたか」

親切そうな職員が声をかけてくる。理絵は少し間をあけてから言った。

「これは正確でないといけないんですよね」

「ええ、それはまあ」

「わたし、こういうものです」

運転免許証を見せる。弁護人が必要だと言っていたので持ってきた。職員はこちらの顔をのぞきこむと、「ああ」と声に出していった。

「被害者ご遺族の方ですか？　校長さんでしたね」

「いえ、今はそこに書いたとおり総合相談員という仕事をやっています」

「そうですか、それじゃあちょっとお待ちください」

八番の番号札をもらったが、職員の話だと午後の一番だからすぐに会えるということだった。面会時間は三十分と限られていることも弁護人に聞いた。だがそんなに時間はいらない。佐久間の目を見て、本当にやったのかやっていないのかそれだけを確かめたかった。このどうしようもない人間に、ただ真実だけを語って欲しかった。わたしの言葉に良心が疼《うず》き、凶器の場所を自白することでもあれば一番いい。楽になれるのだ。若宮くんには全てを告げ、土下座して謝ろう。きっとその謝罪はわたしにとって心からうれしい謝罪になる。そして佐久間良二……わたしはあなたを安心して憎める。

「町村さん、どうぞ」

職員の声に導かれて理絵は面会室へ向かった。飾り気のない空間の向こうには、小さな穴がいくつもあいたプラスチックの遮蔽《しゃへい》板がある。テレビドラマでよく目にするアクリル板だ。ここを隔ててわたしは今からあの佐久間と話をする。花歩を凌辱《りょうじょく》した男、ほぼ百パーセント花歩を殺《あや》めた殺人鬼と会う。面会室にはまだ佐久間の姿はなく、書記官らしき人がいる。

理絵が椅子に座るのと、佐久間が現れるのはほとんど同時だった。

佐久間の身長は若宮より十センチ近く低い。日本人男性として平均くらいだろう。若宮に比べかなり痩《や》せて見える。前はここまで痩せていなかったと思うがげっそりとしていた。佐久間はこちらを見ると、深々と礼をした。理絵は礼も返さず、何も言わない。嘔吐《おうと》感が少しだけ起こってきたが怒りがそれを駆逐していく。おかしな震えがあった。目の前に包丁があったら刺し殺しているかもしれない。これでいい。怒りに身を包んでいた方がちゃんと話ができる。VOMの時のかおりもそうだった。それを見習おう。とっさにそう思った。

「町村先生、ホントに、本当にすみません」

「最初に訊《き》いておきます、あなたは花歩を凌辱したんですね？」

第一声は思ったより素直に出た。

「そうです。僕がやりました。すみません」

泣き出しそうな表情で佐久間は答える。実際泣いているのかもしれない。だがそんなことはどうでもよかった。理絵は続けざまに質問をした。

「あの子、花歩の感想文の後、作品に寄せて……あれを書いた時はどんな気分だったの？」

「花歩さんのことは、会ってすぐに好きになりました。だからあの時もいやらしい気持ちでいながらそれは隠して真面目なことを書きました。これなら僕の心の内側まで誰もわからないだろう、本当は花歩さんにすごくいやらしい思いを抱いているのに誰も気づかないだろう、そう思いながら書いていました。真面目なふりをするのが楽しかったのかもしれません」

率直な答えだった。ここまで嘘をついている感じはない。それはそうなのだろう。姦淫《かんいん》の事実は認めているわけだからここで嘘をついても仕方ない。海千山千の弁護人がどう答えるべきか指導しているのかもしれないが。

「花火大会の日、あなたは花歩に声をかけていたんでしょ」

「そうです、はい」

「何を話していたの？」

「犯罪被害者の話でした。例の感想文で書いた方の話。花歩さんは沈み込んだ感じでした。僕はこんな祭りの時なのにと意外に思いました。だから祭りを楽しもうよと言いました。そう言うと花歩さんは笑顔を返したのを覚えています。でもそれ以外何を話したのかははっきりとは覚えていません。かき氷を買いに行った間に花歩さんはいなくなっていたんです」

「誰か怪しい男は見なかったの？」

「僕より背の高い男性と擦れ違ったのは覚えています」

「何歳くらい？　どんな顔だった？」

「そこまでは覚えていません。たしか服の色は赤かったと思うんですが」

「あなたは花歩を殺したんですか」

「殺していません、本当です」

懇願するように佐久間は言った。

「本当に殺していないんですね？」

「町村先生、本当なんです。僕じゃない、僕は花歩さんを殺していない。それだけは本当なんです、信じてください！」

佐久間は必死で懇願する。結局は自分が助かりたい一心なのだろう。だがわたしから見れば殺人もレイプも同じだ。理絵は黙って佐久間を睨《にら》みつける。叫びたい思いを何とかこらえた。

佐久間は遮蔽板の小さな穴から唾《つば》がかかるくらいに興奮していた。この話が本当なのか嘘なのか、それはわからない。佐久間という男はどうしようもなく臆病《おくびょう》であることは確かなようだ。一度火がつくとその後も興奮は収まらず、係の者が取り押さえた。これ以上話をしても仕方ない。理絵は席を立った。

佐久間は無様な咆哮《ほうこう》を続けた。三十分の予定の面会は、それまでかからずに終わった。拘置所を出ると一度理絵は振り返る。佐久間良二……絶対に赦《ゆる》せない男でもある。

ここで会って話した結果を率直に言うなら、殺していないのではないか……そんな思いがわき上がってくる。新しく弁護人になった石和《いさわ》という人物もそれを感じ取っているのではないか。だからこそ弁護を引き受けたのかもしれない。

家に帰ると、理絵はプリウスに乗って旧二十三号線を松阪方面へ向かう。

佐久間に会いに行って、理絵はかえって焦りを覚えた。もうすぐ花歩が死んでから一年が経つ。別に時効などが関係するわけではないが、このまま何もわからず時が経っていくのはつらい。今日の訪問でベクトルは少し佐久間が殺人犯でないという方向に振れた。それは真犯人がいる可能性が高まったということでもある。いてもたってもいられず車を走らせた。行く先は平家の里近くにある精神科だ。

この精神科医は以前若宮が通っていたところだ。事件よりかなり前、一年以上前に若宮本人が言っていたから間違いない。あの時は母親が死んでショックだったから通っているように説明していた。彼のことを訊《たず》ねても教えてくれないだろうとは思う。しかし相手も人間だ。何とかならないか、その一念で足を運んだ。たしかに自分でも最近無茶なことばかりしているとは思う。どうしても自分を抑えられないのだ。

院内は小綺麗《こぎれい》で大きなテレビに熱帯魚の映像が流されていた。初診ということでかなり待たされ、名前を呼ばれる頃には午後八時を過ぎていた。診察室に入ると、理絵より年上と思《おぼ》しき医師がこちらを見た。こちらの顔をテレビで見たのかもしれない。

「あなたは去年の事件で娘さんを亡くされた」

「ええ、町村理絵と言います」

「そうですか、問診票を拝見しましたが本当にお気の毒です」

「ここへは若宮くんの紹介で来ました。若宮忍、御存じでしょう？　わたしの教え子なんです。この精神科へ通っていたんですよね、彼も」

「はあ、お母さんを火事で亡くされとても落ち込んでいました。ただ最近はめっきり来なくなりましてね。心配しているんですよ」

「来なくなった？　いつ頃からです？」

「もう一年ほど前からになります。少し心配していましたが、彼の紹介ということは彼はかなり良くなったんですね」

「え？　ええ。いい女性ができたようで明るくなりました」

「それは何よりですね」

「ええ、結婚するようです」

答えながら理絵は考えていた。若宮が来なくなったのは一年前。ということは花歩の事件の時期と重なる。たしかにその後、かおりと交際を始めそれで苦しみが癒《い》えたのかもしれないが、時期は少しずれている。

「若宮くんはここで主にどんなことを話していったのですか」

「お母さんの事件のことが主ですが……それより町村さん、問題なのはあなたの方ですよ。こう言っちゃあ何ですが、被害者支援センターに行けば無料でカウンセリングを受けられます。それでもあえてここに来られたわけですから何か事情がおありのことかと思うのですが」

「わたしのことはいいんです。若宮くんのことを教えてください。彼はここで本当はどんなことをしゃべっていったんですか？　例えば殺人の衝動とか」

言ってからしまったと思った。こんなことに医師が答えるはずはない。だが訊かなければここに来た意味はない。もうなりふりかまうことはない。理絵は土下座すると、必死で頼み込んだ。

「お願いします、教えてください！　若宮忍はここでどんなことを話していったのでしょう？　本当に自分の母親が死んだことだけだったのですか。わたしの娘、花歩のこと、人への暴力の衝動、そんなことは話していませんでしたか。無茶なお願いだとは自分でもわかっているんです。でもわたしはどうしてもそれが知りたい。本当のことが知りたいんです」

「町村さん、困りますよ」

「お願いします。わたしは今日、佐久間良二に会いました。彼は殺していないと言っていました。赦せない男ですが、わたしには彼の主張は真実に見えました。どんなことでも知りたい。それが今、わたしにできる最大のカウンセリングなんです。どうか教えてください！」

少し間をあけてから医師は答える。

「佐久間に会われた？　まさかそこまでされておられるとは……おつらいとは思います。私も被害者遺族の方に何人もお会いしてきましたからね。どうしても本当のことが知りたい。それは皆さんが言われることなんです。でも、だからといって他人のプライバシーに土足で踏み込んでいいわけではありません」

「じゃあ若宮忍は事件の前に何か言っていたんですか。殺してやりたいとか」

「いや、そういうわけでは」

医師はどこか言葉を濁している。何か知っているのではないか？　若宮を疑うにせよ、動機は今までもまるで見当がつかなかった。もしかして若宮は花歩に対して性的欲望を抱いていたのではなく、暴力のはけ口としてたまたま近くにいた花歩を選んだのではないか。最近よくある自暴自棄になって誰でもいいから殺すというパターン。教員試験に落ち続け、彼女もおらず三十半ばを迎えた若宮がそういう衝動に走ることは十分ある。殺されたのが花歩一人だったからそう思えなかっただけで、これは無差別殺人なのではないか。理絵は畳みかけるように言葉を荒らげた。

「はっきり言います。わたしは若宮忍を疑っています。だから彼が何か言っていたのかどうなのかお願いしますから教えてください。これは人の死に関することなんです。守秘義務だとかそんなものどうでもいいじゃないですか。彼は、若宮は自暴自棄になっていたんじゃないですか？　殺人の衝動があるとか、あなたにそんなことを話していませんでしたか」

「お答えすることはできません」

「何故？　そんなに守秘義務って大事なんですか」

医師は押し黙ったままだった。

理絵は自分が無茶なことを頼んでいると思いながらもしばらく叫びつつ懇願していた。知りたい、どうしても知りたいと一本の細いわらにすがるような思いで。この医師の態度からすると自分が今言ったことはいいところをついているのかもしれない。若宮が花歩を殺した理由は自暴自棄になったからではないのか。それを認めてしまえば殺人を止められなかった医師として非難されるのを恐れているのではないのか。人が一人殺されているのにどうして答えてくれないんですか……理絵はそう訴え続けた。だが結局、答えは得られないまま医院を後にした。

駐車場に向かう途中で携帯が鳴った。興奮は少し収まっている。表示を見ると智人からだ。事件のことに必死で夕食のことなど忘れてしまっていた。いつの間にか午後九時を過ぎている。育ち盛りの子供がいるのにひどい母親だな。理絵はそう思いながら通話ボタンを押した。

「ごめん、智人。今から帰るから」

「もう飯はいいよ。家にあるモン勝手に食ったから」

「そう、ごめんね。でもじゃあどうしたの？」

「原口さんが来ているんだよ。母さんが帰るまで待つって」

「かおりちゃんが？　そうなの、すぐ帰るわ」

通話を切ると、理絵は急いで車を出した。暗い宮川堤防の上を進み、柱が何本も打ちつけられている度会橋を伊勢市内方面へ向かう。どういうことなのだろう。こんな時間にかおりが家を訪れるなんて……事件のことだろうか。かおりが若宮の家から何かを見つけたのか。胸が高鳴っている。早く、少しでも早く家にたどり着きたい。そんな思いで急ぎ、三十分ほどで家についた。

家の前にはかおりの軽自動車が停められている。

玄関先にかおりは立っていた。駆け寄り、理絵は問いかけた。

「どうしたの、こんな時間に？」

かおりは答えない。だが震えていた。どうしたのだ？　理絵はただごとではないと思いながら彼女の肩に手をかける。

「かおりちゃん、何があったの？」

その問いに、かおりはうつむきながら答えた。だが何を言ったのかわからない。

「聞こえないわ、どうしたの」

「私……嘘……ついていたんです」

「あなたが？　どういうことなの、ちゃんと説明して」

「私……見つけてたんです日記帳、若宮さんの家で」

頭が白くなる思いだった。目の前に差し出された日記帳にはたしかに「町村花歩」という文字が刻まれている。間違いなく花歩の字だった。なんてことだ。やはり若宮は花歩の日記帳を奪っていたのか。それならやはり花歩を殺したのも……。

「ごめんなさい先生、私、あまりのショックで言えなかった。とっさに嘘ついちゃって。でもずっと考えて、やっぱり本当のこと先生に話そうって決めたんです」

「わかる、わかるわ。そんなこと気にしなくていいから」

「ごめんなさい、本当にごめんなさい」

「日記帳はいつ、持ち出したの？」

「先週の火曜日です。いつもは行く日じゃないんですけど気になって」

「持ち出した後、気づかれていない？」

「わかりません。代わりに花歩ちゃんの名前を書いた同じ日記帳を入れておきましたけど、日記帳の中身は白紙です。中を調べられればばれてしまいます」

「それで何が書いてあったの？　日記帳の中には」

「嘘だと思われるかもしれませんが、私、まだ見ていません。あそこに日記帳があった、それだけで十分ショックだったから。怖くて、怖くてとても中を開くことは」

「気持ち、よくわかるわ、それじゃあ一緒に見ましょう」

「え、はい。わかりました」

二人は中へ入っていく。邪魔な荷物を片づけると、日記帳を書斎の机の上に置く。かおりが見つめる中、理絵は深呼吸をする。

そしてゆっくりと花歩の日記帳のページを開いた。

2

メタリックなRX‐8が坂を下りていくのを若宮は眺めていた。

お別れだ……心の中でつぶやく。短い間だったがいい車だった。ディーラーも褒めてくれていて、かなり高額で買い取ってもらった。目を転じるとカーポートには黒い車が停められている。納車を終えたばかりのRX‐7FD3Sだ。金は払ってあるし、車庫証明など必要な手続きも終えてある。何回か試乗したがこの車が自分の物となったことに感慨深いものがある。ディーラーも掘り出し物ですよと言っていた。若宮はRX－7のリアウィングを優しく撫《な》でていた。

庭に軽自動車が入ってきた。かおりがやってきたのだ。

「あ、車変わってる。納車終わったんだ」

「ああ、いいだろこのFD3S」

「うん、恰好《かっこう》いい。でも前のより古い車なんでしょ？　燃費とかも悪いんじゃないですか」

「まあね……でもいいんだ」

「男の人って、変なところにこだわりますよね」

「じゃあ行こっか、乗せてくよ」

二人はRX－7に乗り込んだ。かおりは乗ってから何だかんだと文句を言ったが気にするつもりはない。加速がどうとかNAロータリーがどうとか言っても通じないので黙っておく。すぐに宮川が見えてきた。

窓越しに見える度会橋の欄干に、何本も柱が結び付けられている。

まだ何もないが、当日には二メートルほどの高さの板が張られることになる。ここは絶好の見物ポイントなので人がたまり、交通が阻害されるのを防ぐためだ。宮川堤に目をやると、等間隔に柱が立てられ、柱の間には早くも裸電球がぶら下がっている。この下に多くの出店が並び、当日はすごい人出があるだろう。観客席や櫓《やぐら》も取り付けられている。今年も伊勢神宮奉納全国花火大会の準備は着々と進んでいる。まだまだと思っていたがもう来週だ。

それは花歩を殺してから一年になるということでもある。あれから一年か——若宮は今、ある種のすがすがしさを感じていた。俺にできること、やるべきことは全てやった。もうこれで事件の真相は誰も知ることはない。自信がそうさせているのだろう。町村校長がどんなに必死になって動こうが、かおりが俺の周りをいくら探ろうが、絶対に真実にはたどり着けないという確信がある。誰の手も届かないところに真実は行ってしまったのだ。

「それで本当に行くのかい」

RX－7の中で若宮は助手席のかおりに問いかける。こうして車に乗っているのだから今さらという気もするが、とりあえず訊《き》いておく。

「ええ、町村先生のためですから」

「俺が言っておいてなんだけどさ、過去に罪を犯したからって疑うのはまずいと思うよ」

「わかっています。でも可能性があるなら彼に訊いておきたいんです」

彼というのはこの辺りでは少し名の知れたとある青年のことだった。適当に言ったのだが、かおりは予想以上に食いついてきた。残念ながら調べても全くの無駄だ。ここに真犯人はいるのだから。それでかおりの気が済むなら構わない。そんな気楽な気分で若宮はハンドルを握っている。

「先生に聞いたんですけど、その人って二年近く前に強姦《ごうかん》未遂で捕まったんですよね」

かおりは真剣な表情で訊いてくる。若宮はかおりの方を一度向いてから答えた。

「うん、昔は傷害とか放火事件も起こしている。だけど痴漢っていうか強姦未遂事件ははっきりした証拠は出なかったから放免されたんだよ。それでその後、俺の家で火事が起こっておふくろが死んだ。おかしなところから出火していたから俺も疑われたけど、俺はやってない。初めは俺、そいつがやったのかとも思っていたんだ」

「そう思う人も多かったみたいですね」

「ああ、でもあれは事故さ。おふくろは弱っていたからね。多分線香か蠟燭《ろうそく》の不始末で燃えうつってしまったんだろう。その日、俺は出かけていた。俺が側にいてやればよかったんだが。俺は帰り道、自分の家が燃えているのを度会橋の上から見た。ショックだったよ」

「すみません、つらいこと訊いちゃって」

「いいよ、別に」

一度会話は途絶えた。RX－7は左折する。天神丘《てんじんおか》トンネルというトンネルの横にある坂を上り、徳川山《とくがわやま》という小高い丘の上へと向かった。ここは若宮の住む論出から近い。ドーナッ化現象であまり若い人は住んでいないが、高級住宅街でもある。その一角に件《くだん》の青年が住む家があった。若宮は何て無駄なことをしているんだろうと思いつつも、その家のチャイムを鳴らした。中からはパーマをかけた中年の女性が出てきた。母親だろう。

「何か御用かしら？」

「すみません、息子さんに少しお訊きしたいことがありまして」

「え、何なのあなたたち？　息子はいませんけど」

母親はおどおどした様子だった。いるのに嘘をついているのかもしれない。どうでもいいので若宮はそこで切り上げようと思った。その時、家の奥から怒鳴り声のような激しい声が聞こえ、眉毛《まゆげ》をそった若い男がやってきた。

「何だよ、あんたら、俺に用って」

青年はこちらを睨《にら》みつけている。こういう態度に接すると、応じて睨み返したくなる若宮だが、あえて温厚に接した。

「去年の町村花歩さん殺害事件について調べているんです」

「はあ？　佐久間ってロリコンが無期懲役になったんじゃねえのかよ」

「まだ刑は確定していません。佐久間良二冤罪《えんざい》の可能性もあるのです。ですからこうして私どもは取材していますわけで」

「何だよ、あれか、俺が前に問題起こしたからまたやったんじゃねえのかってことか」

「あなたは二年前、強姦未遂で捕まっていますよね」

　横からかおりが口をはさんだ。

「だから俺がやったって言うのかよ」

「その後で起きた火事で若宮静子さんが亡くなっています。あれもあなたがやったんじゃないんですか？」

「ふざけんじゃねえぞ！」

　青年はかおりにつかみかからんばかりに近寄った。

　若宮は体を入れてそれを阻む。

「私は死んだ若宮静子の息子なんです」

「ああ、それがどうした。喧嘩《けんか》売ってんのか、こら！」

「いいえ、それじゃあ失礼します」

　若宮はかおりの手をつかむと外に連れ出した。かおりはえらくこの青年に疑いを持っているようだが、あいつはただのチンピラだ。基本的に小物に過ぎない。まあ俺も人のことは言えない。佐久間逮捕がなければ今頃どうなっていたか。花歩を殺した時は捕まることなど考えていなかった。どうにでもなれという感じだった。

「怪しいですよね、あの人」

ＲＸ－７に戻ると、かおりはそう言った。

「そうかなあ、すごく悪く見えるけど、あの手の連中はよくいるよ」

穏やかに言うとかおりは少し黙った。若宮がエンジンをかけてから口を開く。

「花歩ちゃんが強姦未遂事件について調べていたの知っています？」

予想もできない問いだった。若宮は不意を衝《つ》かれて黙った。知っている。それは盗んだ花歩の日記帳に書いてあったからだ。花歩は友人たちと少年探偵団のように強姦未遂事件について訊いて回っていたらしい。あの事件の犯人があの青年らしいということも日記帳に書いていた。だからと言ってそれが花歩殺しに関係するわけではない。あの青年と強姦未遂事件、花歩殺しは無関係だ。俺が一番よく知っている。

「いや、知らない。そうだったのか？　花歩ちゃんが困った人のところへ訪問していたのは知っているけどね。俺のところにも来た」

かおりはそうですか、と少し寂しげな顔を見せた。

「つまりこう言いたいんだね？　あの男が強姦未遂事件を起こした証拠を花歩ちゃん

が調べ、それを奴につきつけた。奴はヤバいと思って花歩ちゃんを殺害した」

「ありえませんか。もし佐久間がやったのでないなら花歩ちゃんが殺された理由、犯人の動機がわかりにくくなります。これなら一応の筋は通っているはずです」

「なくはないと思うけど、考えすぎじゃないかなあ。それに動機なんて重要か」

「重要ですよ、すごく。この事件の全ては動機にあるんだと思います」

興奮気味にかおりは言った。若宮はそんなかおりに特に何も言い返さなかった。ゆっくりとアクセルペダルを踏み込み、RX－7を発進させる。二人はそのまま大手スーパーに夕食を買いに向かう。この辺りで一番大きい明和のジャスコまで行くつもりだったが、かおりがお腹すいたと言うので国際秘宝館があったところから左に折れた。

畑の田舎道に長い直線が伸びている。三重県で一番長い直線道路だと昔は言われていた。何度か走ったが忘れることはない。片側一車線。夜は通る車は少ない。どこまでブレーキなしで突っ走れるかのチキンランがかつて行われていた。当時はまだ中学生だったのに不良ぶってそんな連中とつるんでいた。ゲーセンで中村を殴り殺したのもこの頃、酒も女もその時に覚えた。今考えるとそれらは全て背伸びして大人になりたかっただけのことなのだろう。ただ車だけは少し違う。技術的なものはどうでもいい。アクセルを踏み続けることで得られる快感は少し違ったものだ。それは生と死の狭間《はざま》に身を置くことの快感だったのだろうか。この年になってからそう思う。この車なら一体感をもってどこまでも加速して行けそうだ。

「九十キロ出てますよ」

横からかおりが言った。若宮はああと答え減速する。RX－8より加速はいいが、二人の時はそれを楽しむことはできそうにない。

「ごめん、ちょっと感覚が違ってね」

そう素直に謝った。

「忍さんってやっぱり車好きなんですね」

「だろうね。好きじゃなきゃわざわざこんな車買わない。かおりもこの車運転してみるか？」

「わたしAT限定だし」

「最近はAT限定でも速い車はあるぞ。恰好《かっこう》いいじゃないか、AT限定女性ドライバーが鈴鹿《すずか》を疾走、その手の連中を蹴散《けち》らしていくって。それか限定解除するか」

「最近はAT車が多いじゃないですか？　必要性を感じないし」

私大卒のお嬢様らしい。AT車が多いといっても仕事ではミッションカーを使うことは多い。ハローワークに行けばAT限定不可という会社も結構ある。かおりはそんなことなど知らないのだろう。そして知らなくても生きていけるのだ。

「さっきからかおり、俺がFD3Sに買い替えたの不満みたいだな」

「だって恰好いいとか、走りがどうとかでしょこの車」

「いけないいか？　いいじゃないか俺のなんだし」

小声でかおりは何か言った。

聞き取れない。若宮はなんだってと問い直す。

「リアシートが狭すぎて乗れないじゃないですか」

「そんなことか？　どうでもいいだろ」

若宮はかおりの言葉を笑い飛ばした。


夕食はビーフシチューだった。大きめの野菜に火がよく通っていておいしかった。

ただ食事の途中、かおりがふってくる話題は花歩の事件のことばかりで、いささか食傷気味だった。食事が終わっても、かおりはあの青年のことをずっと話している。

「やけにこだわっているみたいだけど、やっぱり彼が過去に罪を犯したからなのかい？」

「そう言われちゃうと困ります。だってＶＯＭで会った少年はもうこれ以上罪を重ねるようには見えなかったし、それに忍さんだって……あ、ごめんなさい。でも彼には全然更生なんて言葉が似合わないように見えたから」

「そう思う。あいつは更生していないよ」

「更生ってものが、謝罪が本気なのかどうかが形として見えたら、修復的司法ももっと受け入れられるんでしょうけどね」

「そうだろうね。結局は他人の心の問題に人は入っていけない。更生したと他人が思えても、本人は舌を出して笑っている場合だってある。本人が更生したと思っても何年かしたら同じ過ちを繰り返すことだってある。安易に更生とか、贖罪《しょくざい》なんて使う言葉じゃないんだろう。俺が言っても説得力はないだろうけど」

「そんなことはないです。忍さんが更生していなかったら、そもそも更生なんて言葉が存在しません。塾の子供たちが忍さんを慕う姿を見ればわかります」

「いや、俺はＶＯＭを求めていたけど、それは自分自身のためだったのかもしれない。この前、実は直接中村さんの家を訪ねたんだ。でも追い返されたよ。お前の謝罪は贋物《にせもの》だって言われた。そうなのかもしれない。俺は何年たっても赦《ゆる》されざる行為を働いたんだ」

「直接、行ったんですか」

「ああ、ちょっとまずかったよね」

「私、忍さんはいつか必ず償える日が来ると思います。信じています。たとえ簡単には赦されなくても。だから絶対にめげないでください」

「そうかい、ありがとう」

若宮は無理に笑った。悪いがかおり、俺にはもう更生の道はないんだよ。きっと地獄に堕《お》ちるだろう。それでもお前を俺は一生、ずっとあざむき通して生きていくつもりだ。きっとそれがお前にとってもいいはずなんだ。そう思うと、罪悪感のようなものが若宮の中にまた生じてきた。くそ、またこいつか。いいかげんにしろ。そのかたまりを払いのけようとする。その時、かおりが立ちあがった。

背を向けたかおりに若宮は後ろから抱きついた。行かないでくれ、俺を一人にしないで欲しい。そんな思いでかおりを抱きしめた。

「好きだよ、かおり、本当に」

「忍さん、ごめんなさい。今はそんな気分じゃなくて」

「じゃあもう少しだけ、もう少しだけこうしていさせてくれ」

かおりは振りほどこうとする。思いの外かおりは抵抗した。

「やめてください、離してください！」

振りほどかれ、若宮は尻《しり》もちをついた。見上げると、かおりの目は恐ろしいものでも見るような目をしていた。どうしたんだかおり、どうしてそんな目で俺を見るんだ。たしかに俺はどうしようもない悪だ。それでもお前を思う気持ちに偽りはない。こうするのがお前にとってもいいはずなんだ。勝手な言い分だろうが、一生、騙《だま》されていて欲しい。

「ごめんなさい、それじゃあ帰ります」

「待ってくれ、かおり！」

扉は閉ざされていた。かおりは走って自分の軽自動車に乗り込んでいく。どういうわけか若宮は追えなかった。このままかおりが遠くへ行ってしまう気がしたのにどうしても追いかけることができなかった。

かおりが去り、ささくれ立った気分を晴らすために外に出た。

行くあてはない。短パンに手を突っ込みながら夜の宮川桜並木、度会橋を歩いた。七月も中旬になって蒸し熱い。まあ去年の今頃は殺菌室でゆでだこみたいになっていたんだからそれよりはましか。そう思い度会橋の上から河川敷を見下ろす。河川敷にはウォーキングをしている人々が見える。度会橋の下では地元の若者がダンスの練習をしている。子供が数人、宮川で泳いでいた。もう暗くなるのに元気なことだ。

突然、度会橋に立てられた柱の間から光が見えた。さっきの若者たちが打ち上げた花火だった。来週は花火大会だ。あんな別れ方をしたけれど、かおりは一緒に来てくれるだろうか。そう思ったが考えても仕方ないのでパチンコ屋に向かう。流行《はや》りの一円パチンコだ。一時間ほどやったが思うようにいかず、何も面白くなかった。早々に切り上げて家に戻る。結局ぶらりと散歩してきただけだったが、散歩したためかどこか気分は落ち着いていた。パソコンを立ち上げるとメールが来ていた。かおりからだ。

さっきはごめんなさいと書いてある。

『忍さん、さっきはごめんなさい。でも用事があったのは本当です。注文していた浴衣《ゆかた》が今日届くことになっていたんです。来週花火の時に着て行って驚かせようと思ったから。浴衣の写真を添付したので見てください。頑張って買ったんだから似合わないなんて言わないでくださいね。それじゃあ来週の午後七時半、度会橋にある海女《あま》のレリーフのところで会いましょう。一緒に花火を見ましょう。すごく楽しみにしています』

メールを見て若宮は微笑んだ。添付されていた浴衣の写真は紺色で派手ではなかったがかおりにはよく似合うだろう。来週は花歩を殺してから一年……いや、そんなことは考えずにこの時を楽しもうじゃないか。若宮はそう思った。

3

心臓が高鳴っている。いまだに興奮が抑えられなかった。

花歩の日記帳を読んだ理絵はその足で伊勢警察署に向かい、森岡刑事との面会を希望した。森岡は不在、理絵は来るまでいくらでも待ちますと言った。手には花歩が残した数冊の日記帳が握られている。これを読んだ時、理絵は若宮が犯人だと確信した。かおりもそうだったようで、ショックのあまりその場に崩れた。それだけ日記帳に書かれた事実は決定的だったのだ。知らなかった花歩と若宮の関係、それが日記帳にははっきりと書かれている。

「お待たせしました。町村さん、こちらへ」

息を切らせながら体格のいい刑事がやってきた。理絵は別室に通される。内容はある程度電話で伝えてあるが、森岡も早く日記が見たいと言わんばかりで興奮気味だった。

「では拝見いたします。花歩さんの字ですよね」

「ええ、そうです。筆圧の弱い丸みのあるあの子の字です」

森岡はページをめくる。全てに若宮のことが書かれているわけではないので、理絵は読むべき場所を指定する。最初に指定したのはホタル狩りについて書かれたページだった。

『七月十三日　晴れ

とうとうこの日が来た。昨日若宮さんにホタル狩りに誘われた時はどうしようと思っていたけど、もう決心はついた。ずっと言えなかった思いを打ち明けよう。どんな反応が返ってくるかはわからない。でも思い切って言うんだ。そんな思いでRX－8に乗った。ホタルはあまりいなかったけど、そんなことはどうでもよかった。河川敷に下りて、二人っきりになった時、私は若宮さんに愛を告白した。若宮さんは予想どおり驚いていた。口をきいてもらえず、帰りの車の中は不安でいっぱいだった。何か言って欲しい。その思いだけだった。でも途中で若宮さんはホタルの話をした。そして君の思いはわかったと言ってくれた。よかった。本当によかった。ずっと思いつめていたものが軽くなる気がした』

花歩はそれまでも時々若宮の家に行っていた。それは知っている。それは彼の母親が寝たきりでその世話のためであったり、更生した犯罪加害者への同情であったりするものだと思っていた。好意を抱いていることもある程度気づいてはいたが、まさかこんな親しい関係だとは思わなかった。夜に二人だけでホタル狩りに行くなど完全に恋人同士だ。

「ただこれだけでは事件とのはっきりしたつながりは見えませんね」

顔を上げると、森岡はそう言った。そのとおりだ。わたしもこれだけなら何とも思わなかった。

「重要なのは最後のページです」

毅然《きぜん》とした態度で理絵は言った。そうなのだ。この最終ページに書かれたことが全てと言っていい。ここまではっきりと書いている以上、若宮が事件に関わっていないなど考えられないはずだ。いや、殺したのは若宮、そう考える他ない。

『七月十七日　雨

今日は雨が降っていた。明日の花火大会は大丈夫だろうか。でも予報では明日は晴れらしい。後でお母さんにもらった浴衣を着せてもらった。よく似合っていると言われた。これを花火大会には着ていこう。花火大会か、本当はみんなと楽しみたいけど私の中にあるのは若宮さんへの思いだけ。あれから会っていないけど、若宮さんはどうしているだろう。私の思いは本当だと信じてくれたかな。若宮さん、待っててね。明日は論出神社に行くつもり。どうなるかはわからないけど後悔はしない』

読み終えると、森岡は大きく息を吐きだした。理絵は真剣なまなざしを森岡に送っている。この記述は証拠になるのか？　自分の中ではこれだけはっきりと論出神社と書かれている以上、疑いようはないように思える。こんな偶然はありえない。どうなのだ、これは決定的な証拠にはならないのか。

「私も若宮が殺したとこれで確信しました、町村さん」

「それじゃあ、これで彼は逮捕されるんですか」

「いえ、これは重要な物件になるとは思いますが、殺人を犯したという決定的な証拠とは言えません。これだけでは無理や思います。それでも常識的に考えてここまではっきりと場所が明示されているとなると無視はできへんでしょう。ただ問題は佐久間がすでに逮捕され、無期という判決まで出てしまっていることですな。佐久間が捜査線上に浮かぶ前にこれが見つかっていれば若宮は追いつめられていたと思いますがね。仮に若宮に捜査の手が伸びるとしても、佐久間との共犯という形になるかもしれへんです」

そうか、そういえばそうだった。佐久間にすでに判決が下っていることはおそらく捜査の障害になる。素人から見てもわかる。簡単に判決が覆ってはまずい。たしかに若宮が殺人を犯したという事実を証明するわけではない。若宮は疑わしい。すごく疑わしいという証拠にすぎないのだ。

「まだ足りない、わけですか」

「ええ……ただ以前お話ししましたが若宮は捜査線上にあがっとったんです。特に私は彼が本星や思うとりました。花歩さんの首を切り裂いた凶器、あれはまだ発見されとりませんが、ほぼ間違いなくマイナスドライバーやいうことです」

「そこまでわかるんですか」

「確定はできませんがね。実はあの日の証言で、一人の少年の父親が若い男に子供が風船を割られたというのがあったんです。それがどうもドライバーのような物だったというんですわ」

「その男が若宮に似ていたんですか」

「ええ、ここからが重要なんです。あの日、若宮は勤務先の工場で問題を起こしとるんです。工場の人の話では今の境遇に相当不満がたまっていたらしいということです。そしてその中でマイナスドライバーを盗み、カードリーダーに突き刺しているんです」

「そんなことが……」

「はい、そこまで私は調べていました。ですから佐久間の体液が検出されたと聞かされて、自分の刑事のカンが全否定されるような絶望感を覚えたんですわ。そんな馬鹿なって思いました」

「でもそれだったら若宮はそのドライバーをどうしたんですか」

「工場敷地内に捨てた……そうです。でも見つかりませんでした。とはいえ、見つからないからお前が凶器として使ったんだろうと責め続けるわけにはいきませんしね」

理絵は初めて聞かされた事実に愕然《がくぜん》とした。

「若宮の家の家宅捜索はできないんですか？　こんな証拠を処分できないで残しているのなら、マイナスドライバーも残っているかもしれない」

「現状では厳しいでしょうね。だいたいこの日記帳も原口かおりさんが盗んできたものでしょう？　私人による違法収集証拠というやつです。本当なら立派な窃盗罪ですな」

「いえ、言い間違いです。花歩の部屋にあったのを、私がさっき見つけたんです」

森岡は口元を緩めた。


念のため、筆跡鑑定士に見てもらったが、やはり花歩の日記帳は花歩が書いたものだという答えだった。かおりは相当なショックだっただろうが、気丈にも仕事に出向いている。それだけでなく若宮に今までどおり会い、疑っていることを悟られないようにするとまで言ってくれた。だが理絵は心配だった。もし若宮が日記帳のすり替えに気づいたならどういう態度に出るかわからない。かおりの話ではまだ気づかれていないらしい。

宮川花火大会を来週に控えた日、かおりから電話があった。

「かおりちゃん、大丈夫だった？」

「はい、来週花火大会に一緒に行く約束をしました。度会橋の海女《あま》のレリーフのところで待っているって。大丈夫です。まだ気づかれていません」

「無理しなくていいのよ」

「いいえ、やらせてください。森岡刑事の話だと期待してくださいってことでしたが、結局何もできないんじゃないでしょうか。それだったらわたしが証拠を見つけたい。また若宮さんの家を調べて、何かあったら連絡します」

「くれぐれも無茶しないでね」

電話は切れた。そうだ。もうすぐ花歩が死んで一年が経つ。森岡刑事も必死で動いてくれているのだろうが、結局凶器となったドライバーが見つからないと決め手には欠ける。家宅捜索の令状が出ても、今かおりがやっている以上の捜査ができるだろうか。家に隠さず、どこか遠いところに隠していればアウトだ。合理的に考えるなら若宮はそうしているのではないか。期待すべきなのは若宮忍という男に残された良心というべきものだけかもしれない。

答えが見つからないと、理絵は花歩の部屋に入って考えることが多い。この日もそうした。この部屋は徹底的に調べつくし、もう何も出てくることはないだろう。だがここにいると心が落ち着くのだ。焦って乱れた心を鎮めることができる。だが結局ここまで止まりなのだろうかという気がする。若宮宅の家宅捜索——令状を取ることすら困難な上に期待のできない行為に多くは望めない。それに当時の証言をとるといっても、人員は前のようには割けないだろう。人々の記憶は年と共に薄まっていく。そうなればよりそこから若宮に届く情報は得られなくなる。今わたしは若宮忍が犯人だと確信している。だが彼が逮捕されず、こんな疑いを持ったまま老いて死んでいくのだけは嫌だ。はっきりさせたい。どうしても若宮との勝負に決着をつけたい。

理絵は机の上に載せられた感想文の小冊子を手に取った。花歩のページをめくる。思えばこれがとっかかりだった。ここに載せられた花歩の犯罪被害者加害者への思いが全てを変えた。あの子があんな優しさを持たず、若宮に近づきさえしなければよかったのだ。それが下手に同情し、母親の世話まで焼き、初恋の相手にまでなり、挙句の果てに殺され、亡骸《なきがら》を佐久間という猛獣に汚される。何ということなのだ。神も仏もこの世にはないのか。あの子が何をした？　ただ困った人を助けようとしただけではないか。わたしが修復的司法などやらなければよかったのか。そう思うと怒り悲しみ、後悔の念が湧き起こってくる。駄目だ。これは今までと同じ思考だ。こんな感情に酔ってしまっていては前に進めない。

「最終手段をとらないといけないのかしら」

花歩の日記帳をめくりながらそうつぶやいた。最終手段――若宮に会って直接あなたが花歩を殺したのかと問うのだ。ありったけの証拠を突きつけ、本当のことを言ってと懇願する。つまりは若宮の良心に期待する方法だ。きっと佐久間の時と同じように否定されて終わる。そしてわたしと、心から信じてきた教え子の関係も終わる。それがはっきりと目に見えている。それでもやるか？　方法がないならやるしかない。若宮忍という自分が信じた教え子に良心のかけらが残されていると信じて。

そう考えながら日記帳をめくっている時だった。花歩が残した日記帳、その最後のページを見た時に目の前に閃光《せんこう》が走った。理絵は思わず口元に手を当てる。こんなことが……体中の血が沸騰するような思いに駆られた。ホタル狩りのページに戻り、読み返す。

「そんなこと、まさか！」

思わず口に出して叫んだ。とんでもないことに気づいた。この推理が正しければ事態はきっと急変する。とても信じられない。理絵はもう一度感想文の載せられた小冊子をとる。繰り返し読んだためにそらで覚えていたが念のため読む。

「やっぱり、そういうことだった……」

続いて取り出したのは折橋完へ花歩が送った手紙だ。これも繰り返し読んだ。ある思いから読むとまるで違った意味にとれる。本当だろうか、こんなことがありえるのだろうか。そうだとすると、若宮の逮捕は意外と近いかもしれない。信じられない……呆然《ぼうぜん》としながら理絵は折橋への手紙に書かれた二文字を見つめていた。

パンパンと花火が打ち上がる音が聞こえた。

天候が心配された伊勢神宮奉納花火大会は、予定どおり行われるという合図の花火だ。理絵はネットで天気をチェックする。たしかに問題なく花火大会はできそうだ。

理絵は午後になってから歩いて花火大会会場に向かった。

外はまだ明るく、大会まではまだ間がある。それでも気の早い見物客が詰めかけてきていてかなりの数の観客がいた。宮川で泳いでいる少年がいて、教師らしき男性に注意されていた。度会橋の欄干には高い板が張られ、すでにここから景色を見ることはできなくなっている。堤防は歩行者天国と化し、道の間にひもでつながれたパイロンが無数に置かれている。屋台も例年以上に多く出ているようで、熱気が伝わってくる。

宮川を見ていると、携帯が鳴った。

通話ボタンを押すとガラガラ声が聞こえる。森岡刑事だ。

「町村です、どうされたんですか」

「令状をとりました。今から若宮の家に捜索をかける予定です」

「え、殺人容疑で令状がとれたんですか」

「いいえ、殺人未遂容疑です」

未遂……どういう意味かわからず、理絵は問い直す。

「どういうことなんでしょう?」

「花歩さんの殺人の件ではなく、去年若宮が起こしたレトルト食品工場での事件について お話ししたでしょう? あれをライン長などの証言から殺人未遂事件として調べることにしたんですわ。若宮は今、外出中のようですが、見つけ次第確保するつもりです」

「別件逮捕ということですか」

「まあ、何と言われようがこっちも必死ですから。また連絡しますわ」

森岡の動きは予想以上に早かった。かなり無茶なことをやるらしいが、それとは別にこちらも動かなければならない。捜索の結果は見えている。それよりも若宮と会ってこの一年にわたる戦いに決着を二人でつけたいのだ。本当のことを若宮の口からしゃべらせたい。携帯に残した花歩の写真を見ながら理絵は心の中でそう思った。

「先生、町村先生!」

背後から声がかかる。思わず振り返るとかおりがいた。

「あなたも動員かけられたのね」

「そうです。でも彼には言っていません。二人で花火を見ようということになっています」

理絵はそう、と言ってから少し沈黙した。その間に焦《じ》れてかおりは口を開く。

「どうかされたんですか」

「実はね、さっき電話があって若宮宅に捜索が入るんだって」

「そうなんですか、でもきっと何も見つかりませんよ」

「かおりちゃん、わたしには考えがあるの。今日で全てを終わらせる。あなたにも一緒にいて欲しい。だから何があってもわたしの言うとおりにして欲しい。ただ問題なのはあなたの覚悟、若宮忍が花歩を殺した事実を受け止める覚悟があなたにあるかしら」

かおりは驚いた顔でこちらを見ていた。

「先生、何をするつもりなんですか？　決定的な証拠はまだ見つかっていないんでしょう？」

「ええ、でも大丈夫、きっと若宮は本当のことをしゃべる」

「そんな魔法みたいなこと……」

「できるのよ、きっと！」

「良心に訴えるってわけですか、ＶＯＭみたいに」

「あの子はだって、わたしの教え子だから」

何も起こらないまま、時間だけが刻々と過ぎていった。

辺りは次第に暗くなり、人出が増えてきている。警察官の数がいつもの年よりずっと増え、観客を誘導している。裸電球のとりつけられた堤防には席を確保していた人々が座り始め、すでにアルコールが入って騒いでいる客もいる。わけのわからない喧嘩《けんか》も起きていた。屋台からは焼きそばやタコ焼き、イカ焼き、ベビーカステラなどの入り混じった甘辛いいい匂いがしてくる。だがそれは理絵の食欲を刺激することはなかった。理絵は人の波に沿って度会橋の方へ進む。その時携帯が鳴った。

「はい、町村です」

人出が多く、混線して聞き取りにくい。理絵は旧二十三号線を横切り宮川少年院の方へ進んだ。牛乳屋の横の坂を下ると、ようやく聞こえた。森岡刑事からだった。捜索が終わったらしい。だが結果は予想どおりだったので理絵は素っ気なく言う。

「これからわたし、若宮に会うつもりです」

「え、どうするつもりですか」

「森岡さん、あなたの気づいていないことにわたしは気づいています。事件のあった論出神社で若宮にきっと本当のことをしゃべらせてみせます」

「どうするつもりなんです？　おかしなことはやめてください、町村さん」

「来ればわかりますよ。いえ、あなたにもぜひ来て欲しい」

一方的に理絵は電話を切った。

見上げると空はさっきより暗くなっている。去年は十九時半くらいでかなり暗かったからもうそろそろ大会も始まるのだろう。その時花火が一つ打ち上がる。だがそれはあまりにも情けない花火だった。日本三大競技花火大会の幕開けにはふさわしくない。地元の不良が打ち上げたのだろう。まあそんなことはいい。わたしは信じたことを実行に移すだけだ。

今年も去年に負けない人出だ。人の波に逆らって理絵は桜並木の中を歩いていく。時計を見ると時刻はすでに十九時四十分を過ぎている。いつ始まってもおかしくない。桜並木が切れると、ようやく人は少なくなる。ここなら混線はしないだろう。もう一度携帯を取り出すと、かおりに電話する。若宮に論出神社に来るよう言わせた。やるべき手はすべて打った。あとはわたしが若宮に真実をしゃべらせるだけ。さあ行こう、論出神社へ。

理絵はバスの路線を少し歩き、斜めに向かう細い小道に入った。そこは鬱蒼《うっそう》とした木々が生い茂る論出神社。去年の事件を受け、警備の人がいるかと思ったが誰もいなかった。去年、ここで花歩は若宮に殺された。花歩はどういう思いでこの石段を上っていたのだろう。まさか殺されるなどとは思っていなかっただろう。理絵は花歩の遺体があった前に立つと黙って手を合わせる。花歩ちゃん、お母さんが今から全てを明らかにするから。あなたを殺した若宮忍に本当のことを必ずしゃべらせるから。だから応援してね。

神社の下から声が聞こえた。

暗くて見えにくいがかおりのようだ。理絵は石段を下りる。大きな木の陰に身を隠す。かおりも同じところに来た。女性二人が隠れても十分余裕があるほどその木は太く大きい。じっと息を殺して待っていると、かおりの心臓の鼓動までもが聞こえてくるようだ。全てが終わる。その時が近づいている。何度も意味もなく時計を見た。

そして男が現れた。

身長は百八十近く。白い半袖《はんそで》シャツ、その下からはワインレッドの長袖シャツが見えている。大学生風。とても三十六歳には見えない。破れたジーンズには鍵《かぎ》がいくつもぶら下がり、静かな神社に音を響かせている。若宮忍——彼が来たのだ。

若宮は鳥居の辺りを見渡していた。だが誰もいないと悟ると石段を上がっていく。

一瞬、花歩の遺体があった場所に目を落とした。いや、そう見えただけか。若宮は上でかおりをしばらく探していたが、やがて携帯を取り出す。理絵はかおりの方を向く。かおりは慌てて電源を切った。若宮は携帯がつながらないことにいらだち、舌打ちをした。

その時、空気が震えた。

臓腑《ぞうふ》に直接響くような震えだ。遅れて二十万もの観客が声を上げる。石段の上の鳥居を明かりが照らした。若宮もその明かりを見上げている。伊勢神宮にささげる宮川の火祭り。伊勢神宮奉納花火大会が始まっているのだ。やがて開会を告げる連続花火が止み、静寂が訪れた。それは理絵に緊張感ではなく、武者ぶるいのようなものをもたらした。

「かおりちゃん、行くわ、全て見ていて」

小声でそう言った。ゆっくりと、一段一段石段を理絵は上っていく。この足音はきっとすでに若宮にも届いているだろう。そうだ。もう後にはひかない。長い戦いに終止符をこれから打つのだ。若宮忍……わたしの教え子よ、そしてわたしの娘を殺した男よ、今ここで全ての決着をつけよう。

「どうしたんだ、かおり」

理絵をかおりと間違えていた。そうだろう、この暗闇ではそちらからは見えない。だが間違いにはすぐ気づく。若宮忍、あなたに会いに来たのはこの顔なのだから。理絵は顔を上げる。感情を殺した顔を若宮は見つめた。

理絵は何も言わずに若宮を見つめている。

沈黙に耐えられなかったのか、若宮の方から口を開いた。

「校長……先生」

「もうわたしは校長じゃないわ」

理絵に笑みはなかった。

「知りませんでしたか、町村先生？　アメリカ大統領と校長先生は辞めてからも敬意を込めてそう言われるんですよ」

軽口には、どこかおびえが感じられた。理絵は軽く上唇を噛む。若宮もその軽口が場違いであることを悟ったのか、しばらく口を閉ざした。そうだ。こんな場に冗談などいらない。いるのは心と心、命を削ったぎりぎりのせめぎあいだけだ。己の言葉に全てをかけた勝負、それだけが存在することを赦《ゆる》されている。

「わかっているから、全て」

「何のこと……ですか」

「私が言わなければいけないの？　若宮くん」

言い終わると、再び臓腑に響くような空気の震えが起こっていた。

その震えにすがりつくように若宮は言った。

「綺麗《きれい》ですよね、花火」

「ええ、でもきっとあなたは花火そのものを見てはいない」

「どういう意味ですか」

「あなたが見ているのは川面《かわも》に映った赤い影でしょ？」

しばらく若宮は黙っていた。

答えない若宮に焦《じ》れて理絵は口を開く。

「わかっているはず、わたしが何を言いたいのかを」

「わかりません、どういう意味ですか」

あくまでとぼける若宮に、理絵は思わず叫んだ。

「あなたが……あなたが花歩を殺したってことよ！」

4

その一言を最後に、長い沈黙が神社を包んでいた。

若宮は空を見ている。打ち上げられたのは消え口の揃った美しい花火だ。ついに発せられたそのひとことを耳にしてどういうわけか心は落ち着いている。視線を町村校長に戻す。彼女はじっとこちらを見ている。怒りというよりも悲しそうな目だった。本当のことを言って……そう懇願しているようだ。そうだ、俺はあんたの娘を殺した。だが真実は告げるつもりはない。どうやっても絶対に真実へは届くはずがないんだ。俺の最終防衛ラインは鉄壁だ。そんな沈黙の中、誰かが石段を上がってくる。かおりだった。

「やはりいたんだな、かおり」

「ええ……忍さん、自首してください」

かおりは泣きそうな顔でそう言った。若宮は眉《まゆ》をひそめる。自首だって？　かおり、残念だがそうするわけにはいかない。俺が黙っていれば真実は誰にもわからない。それがかおり、君のためでもあるんだ。わかってほしい。

「かおり、君までそんなことを言うのか？　俺が花歩ちゃんを殺したと」

「そうです。ごめんなさい、忍さん。私あなたの家に行って、合い鍵を使ってずっと調べていました。そして見つけたんです。決定的な証拠を」

「何だよ、決定的な証拠って？」

「仏壇の引き出しに花歩ちゃんの日記帳がありました。何故花歩ちゃんの日記帳があなたの家にあったんですか？　日記帳があった理由を説明できますか！」

「わからない。誰かが入れたとしか言えない」

「誰が入れたっていうんですか」

「知らない。ひょっとすると花歩ちゃん自身かもしれない。彼女は時々、俺の家に来ていた。俺の加害者としての思いを聞いたり、おふくろの世話をしたりしてくれていたんだ。あの読書感想文の本も俺が貸したものだ。事件の前にも来ていた。その時かもしれない」

「そんな言い訳が通るとでも……」

言いかけたかおりを町村校長が止めた。かわりに口を開く。

「若宮くん、自分でもわかっていると思うけどそれは苦しい言い訳よ。でもね、わたしが言いたいのはあなたの家に花歩の日記帳があったという事実じゃない。その中身なの。あの中には花歩があなたに恋愛感情を抱いていたこと、それをあなたも好意的にとらえていたことが書いてあったわ。二人でホタル狩りに行ったんでしょ？」

「ええ、それは事実です。ホタル狩りに誘ったのも俺です」

「そして去年の花火大会の日、あなたたちはここ論出神社で会う約束をしていた。そう日記には書いてあったわ。殺されたのもここ。こんな偶然考えられない。このことについてどう説明するつもり？」

「わかりません、俺はそんなこと知らない」

再び沈黙が流れた。

町村校長はじっとこちらを見ている。若宮は目をそらせると負ける気がしてその瞳《ひとみ》を見返していた。少しだけ安堵《あんど》感が広がりつつある。やはりそうだ。町村校長もかおりも俺の最終防衛線は突破できていない。いやそこまでまるで行っていない。だからこんなことを言うのだ。俺が黙っていれば真実には決してたどり着けない。もうかおりとの関係は修復不能だろうが、俺は事件に関しては勝利する。真実だけはどんなことをしても守り通してやる。

星が泳いだ花火が打ち上がった直後、町村校長が沈黙を破った。

「若宮くん、花歩を殺した凶器はマイナスドライバーでしょ？」

「ひっかけるつもりですか？　知りませんよ、やっていないんだから」

「刑事さんがそう言っていたわ。そして事件当日、あなたは工場で問題を起こし、そのドライバーを盗んでいる。ウサギの風船を割られた少年があなたのことを覚えていたそうよ。そして風船を割ったのも同じマイナスドライバーだった。あなたは花火大会の日、間違いなくドライバーを持っていた。そして花歩もドライバーで殺されている。さっきの日記帳の記述とからみ合わせてこんな偶然が考えられると思っているの！」

「それは俺じゃありません。子供の証言でしょ」

「だったらドライバーはどこに捨てたの？」

「工場敷地内ですよ」

「そんな物は発見されなかったそうよ」

「そんなことを言われても困ります。悪魔の証明と言ってやっていないことを証明することは難しいんです。先生、怒りを誰かにぶつけたいというお気持ちはわかりますが、俺じゃない。俺が花歩ちゃんを殺したんじゃありません」

「あなた以外にいないのよ。これ以上言わせるつもり？」

町村校長の目には涙が浮かんでいるように見えた。若宮は目をそらさない。こんなことは警察に訊《き》かれたことと同じだ。なんてことはない。かおりは不安そうに町村校長の顔を何度か見ている。なんだ、もうこれで実弾が切れたのか。最終防衛線まで行かず、こんな根拠だけで俺を追い詰めようとしていたのか。ふん、馬鹿らしい。とんだ拍子抜けだ。

石段の下からこちらを呼ぶ声が聞こえた。

「町村さん、大丈夫ですか町村さん」

大男が駆け上がってきた。一度こちらを見る。目が合った。たしか俺を取り調べた森岡とかいう刑事だ。

「お怪我はあらへんですか」

「心配してくれてありがとう、森岡さん。でもわたしは自分の教え子を信じているから。変なまねはしないってね。たとえ娘を殺した殺人犯であっても」

森岡刑事と町村校長はそんな会話を交わした。

若宮は水を差された感じがしてその会話に割って入った。

「話を続けませんか、校長先生。俺も疑われたままでは嫌です。はっきりさせたいんです。刑事さんもいるんだからちょうどいいでしょう」

森岡刑事はこちらを睨《にら》んだ。

「どうなんですか。あなたが今までに言われた根拠以外に何か俺を疑う根拠があるとでも言うんですか。殺したのは佐久間良二でしょう？　体液が残されていて、姦淫《かんいん》の事実を認めている。あいつが犯行を行ったと見るのがどう考えても自然です。佐久間が下手に殺人だけを否認したから、先生はそれを信じてしまった」

町村校長は黙っていた。若宮は続ける。

「俺は佐久間良二が赦《ゆる》せません。自分の鬱屈《うっくつ》とした思いを晴らすために教師になり、花歩ちゃんにあんなことをした。その上に先生をこんな思いにさせている。それだけじゃない。あいつの親父さんは殺されているんです。実質的にあいつが殺したようなもんだ。本当にひどい奴です」

「ひどいのはお前もだよ、若宮。この人殺しが」

声を荒らげながら森岡が言った。厳しい形相でこちらを睨んでいる。

その眼光に一瞬ひるんだが、若宮は大声で応じた。

「俺を人殺し呼ばわりしたければ、証拠持ってこいよ。マイナスドライバーが凶器なんだろ？　ああん？　どこにあるってんだ。早く持ってこいよこのクソ刑事が！」

「なんやとこら」

「やる気か、クソ刑事。こいよ、相手になってやる」

「若宮、こいつ」

怒りを見せた森岡の肩を町村校長がつかんだ。前に出る。かおりは初めて見せる若宮の怒声に恐怖を感じたようで両手で口元を押さえていた。そうだかおり、隠していたがこれが俺の本性、どうしようもない悪なんだよ俺は。

「だから証拠はあるのかって訊いてんだよ。出してみろ！　あんたもだ校長さん」

「凶器のドライバーは見つかったわ」

「ああ、何だって」

「発見されたのよ、若宮くん、あなたが隠していたドライバーは。血液と指紋が残されていたって森岡さんが言っていた。調べればすぐに誰のものかわかるわ」

「馬鹿な、嘘をつくな」

「嘘じゃないわ」

「どこにあったって言うんだ？　見つかるわけない」

「あなたの家よ。さっきまで捜索が行われていたの」

「ありえない。あれはそこにあるわけ……」

言いかけて若宮は止まる。

うつむいた。伏し目がちに見ると森岡刑事の鋭い眼光がこちらを睨んでいた。

「そこにあるわけ……何なんだ？　若宮」

「…………」

「墓穴を掘ったな。何故そこにないと思う？　お前はどこにあるか知っとるいうわけか？　たしかに前はそこになかったんやろな、土がついとった」

「勝手に決め付けんな！　そんな意味で言ったんじゃない」

叫ぶと森岡が手を伸ばしてきた。逮捕するというのか。若宮はそれを振り払う。森岡は覆いかぶさるように近づくと言った。

「ほんならどんな意味や？　それに見つかったのは事実。もうお前は終わりや」

「嘘だ！　家にあるはずはないんだ。俺に自白させるために言っているんだろう？」

「残念やな、あったんや、後で見せたるわ。嘘をついて自白させたんやったら完全に違法になる。後で訴えればいい。そやけど本当に見つかった。ゲームオーバーや」

「こんなの違法捜査だろ、ふざけんじゃねえぞ！」

「ふざけているのはお前やろ、この人殺しが！　お前は去年ここで花歩ちゃんと会った。そして普段の鬱屈とした思いを爆発させた。お前の家から見つかったマイナスドライバーで花歩ちゃんを刺して殺したんやろうが」

「何故だ、何故こんなことに。かおり、てめえ裏切ったのか」

かおりは震えていた。泣き出しそうな顔でかぶりを振っている。

「ちくしょう、こんなバカなことがあってたまるか！」

手錠が見えた。若宮は逃げようとした。だが森岡の太い腕につかまれはがいじめの恰好《かっこう》になった。もがくが動けない。こいつと喧嘩《けんか》していたら負けていたな……そう思った時、手錠が腕にかけられる音がした。

「一応言うとくか、十九時五十八分、被疑者を確保」

「くそ、ちくしょう！」

「お前がやったんやな、若宮」

その問いに若宮は答えない。しばらく黙っていた。

視線を町村校長に向けてから叫んだ。

「ああ、俺がやった。俺がぶち殺してやった！」

「手間をかけさせてくれたわ、ホント」

「くそ、殺してやる。お前らみんな出てきたら殺してやるからな！」

「出てこられたとしてもじじいになっとるわ」

その時、森岡を制止する声があった。ほぼ同時に花火が上がる。玉の座りのいい花火だ。その花火で隠れていたが町村校長の声は綺麗《きれい》で、品があった。

「少しだけ待ってください、森岡さん」

「はあ？　どうしたんですか」

「あと少し若宮くんと話がしたくて」

「いいでしょう、もうこいつは何にもできませんからな」

町村校長は近づくと若宮を見つめた。

森岡に押さえつけられている若宮はにやりと笑う。彼女にぺっと唾《つば》を吐きかける。

「消えろ！　偽善者」

「こいつ、何をしやがる」

森岡は若宮の髪をつかむと頭を地面に押し付ける。小石で切れて額から血が出た。

若宮はもう一度叫ぼうとするが口の中に土が入ってむせた。町村校長は吐きかけられた唾を拭《ぬぐ》うこともせず、優しげな瞳《ひとみ》でこちらを見ている。なんだ、何なんだこの女は？　若宮は耐えきれず自分から再び顔を地面にこすりつけた。町村校長は若宮がもう一度顔を上げるのを待ってから口を開いた。

「若宮くん、もう少しだけ話したいことがあるの」

「なんだよ、もう話すことなんてねえ。俺が殺したんだ」

「わかってる。あなたをわたしは一生赦さない。でもいいから聞いて」

「消えろ、偽善者！　お前は俺が更生したと思っていたんだろうがあいにくの見当外れだ。俺は中村弘志にすまないと思ったことなんてねえ。花歩にも悪いなんて全く思っちゃいねえ、犯してやろうとは思ったがな！」

「だったら何故、お花を上げてくれたの」

知るか、と若宮は吐き捨てた。

「中村さんの家にも謝りに行ったそうね」

「それがどうした？　なんだこの期に及んで修復的司法か？　どうせ俺がこんなになって自分の一生を否定される思いがしたんだろう。俺が今からでも更生すれば少しは救われると思ったか？　残念だが俺は悪だ。生まれついての悪なんだよ。その唾が俺の答えだ」

「ええ、そうでしょうね」

意外な答えに、若宮は口ごもる。興奮していて忘れていた土の味が口の中に広がってきていた。どういうつもりか町村校長は、頰に吐きかけられた若宮の唾を中指で拭う。そしてそれを見つめた。

「修復的司法で一番大事なのは謝罪の気持ち、それが本当であるかどうか」

「それがどうした、俺の気持ちはその唾だ！」

「あなたがわたしに吐きかけたこの唾に謝罪の気持ちが込められている」

「はあ？　何言ってんだよ、いかれちまったのか」

若宮は笑った。森岡刑事もかおりも意味がわからず町村校長を見ている。彼女は立ち上がると打ち上がる花火を背に悲しげに話し始めた。

「若宮くん、あなたがこんなことをしているのは全ては謝罪のため。わたしにはわかっている。自分の犯した殺人の贖罪《しょくざい》のため、自分を必要以上に悪に見せかけようとしているのよ。そうした方がわたしはあなたに怒りをぶつけられるし、かおりちゃんもあなたをひどい男だったとして忘れることができるから。自首ではなく、逮捕されたかったんでしょ？」

「馬鹿じゃねえか、そんなこと思っちゃいねえよ」

「だったら何故、ドライバーを家の中に戻したの？　別のところにあったんでしょ？奇跡でも起きない限り誰もそんな物見つけられない。あなたが戻した以外考えられないわ。本当はあなたはかおりちゃんにドライバーも見つけさせるつもりだったのよ。それが今日の捜索で予定が狂った。でも結局は同じ。そして決定的だったのが日記帳、あれで全てがわかったわ。あなたはあえて日記帳をかおりちゃんに見つけさせようとした。ただしその中身を偽造してね」

驚いた顔でかおりは町村校長を見た。

「どういうことなんですか、偽造って？　たしかに忍さんは人の筆跡をまねることがうまいけど、あれは鑑定士に見てもらっています。花歩ちゃんの筆跡だって答えが出ているはず」

「そうね、でも鑑定士だって全ての文字を完璧《かんぺき》に見るわけじゃない。何万もある文字の内、数文字だけが変えられていれば気づかれない」

「えっ、数文字だけ」

「若宮くんは花歩の日記帳を盗み出し、たった数文字を変えるだけで花歩の日記帳をまるで意味の違ったものに変えたの。そうすることでこの事件の真実を隠すために」

「この事件の真実？　どういうことなんですか」

かおりの問いに、町村校長はうつむいている。背後では派手な花火と、大観衆の歓声が空気をぶるぶると震わせている。

「若宮くんは隠そうとしたのよ、花歩を殺した動機を」

若宮は顔を上げた。もう駄目だな……その思いが胸にあった。最初に思ったとおり、町村校長は全てを見抜いていた。これでは最終防衛ラインが突破されるのは時間の問題だ。真実は明らかになり、俺は負ける……そう思いながら問いを発した。

「何だと思うんですか、先生、俺が花歩ちゃんを殺した動機って」

知らず知らずのうちに言葉遣いが穏やかになっていた。

町村校長は大きく息を吐きだすと、何発も連続で打ち上がる花火を見ていた。そして目頭に手を当て、静かな声で言った。

「花歩が、あなたのお母さんを殺したから」

その言葉を最後に神社から声が消えた。かおりは唖然《あぜん》とした顔で町村校長を見ている。森岡刑事も全く予想できなかった言葉にかたまってしまっている。町村校長は首を横に何度か振り、次の言葉を探している。ただ一人、若宮だけが冷静にその様子を見ていた。そうだ。そのとおりだ。俺が隠したかった真実、それはこの動機だった。犯した罪は償えない。だがせめて動機だけでも隠し通すことで花歩に謝りたかった。自首するかどうか迷って、俺が選択したのは逮捕されるという道だった。悪として捕まる。救いのないどうしようもない悪としてかおりにも町村校長にも敵意を向けられる。そんな存在になろうと思った。

「そうでしょ、若宮くん！」

若宮は返事をしない。だがその無言は何よりも雄弁だ。今さら否定しても仕方ない。このトリックがよくわかったものだ。

「気づいたのは、花歩の日記帳を読んでいる時だったわ。論出神社と書かれた部分が少し窮屈に感じたのよ。三文字を消して四文字にしたように感じた。あの子の筆圧は弱いわ。でもよく見ると消した跡が残っていた。そしてその消した跡はこう読めたの『警察署』と。そうするとあの日記帳はまるで意味が違ったものになる。警察署に行こう――つまりは自首しようって意味になるわけ。ホタル狩りのところもそう。若宮くん、あなたはあそこでもたった一文字だけ文字を変えているわね。『罪』を『愛』に！」

「それじゃあ花歩ちゃんは忍さんに罪の告白をしたってことですか」

「ええ、折橋完への手紙で花歩は『罪科』や『罪過』と書くべきところを『罪火』と書いている。こんな言葉はないわ。でもそれがあの子の思いを代弁している。罪の火――それがあの子を焼き続けていた。なぜなら花歩はあなたのお母さんを火事で殺してしまったから。そういうことなんでしょ？　若宮くん」

　それは事実だった。あの日のことは忘れない。一年半ほど前の夜、俺は歩いて度会橋近くのパチンコ屋に行っていた。少し打ったが、思うように出ずにいらついていた。一度空気を吸いに外に出ると、消防車が度会橋の方へ向かっていくのが見えた。野次馬らしきガキ共がうれしそうに続いている。俺は胸騒ぎがして走った。母を一人残してきたからだ。ただこの時間、母はいつも眠っている。大丈夫だと思い直した。だが度会橋まで来て俺はわが目を疑った。燃えている。俺の家が燃えている。母さん！　俺は走りながら叫んだ。炎が天を衝《つ》くほどに燃え上がり、宮川に反射していた。それはまるで火の川。その光景を俺は一生忘れない。家にたどり着いた時には手の施しようがなかった。不審火が続いた時期があり、葬式を済ませた俺は母を殺した放火犯を絶対に赦《ゆる》さないと思った。自分で犯人を捜し、最初は地元の悪を疑った。しかし警察が事故だと断定したことで一応納得した。俺はそれから捨て鉢になった。医者に通っても心は癒《いや》されない。それほど母を亡くした喪失感は大きかったのだ。

　ホタル狩りの日、花歩は俺に告白した。あの日、花歩は母の看病に来ていた。介護中、誤って仏壇のろうそくの火を引火させてしまった。火はすぐに消すことができないほどに燃え広がり、彼女は怖くなって逃げたのだそうだ。花歩は何度も謝った。気が済むならどんな罰でもうけますと言った。俺は呆然《ぼうぜん》となった。怒りに身を任せたいという思いもあったが、乱暴しようとして連れ出した負い目もあり何も言えなくなった。優しかった母の思い出、母を殺した花歩への怒り、それらがごちゃ混ぜになっていた。あんな状況で花歩に乱暴することなど不可能だったのだ。

別れ際に花歩は自首しますと言った。思えば花歩が告白しなければ俺は彼女の罪を知ることはなかった。だから俺はそれを信じ、そのまま別れた。柄にもなく人を信じたいと思った。修復的司法のような考えが起こっていた。だが花火大会の日、男と楽しそうにしている花歩を見て怒りがわき上がった。あの謝罪は嘘だったのか。自首するという約束はどこに行ったのか。母を殺したことをあの告白だけで清算しようとしていたのか。町村花歩、お前は俺と同じだ！　やはり人間は更生などできない。そう思った俺は我を忘れ、花歩に怒りの牙《きば》を向けていた。頭が真っ白になっていたとはいえ、傷害致死ではなく殺人と呼べる行為だろう。

だが花歩の裏切りは俺の誤解だった。あの日、あの後彼女は自首するつもりだったのだ。明日警察署に行く――そう日記帳に書かれていた。俺への罪の告白もそうだ。罪を告白することにメリットなどない。やはり心から彼女はすまないと思っていたのだ。しかも彼女の罪は過失にすぎない。それを俺は故意を持って殺した。それだけでなく無関係な佐久間良造まで間接的に殺した。あのとき初めて中村弘志にすまないという気持ちが起きていた。だから中村富雄の家に行って謝罪した。二十年以上たって初めて本気で謝りたいと思った。ただそれらも全て花歩の残した日記帳のためだ。あの日記帳、花歩の思いが結局俺を変えたのだ。

俺は決意した。悪になろう、どうしようもない悪になって全ての人間から嫌われることがせめてもの罪滅ぼしに見えた。修復的司法などでは駄目だ。悪として人の怒り憎しみを吸収する存在になることが俺の選んだ道だった。計画は完璧なはずだった。こちらの予定どおりかおりは一部を書き換えた日記帳を持ち去っていった。あのトリックを見破れるなど夢にも思わなかった。さっきパチンコ屋の前で携帯に警察から連絡があった時も真相は隠せると思っていた。この動機という最終防衛線だけは突破されないと思っていた。それなのに町村校長、あんたは余計なことをしてくれた。これでは俺は償えない。花歩の言う罪火は消えない。

「実はあの感想文に答えはあったのよ。あそこで花歩が話を聞きに行った被害者遺族は中村富雄さんじゃなく、若宮くんのことだったんだから」

感想文だと……無言で若宮は町村校長を睨《にら》んだ。有名になったあれか。俺も町村家に行った時に読まされた。日記帳を奪う前の日のことだ。被害者遺族に会いに行った体験が盛り込まれているところがいい……そう俺は褒めた。あの被害者遺族が俺のことだというのか？　たしかに花歩に質問をされた気がする。

――若宮さんのように更生し、真面目に生きていればいつか赦されますよね。

――遺族からすれば加害者の更生など信じられないものさ。

そんなやりとりがあったかもしれない。反省の気持ちなどないから俺は適当に答えていた。だがもしそのやりとりが事件後に交わされていたとしたら花歩はどう思っただろう？　そうか、そういえば答えたのは事件直後だったように思う。

若宮が必死に記憶をたどる中、町村校長は続けて言った。

「それに折橋完への手紙。あの中に出てくる人を殺した加害者というのは花歩のことだった。罪の火に焼かれていたのはあの子自身だった。自分が加害者だからあの子は被害者のことをよく知ろうとしていたんだわ。被害者である若宮くんにすまないと思ったから。そうでしょ、若宮くん。これが真実。これ以外の答えがあるかしら」

若宮は地面に這《は》いつくばっていた。完膚なきまでに打ちのめされ、言葉も出ない。余計なことをしやがって……そう叫ぼうとしたがそれもできない。上目づかいに顔を上げる。森岡刑事も、かおりもようやくこれが真実であると納得し、複雑な表情を向けている。そうか、やっぱり俺は中途半端な悪なんだ。あの医師が言ったとおり、紙一枚の厚みに跳ね返される小物にすぎない。今さらそれがわかっても仕方ないが。

「……行くか、若宮」

力強い森岡刑事の腕に起こされ、ようやく若宮は立ち上がった。ふらついたがもう抵抗する気はない。ただ石段を一歩下ったところで振り返る。町村校長と目があった。

「行くのね、若宮くん」

すみませんでした……謝罪の言葉はすんでのところで止まって出てこない。若宮はただ黙って深い礼をしている。つらすぎてかおりの顔を見ることはできない。その間に何度も花火が上がり、若宮の背を明るく照らし出していた。

石段の下に下りると、誰かがいるのが見えた。私服刑事だろう。以前俺の家に来ていた森岡の部下か。顔ははっきり見えないがやけに若そうだ。心配すんなって。警戒しなくてももう俺に逃げる気はない。若宮は森岡に連れられながら車の方へ歩んでいく。扉が見えた。ただ私服刑事らしき男は車の扉を開けない。黙ってこちらに近づくと急に奇声を上げた。

急に力が抜けた。よく見ると腹から出血している。包丁で刺されたのだ。そして刑事かと思ったその男、その血走った目には見覚えがあった。そうか、そうだったのか。若宮は倒れまいと男の肩に手をかける。男は死ね！　と繰り返し言っている。森岡はようやく気がついたようで男を突き飛ばした。男はもんどりうって倒れる。若宮は包丁を抜くと倒れ、おびただしい出血のままその男に覆いかぶさる恰好《かっこう》になった。男は震えている。歯ががくがく鳴っている。

「死ねよ、若宮」

腹を押さえながら若宮は言った。

「ごめん、俺が悪かった」

「謝って済む問題じゃねえ！」

「わかっている……本当に……ごめんよ、智人」

後ろから悲鳴が起こっている。かおりや町村校長が駆け寄ってきた。

「救急車を、救急車を呼んで！」

「いや、この車で行った方が早い。私が運転します」

「忍さん、いや、そんなの絶対いやあ！」

意識はまだあった。ただこの出血はヤバいな——だが不思議と恐怖はなかった。若宮は智人にすまん、すまんと何度も謝っている。修復的司法の好きな校長先生よ、結局こうならないと収まらねえんだよ。わかったかい？　だがその時おかしな思考が生じた。このままでは智人は俺を刺したことになってしまう。殺人犯か——だめだそんなことになっては。こいつを殺人犯にしてはならない。俺は死んではいけない。だがそう思ってもどうしようもない……いや、まだ方法はある……若宮は包丁を握った。もう一度刺せばいい。包丁は正面から刺さっているんだ。これは追いつめられた犯人の自殺でいいじゃないか。害虫が一匹駆除されるだけだ。

「森岡……さん」

「なんや？　もうしゃべるんやない」

「自殺ですからね、これは」

「わかった、わかったよってしゃべるな」

若宮は包丁でもう一度自分の腹を刺そうとした。だが力が入らない。いや、握っていたはずの包丁もどこかに行ってしまっている。どこ行っちまったんだ、おかしいな
……それが最後に思ったことだった。

終章　罪の火

わたしのせいだ……理絵はそう思った。

先週からわたしは知っていた。若宮が母親の復讐《ふくしゅう》のために花歩を殺したということを。それなのにそれを隠していた。隠した理由は深いものではない。ただ単純にこの悲劇的な真相を知られたくなかっただけなのだ。若宮が花歩を殺したことを智人は知らないと思っていた。だが智人は気づいていたのだ。日記帳を見たのかもしれない。

宮川をはさんで論出と向かい側にある病院に若宮は担ぎ込まれ、手術を受けている。理絵の隣には智人が座っている。服を返り血に染めて。どうしようもなく打ちひしがれ、さっきから一言も話さない。周りには警察関係者がいる。罪を犯した少年、そして少年に刺され負傷した殺人犯を見張っている。

理絵は立ち上がるとせわしなく歩き回った。息子が殺人犯になってしまうという思いはない。ここに存在するのは、花歩を殺した若宮忍——彼が助かって欲しいと祈る思いだけだ。見捨てないで欲しい。どうか彼を死なせないで欲しい。

二十一時半。外からは花火の音がいまだに聞こえてくるが、厚いコンクリートに阻まれ大きな音ではない。それでも窓ガラスが少し震えている。この花火の音は、若宮の耳には届いているのだろうか。そろそろグランドフィナーレだろう。

「若宮くんは大丈夫でしょうか」

何度目かの同じ問いを森岡に発した。彼は若宮に応急の手当てを施すと、ここまで搬送した。その手際は見事だった。ただかなりの量の出血で内臓が見えていたのを覚えている。こんな怪我を実際に見るのは初めてだった。

「助かりますよ、そうでなければ困る」

微笑みながら森岡は答えた。武骨な顔だが、不思議と包容力がある。なぐさめと知りつつも、どこか心安らぐ思いがした。

「智人くんは、動機について知らなかったんですか」

「ええ、ただ若宮くんが取り押さえられるところは見ていたそうです。駐車場で待ち構え、下りてくるのを待っていたんだそうです」

「そうですか、残念です」

「わたしのせいなんです。わたしがちゃんと説明しなかったばっかりに」

「御自分を責めてはいけませんよ。若宮も最後にこう言うておりました。これは自殺だ、絶対に智人くんは悪くないってね」

その言葉を聞いて理絵は抑えていた感情があふれそうになった。その場にうずくまる。何てことなのだ。何故こんなになってしまったんだ。その思いがぐるぐると回っている。

「先生、大丈夫です。忍さんすごく強いんだから。きっと神様が守ってくださります」

かおりは無理に明るく言っていた。だがつらそうなのは手に取るようにわかる。理絵はそうよねと笑顔を返す。かおりは花歩がいなくなった時のわたしと同じ心境なのだろう。わたしよりずっとつらいはずだ。

しばらく静寂が院内を包んだ。だが忘れた頃に名残のように再び何発か花火が打ち上がる。ワイドスターマイン……グランドフィナーレが始まっているのだ。観衆はまだあったのかと言わんばかりに足を止めてこのワイドスターマインを見上げている。『鎮守の里』が荘厳な音を奏でる中、最後の花が咲いている。美の競演はこれでお仕舞いだ。

やがて外から音が聞こえなくなった。

聞こえてくるのは花火客が帰っていく足音だけ。長い大会もようやく終わったようだ。理絵は大きく息を吐きだす。何とも言えないさみしさがあった。

刻々と時間だけが過ぎていく。

理絵たちは交わす言葉もなくしてただずっと待っていた。

やがて手術室から医者が出てきた。

続いてベッドが運び出される。そこに皆が駆け寄った。

「どうなんですか」

何人かの同じ問いに医者は軽く微笑んで見せる。

「助かりましたよ、たいした体力だ」

皆の安堵《あんど》の息が漏れた。

「まあ予断は許されませんけれどね」

無事との言葉を聞いて、理絵は両手で口を覆う。よかった、本当によかった。その場にしゃがみこむとかおりが抱きついてきた。

「先生、よかった。本当に」

「かおりちゃん、よかった、よかったね」

かおりと抱き合いながら、理絵は泣いていた。

ありがとう……それは誰に向けて発した言葉だったのだろうか。だが感謝の思いを誰かに届けたかった。智人は椅子に座りながら天井を見上げている。彼の目からも涙がこぼれている。理絵は駆け寄ると智人を抱きしめた。これからこの子は罪を償わなければいけない。だがきっと大丈夫だ。いつまでかかろうといつか赦《ゆる》される。

「母さん、俺……」

「いいのよ、何も言わなくて」

「こんなことしてごめん、本当にごめんよ」

二人はしばらく抱き合っていた。その様子を遠巻きに警察官たちは見ている。だがしばらく経つと智人は自分から立ち上がり、彼等に礼をした。

「お世話をかけます、僕が若宮さんを刺しました」

「……わかった。なら行こか」


目が覚めた時、最初に聞こえたのは花火の音だった。

俺は生きている……白い天井を見つめながらそう思った。花火の音が聞こえるということはあまり時間が経っていないのか。ただ横にいるかおりは疲れた顔をしている。首にはいつものようにかおりが紐《ひも》を長くしてくれたお守りがかかっている。これが俺を守ってくれたというわけではないだろうが、命が助かったことは確かなようだ。うまく声を出しづらかったが、かおりに若宮は声をかけた。何と言ったのか、自分でもよく覚えていない。

「気がついていたのね、忍さん」

意識をとり戻したのを見て、かおりはそう言った。

「……かおり、ごめん」

それがはっきりと言葉になった第一声だ。人を殺しておいて今さらという気もする。だが出てきた言葉はそんなものだった。俺は赦されざる罪を犯した。どんなに弁護してもし切れるものではない。かおりは俺の謝罪に何も言葉を返さない。だが別にそれでよかった。でよかった。

「まだ花火大会、やっていたのか」

どうでもいい問いだ。だがそれでいい。

「もうとっくに終わりましたよ」

言ってからかおりは時計を見た。もうすぐ日付が変わるらしい。

「そうか、さっき聞こえたのは空耳か」

「いえ、私にもたしかに聞こえました。ちっちゃい花火でしたけど」

「多分、若い奴らが遊んでいたんだろうな」

「何か年寄りくさい言葉」

「……そうだな、そうかもしれない」

そこで二人の会話は途切れた。

病室内は点滴の音さえ聞こえそうなほど静かだ。

二分ほどして、窓の外に明かりが見えた。赤く、小さな明かりだ。

「すまない、窓開けてくれないか」

窓の外を見ながら若宮はかおりに言う。

かおりは無言で窓を開けた。まだ熱気の残る生温かい風が入ってくる。病院の空調に喧嘩《けんか》を売るようなその行為はしかし、思わぬ贈り物をくれた。

花火が上がったのが見えた。

それはとても小さなものだ。はしゃぐ声が聞こえてくる。さっき言ったとおり、地元のガキどもが遊びで打ち上げているだけ。ただその小さな花火は宮川に赤い影を落とし、綺麗《きれい》に消えた。かおりはそれを見ながら少しだけ微笑んでいる。若宮も合わせて微笑んだ。そうだ、これが俺だ。俺はもうすぐ逮捕される。結局派手な花火は打ち上げられずに中途半端に終わった。その最後を飾るにはこんな花火が似つかわしいじゃないか。

かおりは窓の外を眺めていた。

長い黒髪が少しだけ揺れている。こっちを見ずに言った。

「私、忍さんを赦しません」

そうだろうな、と若宮は心の中でつぶやく。もうかおりは俺の顔など見たくはないだろう。ここにいてくれるというだけで十分だ。さようなら……その後ろ姿を見ながら若宮は心の中で言った。かおり、もう君とは終わりだろう。俺はこれから長い間罪を償うことになる。何年かかるかわからない。ずっと待っているから……そんなセリフなどいらない。

伸びをすると、かおりはこちらを振り返った。

一度大きく息を吐く。その瞳《ひとみ》は少し潤んで見えた。

「帰ってこなかったら絶対に赦さない」

その言葉に驚き、若宮は顔を上げた。言葉がこぼれかけたが、かおりが先に続けた。

「私にいつも嘘ばっかりついて。ホタル狩りの約束だって本当は果たす気なんてなかったんでしょう？　ずっと……ずっと一緒にいたかった。いっぱい一緒にしたいことがあったのに」

「すまないな、かおり」

「いつだって忍さんは独りよがり……あんなことで花歩ちゃんや町村先生への償いが出来ると本気で思っていたんですか？　自分を必要以上に悪に見せるなんてのは自虐です。償いなんかじゃありません。償いは他人のためにするものなんです。独りよがりじゃ駄目なのに、そんなこともあなたはわからない。人の思いにあまりにも鈍感なんです」

そうかもしれない……若宮は思った。

「車を買い換えたときだってそう、私が言った意味をあなたは全然……」

言いかけたかおりを若宮はさえぎった。

「かおり、俺なんかにもうかまうことは……」

「これでお仕舞いなんていや」

かおりは遮って言う。

「償いは被害を受けた人のため、一生をかけてするものです。こんなまま終わらせるなんて絶対にいやだから」

息を弾ませながらかおりはこちらを見つめている。その真剣なまなざしに射すくめられ、若宮はそれ以上言葉を続けることができない。視線を外すことすらかなわなかった。

若宮は声を発しようとする。だがかおりは叫んでいた。

「帰ってきて。いつまでかかっても絶対に帰ってきて！」

そのままかおりはひざからくずれおちた。

両手で顔を押さえている。目頭が熱くなった。ごめん、かおり……俺はどうしようもない男だ。今やっと心からそう思えたよ。俺はお前の思いを理解していなかった。俺はお前にとって大きな存在になっていたんだな。俺はただ、免罪符を求めていただけだった。いつも自分のためだった。たとえ真実を隠し通せても、そんなもので赦されはしない。過失にすぎない花歩ですらあれほど罪の火に身を焼かれていた。俺の罪はその比ではない。きっとその火は俺を焼き続けることだろう。罪火が消えることなどないのだ。

熱い。この感情を抑えられそうにない。気づくと頬を涙が川のように伝っていた。

かおりがそっと若宮の頬に手を触れる。

母のように優しく涙を拭《ぬぐ》ってくれた。人前で涙を見せるなどいつ以来だろうか。だが恥じらいなどない。かおりは若宮の手を握りしめた。若宮はその手を握り返す。温かい……すべてを包み込んでくれるような温かい手だ。

二人はそのまま何も言わずにしばらく見つめ合っていた。

それからどれくらいの時間が流れたのだろう。柔らかな感触に若宮は思わず言葉を発しかけた。手は握り合ったままだが、目を見開く。言葉が出そうで出ない。かおりは慈愛に満ちた目をしていた。その頬を一筋の涙がつたっている。やがてこぼれおちた。その涙がおちた先、握り合った二人の手はかおりのお腹にあてられていた。

（完）

解説

西上心太

大門剛明のデビューは第二十九回横溝正史ミステリ大賞受賞作の『雪冤』である。二〇〇九年五月のことだ。それ以降の活躍ぶりは目覚ましいとしかいいようがない。同年の十二月には早くも二作目にあたる本書『罪火』を発表、翌一〇年には『確信犯』と『告解者』の二作を、一一年には『共同正犯』と初のシリーズものとなる《負け弁・深町代言》シリーズの二作、すなわち『ボーダー』と『沈黙する証人』の計三作を上梓《じょうし》するなどハイペースで力作を量産しているのだ。いずれも今日の司法制度の問題点をテーマに取り上げ、それを謎解きと融合させたミステリであるのが特徴だ。

ミステリを含むエンターテインメント小説系の新人賞は数多くあり、毎年多くの新人がデビューする。どの賞も応募数は数百編を数え、中には一千編を超える賞もある。いくら賞の数が多いとはいえ、この関門をくぐり抜けデビューするのは至難の業といっていい。だが少し心得違いをしているのではないかと思える応募者も多く存在する。《小説家》になることが目的で小説を書いているのではないか、と思えてしまう人たちである。

いうまでもないことだが新人賞というものは小説家になるための手段の一つでしかない。選考委員を多く務めているある作家が、いつも授賞式の祝辞で述べる言葉を引けば「小説家になることは簡単だが小説家であり続けるのは難しい」ということに還元される。メジャーな新人文学賞を受賞してデビューすることは、プロ野球におけるドラフト上位指名による入団にたとえられるだろう。よほどのことがない限り、とりあえず一シーズンはチームに在籍できる。だが後は自らの成績次第であり、翌年は馘《くび》ということもあり得るのだ。

新人賞デビューの作家も同じことだ。華やかな贈呈式が開かれ、主催する版元からは自動的に二作目がオファーされる。だがこの最低条件さえクリアできずに消えていく新人作家も多い。逆に二作目、三作目の評判が良ければ他の出版社からの執筆依頼が引きも切らない状態になる。こういう道をたどる作家のほとんどは、《小説家》になりたかったわけではなく、《小説》を書きたいという意欲と情熱で突き進んできた者たちであるのだ。

大門剛明はまさにそんな作家の一人である。そのことは『雪冤』（応募時の題名は「ディオニス死すべし」）の選評を読めば明らかだろう。

作者の「書くこと」への情熱がよく伝わってくる力作（綾辻行人）

小説家になりたい人間と、小説を書きたい人間の間には深い溝が横たわっている。「ディオニス死すべし」の作者は、間違いなく後者の人間である。内なる圧力に抗しきれず筆を執り、右も左もわからないまま書き綴った。その思いが行間から溢れ出ている（馳星周）

テーマに対する作者の意気込みがひしひしと伝わってくる。その意気込みのあまり、（中略）小説の流れを阻んでしまっている難点はあるにしろ、これも、そこまで熱意に溢れているという証拠でもある（坂東眞砂子）

選評の全文を読めば、重いテーマとストーリーの展開のバランスが悪い、人物の書き分けが未熟である等々、さまざまな欠点も列挙されているのも事実だ。だがどの選考委員もこの小説が放射する《熱》を浴び、作者の小説に対する思いと意欲を感じ取ったのである。もとより応募原稿は完成品ではない。プロの編集者との二人三脚で磨きをかければ技法上の欠点は修正され、書き続けることによってさまざまなテクニックは向上していくのだ。もちろん書くことへの情熱と意欲さえ失わなければ、という条件がつくけれど。

それを証明した作品が本書である。受賞作の刊行からわずか半年あまり。ただただ驚くほかはない。ほとんどの新人なら次作のプロット作りで手一杯という時期だろう。そんな短い期間でデビュー作に劣らない熱気とアイデアに溢《あふ》れ、テクニックを向上させた作品を見せてくれたのである。

派遣労働者の若宮忍には消せない過去があった。少年時代に暴行事件を起こし、同年代の中学生を死亡させていたのだ。少年院を退院後、中学に再入学した若宮の担任となったのが町村理絵だった。彼女は若宮の卒業後も二十年以上にわたり、家族ぐるみで彼の更生を支えてきた。その後小学校の校長となり、いま定年を目前にした町村は、被害者と加害者が話しあうことで問題解決を図る修復的司法を試みるNPO団体で活動を始め、若宮が被害者の家族に謝罪する機会を作ろうと働きかけていた。

だが若宮忍の心の中は、更生したとは言い難い状態だった。二十代後半に見える風《ふう》貌《ぼう》ではあるが、実際は三十五歳の非正規労働者に過ぎない。不安定な立場が原因で若宮の絶望感は増大し、世の中を恨む気持ちも育まれ、いつしか大量殺人など破壊的な行動を考えるようになっていく。そんなおり、若宮の感情がついに爆発する。派遣先の食品工場で暴力行為を起こしてしまったのだ。同じ日の夜、伊勢神宮奉納全国花火大会の見物スポットで、若宮は町村理絵の娘で中学二年になる花歩を見かける。花歩は以前から若宮に特別な思いを抱いていた。少し前に花歩からの《告白》を受けていた若宮は、花歩が別の若い男と親しげにしていたことなど苛立《いらだ》ちが重なった結果、花歩と言い争いになり、はずみとはいえ彼女を手にかけてしまう……。

デビュー作の『雪冤』は、冤罪《えんざい》と死刑制度への是非という、日本の司法が抱える二つの大問題と真っ向から取り組みながら、トリッキーな仕掛けをも施すという難題に挑んだ作品だった。一方、本書において取り上げられるテーマは加害者側の《更生》と被害者側の《許し》である。その二つをつなぐキーワードが修復的司法である。あまり聞き慣れない言葉だ。現在の日本の司法の考え方は応報的司法であるという。ごく単純にいってしまえば、被害者が受けた損害に応じて加害者がそれなりの刑罰を受けるというシステムである。たとえば最高刑である死刑は、他人の命を奪った罪に対して自らの命で贖《あがな》うというわけだ。だが加害者が刑罰に処せられるだけでは――たとえそれが死刑であっても――被害者や残された遺族の救いにならないのではないか。そんな疑問に対して近年になって浮上してきたのが修復的司法なのだ。

町村理絵は加害者と被害者を仲介するメディエーターという立場でこの運動に参加していた。だが娘が殺され、自らが被害者側に立ってしまったのだ。娘を手にかけたものに対する強烈な怒りとともに、この手で殺してやりたいという復讐《ふくしゅう》心が浮上する。それと同時に、本当の被害者の気持ちなど分かっていなかったのではないかという、これまでの活動に対する葛藤《かっとう》がわき上がってくるのだ。一方加害者の若宮も、己の行動を後悔しながらも、このまま無事に逃げ切りたいという身勝手な思いにとらわれる。

本書は若宮と町村理絵の二つの視点によって構成されているため、加害者と被害者という正反対の境遇に置かれた二人の心情が、より鮮明に浮かび上がる。だがこの構成のため、冒頭のシーンからすでに殺人者は割れている。読者は両方の立場からこの事件を神のような立場で俯瞰《ふかん》できる。そのため犯罪被害者の悲しみと苦しみをたっぷり盛り込んだクライムノベルや、町村理絵が真犯人を追い求める倒叙ミステリのつもりで読み進めていくに違いない。ところが、序章とつながる第五章で、神を気取っていた読者の世界がひっくり返るような仕掛けが炸裂《さくれつ》する。そこまで来て初めてわれわれ読者は、本書が単純な形式ではくくれない、驚愕《きょうがく》のミステリであることに気づくのである。しかも重いテーマとミステリ特有のケレン味は決して乖離《かいり》することなく、一つに溶けあっていくのである。

伊勢の花火大会の日に始まった悲劇は、一年後の同じ花火大会の日に収束する。だが謎が解かれても、加害者も、そして被害者の遺族も生き続けていかなければならない。はたして加害者の《更生》は成るのか、遺族は《許し》を与えられるのか。

読む者にその問いを突きつけながら、感銘と余韻を残してこの傑作は幕を閉じる。二作目にしてこの完成度。瞠目《どうもく》すべし！

本書は二〇〇九年十二月に小社から単行本として刊行されました。

本作品はフィクションであり、実在のいかなる個人・組織ともいっさい関わりのないことを附記します。（編集部）

罪《ざい》火《か》

大《だい》門《もん》剛《たけ》明《あき》

平成24年 4月25日　初版発行
令和6年 10月30日　16版発行

発行者●山下直久

発行●株式会社KADOKAWA
〒102-8177　東京都千代田区富士見2-13-3
電話　0570-002-301（ナビダイヤル）

角川文庫 17362

印刷所●株式会社KADOKAWA
製本所●株式会社KADOKAWA

表紙画●和田三造

ISBN978-4-04-100236-0　C0193

角川文庫発刊に際して

角川源義

第二次世界大戦の敗北は、軍事力の敗北であった以上に、私たちの若い文化力の敗退であった。私たちの文化が戦争に対して如何に無力であり、単なるあだ花に過ぎなかったかを、私たちは身を以て体験し痛感した。西洋近代文化の摂取にとって、明治以後八十年の歳月は決して短かすぎたとは言えない。にもかかわらず、近代文化の伝統を確立し、自由な批判と柔軟な良識に富む文化層として自らを形成することに私たちは失敗して来た。そしてこれは、各層への文化の普及滲透を任務とする出版人の責任でもあった。

一九四五年以来、私たちは再び振出しに戻り、第一歩から踏み出すことを余儀なくされた。これは大きな不幸ではあるが、反面、これまでの混沌・未熟・歪曲の中にあった我が国の文化に秩序と確たる基礎を齎らすためには絶好の機会でもある。角川書店は、このような祖国の文化的危機にあたり、微力をも顧みず再建の礎石たるべき抱負と決意とをもって出発したが、ここに創立以来の念願を果すべく角川文庫を発刊する。これまで刊行されたあらゆる全集叢書文庫類の長所と短所とを検討し、古今東西の不朽の典籍を、良心的編集のもとに、廉価に、そして書架にふさわしい美本として、多くのひとびとに提供しようとする。しかし私たちは徒らに百科全書的な知識のジレッタントを作ることを目的とせず、あくまで祖国の文化に秩序と再建への道を示し、この文庫を角川書店の栄ある事業として、今後永久に継続発展せしめ、学芸と教養との殿堂として大成せんことを期したい。多くの読書子の愛情ある忠言と支持とによって、この希望と抱負とを完遂せしめられんことを願う。

一九四九年五月三日